Drépano Life

Trente ans de vie de drépanocytaire

SYLVÈRE LOTI ZOKADOUMA

Drépano Life

Trente ans de vie de drépanocytaire

LB

LIVING BOOKS PUBLISHING

Makepe, rue des avocats

ISBN : 9781087058290 (Imprimé)

Publié par :

LIVING BOOKS PUBLISHING

Makepe, rue des avocats
BP : 8758 Douala, Cameroun
Phone : +237 675 476 259 | **Whatsapp** : +237 696 555 260
INFO@LIVINGBOOKS.ONLINE | WWW.**LIVINGBOOKS**.ONLINE

Catalogue : *Littérature, Roman, Fiction-réaliste, Editeur, Auteur, Titre.*

9   8   7   6   5   4   3   2   1

A tous les drépanocytaires...

Sommaire

Prologue

— Allo, bonjour grand frère Thierry. C'est Evoutou !

— Ah, petit frère ! mais à qu'elle heure es-tu arrivé ?

— Ce matin. Je voudrais te parler avant d'ouvrir mes bagages.

— Toi au moins, tu ne souffres pas du décalage horaire. Est-ce aussi urgent que ça ?

— C'est urgent et important.

— Ok. Et si on se retrouvait à la Cachette, à Akwa ?

— C'est bon pour moi. À tout à l'heure !

— Tu as pris du poids frangin ! On dirait que le Canada te va plutôt bien. Tu sais que tu risques de devenir obèse ?

— Je n'oublierai pas ce que tu viens de me dire. Bien, je voulais te voir au sujet de Félix.

— Je ne comprends pas.

— En fait, je veux reparler de ce qu'il a écrit le jour de sa mort.

— Décidément jeune homme, tu es tenace ! Quand tu as décidé de partir pour le Canada, crois-moi, j'ai su que c'était parce que Félix avait laissé un gros vide dans ton cœur. Il nous manque à tous, mais vois-tu, ta demande est compliquée. Et si ma mémoire est bonne, c'est depuis sept ans que tu insistes. Pour te rassurer, j'ai déjà discuté de cela avec Rebecca, et elle pense comme toi. Mais, donne-moi une raison pour que je change d'avis cette fois.

— Je pense que Félix voulait qu'en plus des gens comme toi, Rebecca et moi, d'autres personnes puissent lire ce livre qu'il a écrit avant sa mort. Oui, il voulait attirer l'attention sur les conséquences de sa maladie, d'une part, et sur l'alcool, d'autre part. Il voulait que les autres ne souffrent pas comme lui.

— À supposer que je marche comme tu veux… Comment veux-tu qu'il soit écrit ?

— On change les noms. Rien que les noms. Écoute grand frère, cela fait sept ans que tu gardes cette œuvre de Félix. Pense à tous ceux que ce livre peut aider. Pense au bonheur que ce livre pourrait procurer à tous ceux qui portent un gène S et qui ignorent leur statut. Pense à tous ces enfants à naître de parents porteurs de ces gènes et peut-être portés sur l'alcool. Pense que c'est pour sa mémoire.

— Ok, fais-le.

— Merci grand frère !

Chapitre 1

— Est-ce la chaleur ? Non, je ne crois pas.

— Nous sommes au mois de Septembre et c'est la saison des pluies.

— D'ailleurs, il pleut. Il est 21 heures à la montre de mon téléphone portable.

Je suis couché dans un lit qui n'a pas été acheté par mon père. Je sens la sueur ruisseler le long de mon front, traverser mon oreille et aller mourir sur le drap. C'est à cet instant que je constate que le drap princier du lit sur lequel je suis couché est mouillé.

Pendant mon court sommeil, j'ai abondamment transpiré.

Pourtant, il pleut ! Il tombe l'une de ses pluies que seule la ville de Douala sait faire tomber.

J'ouvre grandement les yeux pour percer l'obscurité de la chambre. J'entends les gouttes de pluies tomber et ruisseler sur la tôle ondulée de ma chambre. Le plafond est pourtant à deux mètres du sol de la chambre.

Elle n'est pas normale cette chaleur ! En principe, je ne devrais pas la ressentir cette nuit. Il y a quelque chose qui ne tourne pas rond ce soir !

Je suffoque presque quand je me lève pour faire de la lumière. Je dois en profiter pour baisser les châssis naco de la fenêtre et laisser passer l'air frais.

Je parviens péniblement à baisser les châssis naco. La bouffée d'air frais que je reçois en plein dans mon visage me donne une sensation de plénitude. Je n'ai rien ressenti d'aussi agréable depuis environ un mois et demi. Et comme par magie mon regard plonge dans le ciel non étoilé de la ville d'Akwa. Et c'est avec enchantement que je me laisse entraîner par des souvenirs de famille pour voir passer la nuit.

Ces souvenirs me rappellent que depuis le décès de ma grande sœur il y a quarante-cinq jours, je dois continuer de suivre les conseils de mon frère aîné.

Je bois en moyenne deux litres d'eau par jour. Je prends un comprimé d'acide folique chaque matin. Je suis toujours habillé au chaud et je fournis très peu d'effort physique. Je passe très peu de temps devant la télévision. J'ai intérêt à tout mettre en œuvre pour ne pas faire une énième crise !

Elles n'ont Jamais commencé par les orteils. En tout cas, pas jusqu'à cette nuit ! Je sens une sorte de picotement horrible au niveau de mes phalanges distales. Je sais que peu à peu il se transformera en une douleur atroce au niveau du métatarse. Après je la retrouverai dans l'os du fémur en provenance du péroné. Et pour finir je sais qu'elle se localisera dans les os de l'avant-bras et du bras.

En tout cas elle avait toujours évolué de cette horrible façon. Le comble pour moi c'est de pouvoir la décrire seul cette nuit pluvieuse dans cette maison.

Heureusement je suis un vieil habitué ! Pourquoi ai-je donc transpiré autant ? Pourquoi cette différence dans le déclenchement de la crise ? De quoi ai-je peur ?

*****

Je m'appelle Doumoa Félix. Je suis âgé de trente ans. Sans emploi et drépanocytaire. Je suis né à Douala dans une famille de cinq enfants.

Pendant les quatre premiers mois de ma naissance, j'étais tout ce qu'il y avait d'un enfant normal dans une famille normale. Mais à cet âge je tombe malade pour la première fois.

C'est vrai qu'à quatre mois on ne sait rien faire. De même on ne sait rien dire. On subit tout simplement. Ma mère m'avait raconté que lors de ma première crise, j'avais beaucoup pleuré les cinq premiers jours.

Au premier jour, elle avait pensé que je n'étais pas assez alimenté. Elle avait trouvé bon de me fourrer le sein dans la bouche pour me permettre de dormir. Ce n'était pas mal pensé : toute la maison avait pu effectivement dormir.

Au deuxième jour, comme mes pleurs reprenaient au petit matin, ma chère et tendre mère avait pensé cette fois que je devais souffrir de la fontanelle. Très naturellement après mon bain, elle avait coupé un fil de l'une de mes serviettes et l'avait enfoui dans mes cheveux. Et tout naturellement elle s'était mise à me bercer dans ses bras en chantant.

Après plusieurs heures j'avais trouvé le sommeil. Mais à la tombée de la nuit, puisqu'il fallait me faire prendre mon bain, elle devait me réveiller. Et tout avait douloureusement recommencé pour mon frêle corps.

Laver un enfant, c'est le tenir assis d'une main dans le dos en frottant son corps avec un gant savonneux dans une bassine. Tous les nourrissons en bonne santé ou presque pleurent quand on leur fait prendre un bain.

Ma douce mère ignorait que je n'étais pas un nourrisson normal. Elle ne savait pas que laver un drépanocytaire dans ses crises c'est comme passer un homme sous un rouleau compresseur : sans le savoir elle me torturait. Le comble dans tout cela c'est qu'elle le faisait en chantant.

Au troisième jour mon état de santé ne s'améliorait toujours pas. Elle avait donc décidé de m'amener à l'hôpital de district de notre quartier. Conduit dans cet hôpital, j'avais été consulté par un médecin généraliste. Après les questions d'usage, il avait dressé le diagnostic suivant dans mon carnet médical : *Fièvre – Vomissement – Anorexie.*

Le médecin avait écrit : « Pas de toux ni de diarrhées, le tout depuis deux jours.

Ma première ordonnance, était dressée comme suit :

1) Quinine sirop : 1 flacon, 1 cuillerée à café x 2 par jour.

2) Clamoxyl 250 mg : 1 flacon, 1 cuillerée à café x 2 par jour.

3) Vogalène suppositoire enfant : 1 suppositoire par jour si vomissement.

4) Vertol sirop : 1 cuillerée à café x 2 par jour.

5) Ibumol sirop : 1 cuillérée à café x 2 par jour.

Le médecin avait noté au bas de la page : *Rendez-vous dans une semaine.*

Après la consultation elle prit congé du médecin et décida d'aller faire les pharmacies. Elle prit tous les soins nécessaires pour me soulever tendrement. Elle voulait me faire coucher sur sa poitrine. Mais les gestes qu'elle faisait avec douceur avaient pour conséquence de perturber le sommeil consolateur dans lequel j'étais plongé. La douleur était donc revenue dans mon esprit de nouveau-né. Et tout naturellement mon corps de bébé avait obéi aux ordres de mon cerveau en formation. J'avais alors recommencé avec les cris. Puisqu'elle ne savait pas que je souffrais des os, elle manipulait mes pieds et mes bras pour m'installer confortablement. Tous les gestes qu'elle effectuait avaient pour effet d'augmenter l'intensité de ma douleur.

Elle n'était pas encore sortie du bureau de l'infirmier que celui-ci lui recommanda chaudement de se rendre sans plus tarder à la pharmacie des rails. Elle était la plus proche des pharmacies. Pour lui, son ordonnance avait le pouvoir de me guérir.

De l'hôpital de district de New Bell à la pharmacie des rails en passant par "ancien immeuble", je criais dans ses bras. Elle marchait avec un pas sûr. Tous les taxis qu'elle avait hélés refusaient de nous transporter. C'était parce que mes cris étaient devenus des hurlements.

Elle était l'objet du regard de tous ceux qu'elles croisaient. Aucun passant ne l'interpellait pourtant pour lui demander à qui appartenait cet enfant qu'elle portait dans ses bras.

Dans sa situation, une chose lui aurait certainement fait plaisir : qu'une personne s'arrête, compatisse avec elle et lui propose une façon de calmer son enfant.

Je me rappelle qu'elle m'avait dit qu'il était quatorze heures treize minutes quand elle était sortie de la pharmacie des rails. Heureusement pour elle parce que la longue marche m'avait assommé. Je m'étais endormi sur sa poitrine. Elle avait pu emprunter un taxi pour nous ramener dans notre domicile.

Ainsi donc, c'était à l'âge de quatre mois que j'avais eu droit à mes premiers médicaments en dehors de ceux que les médecins prescrivent à la naissance. Malheureusement pour moi, ceux-ci n'avaient rien à voir avec la maladie qui sera découverte bien plus tard. Par bonheur, ce traitement diminua mes pleurs pendant les jours suivants.

Les deux mois suivants, je bénéficiais de toute l'attention, de toute l'affection et surtout de tout l'amour que seul peut donner une mère à son nourrisson.

* * *

Malheureusement pour moi je suis seul cette nuit et dans cette jolie chambre. Seul à ressasser tous ces souvenirs que m'a racontés ma mère. Ceux sont des événements survenus au cours de ma vie. Une vie de souffrance. Une souffrance qui faisait et fait toujours une partie de moi. C'est ma douce compagne ! Rien que de penser à elle, je suis parcouru par un long et horrible frisson. Il a pour effet de me rappeler que tout à l'heure, j'avais été brusquement réveillé par une sensation bizarre. Coupant-là mes pensées devant la fenêtre, je traverse le lit pour aller me recoucher. Mais en passant derrière le lit, mon regard est accroché par la photo de mes parents sur la seule table de la chambre. Machinalement je la prends dans ma main droite et je vais me recoucher. Je la connais trop bien cette photographie. Ce soir je n'ai pas envie de la regarder. Trop de souvenirs s'entrechoquent dans ma tête ! La perspective de passer une nuit blanche me chagrine. Comme certains regardent le train passer, je dois regarder la nuit passer. J'ai même en prime le concert des gouttes d'eau qui tombent sur les toitures des maisons. C'est à croire que je suis servi pour une mauvaise nuit !

Tournant la tête vers la gauche, je vois la ville d'Akwa avec ses immeubles à travers les naco ouverts de la fenêtre.

C'est une grande ville que j'ai toujours appréciée. C'est une ville d'affaires ! Quand on n'est pas pressé par ses propres affaires, on le devient par celle des autres. Tout à Akwa est tellement "business" qu'on n'a pas le temps d'apprécier l'architecture de ses immeubles et la beauté de leurs intérieurs.

Depuis ma naissance, j'ai côtoyé cette ville sans jamais me demander si elle était belle, jolie ou tout simplement laide. Ce soir c'est différent. Oui c'est cela !

Ce soir, j'apprécie vraiment la beauté de cette ville illuminée par les néons des enseignes des boutiques, des hôtels, des restaurants et de tous ces magasins qui jonchent ses rues.

Ce soir je veux penser à ce qu'est la ville d'Akwa quand on n'a pas sommeil. De ma fenêtre, j'imagine tous les noctambules d'Akwa. D'ailleurs à cette heure, la ville se réveille. Les boîtes de nuit sont déjà ouvertes et attendent le déferlement certains des clients de la nuit. Les barmen et les tenanciers de vente à emporter qui, en journée installent les consommateurs à leurs terrasses en face des trottoirs, ont certainement déjà installé des tables et des chaises le long de ceux-ci. Ils obligent ainsi les passants à utiliser la chaussée pour se déplacer.

De même les braiseuses de poisson, les vendeuses de beignets frits accompagnés de haricots, de spaghetti, de viande et de bouillie chaude, les spécialistes de "soya", les vendeurs de porcs braisés ne sont pas en reste. Ils ont certainement déjà investi les carrefours et les devantures des magasins qui ferment de nuit, où ils sont déjà installés devant les nombreux bars et les carrefours des rues de la ville.

Si à une certaine heure de la nuit, vous estimez que la puissance sonore des boîtes de nuit fait bourdonner à mourir vos tympans, sortez de la boîte et faite semblant de marcher le long du trottoir. Pendant votre fausse petite promenade, ne soyez pas surpris de rencontrer des noctambules dont l'ambiance feutrée des restaurants d'hôtels quatre étoiles endorment. Connaissant leur goût poussé pour l'ambiance, ils n'hésiteront pas à vous inviter à traverser juste un immeuble pour découvrir un monde nouveau. Et tout cela, juste pour continuer l'ambiance sans regretter ce que vous venez de laisser derrière vous. Et en marchant avec eux, ne soyez pas surpris de traverser une grosse marre d'eau en sautant comme un cabri. Pour ensuite jongler entre des pierres alignées dans une boue de près de trois mètres de long. Tout cela pour vous retrouver assis tant bien que mal sur un casier de bière dans un bar-restaurant à ciel ouvert bondé de monde.

Et dans ce bar-restaurant, sachez que vous serez obligé de côtoyer des souris de la taille d'un rat, tout en vous tapant le bras ou la joue pour chasser des moustiques de la taille d'un cancrelat. Sachez qu'ils sont les véritables propriétaires des lieux avec lesquels vous devez cohabiter pour les plaisirs de la nuit.

Et si la pluie vous surprenait pendant que vous dégustez votre *"ndole"* aux frites de plantains murs ou aux *"myondo"*, levez-vous juste en portant votre plat d'une main pendant que l'autre soutient votre bière et allez-vous abriter sous la première véranda venue. Ne pensez surtout pas à vos chaussures que la pluie arrose avec plaisir.

* * *

J'ai fait ma deuxième crise à six mois. J'avais les gencives pâles, les paumes de mes mains étaient très blanches malgré la noirceur de ma peau et mes doigts étaient gonflés. Pour ma mère, ma grande sœur qui avait huit ans m'avait certainement fait tomber. Dans son esprit je devais inévitablement avoir de multiples fractures. Paniquée, elle avait couru dans sa chambre prendre le peu d'argent qu'elle possédait et était sortie de la maison. Elle me portait dans ses bras. En passant près de ma grande sœur Akono, elle lui promit qu'à son retour elle aura droit à une sévère fessée.

Une deuxième fois donc c'est à l'hôpital de district du quartier que je suis transporté. C'était le médecin de la première fois qui m'avait consulté. Je suppose qu'au vu de mes doigts gonflés et puisqu'il pensait me connaître, il n'avait pas cherché midi à quatorze heures : il s'était aussi mis en tête que quelqu'un m'avait fait tomber et que dans la chute, j'avais avancé les mains pour amortir le choc. "Quelle imagination. Un bébé de six mois !"

Toujours est-il qu'il dressera rapidement une ordonnance en prescrivant entre autres médicaments un baume Saint-Bernard avec lequel ma mère devait me masser.

De retour à la maison, ma mère me laissa continuer mon sommeil dans la chambre. Une fois de plus la marche m'avait permis de dormir. Elle avait fait venir ma grande sœur et lui avait tiré tendrement les oreilles. Bien entendu, elle lui avait demandé de faire dorénavant très attention quand elle me laissait en sa compagnie.

Notre père, qui était à son lieu de service avait puni sévèrement la pauvre Akono à son retour.

Le soir, après mon bain toute la famille m'assistait impuissante devant ma torture au moment du massage. Sauf mon frère aîné. Mon unique frère qui sifflotait derrière la maison.

À trente ans, quand je repense à tous les évènements tristes de mon enfance, c'est toujours l'image de ma mère qui s'impose à moi. Dès le début de ma maladie, elle avait été présente près de moi. Elle s'efforçait de me rendre la vie agréable.

Ma vie était-t-elle triste dans mon enfance ? Quel que soit la réponse à cette question, je sais que celle de ma mère l'était. Ce que j'ai dû la faire souffrir !

* * *

Ma troisième crise, je l'avais faite à l'âge de huit mois. Grâce à la vigilance de ma mère qui avait appris à me connaître, la crise avait été gérée autrement. Elle ne m'avait pas fait beaucoup souffrir.

En fait, elle avait remarqué que je dormais différemment selon que j'étais malade ou pas. Quand j'étais en bonne santé, je dormais dans tous les sens avec la bouche ouverte. Alors que dans le début d'une maladie et même pendant, je me recroquevillais dans le lit. Généralement, je joignais mes genoux au niveau de ma bouche. Mes deux mains posées l'une en face de l'autre, soutenaient ma tête posée sur le matelas. Je ne me réveillais jamais pour la tétée matinale. En plus elle avait remarqué que mes urines avaient souvent la couleur du coca-cola avant une crise.

C'est ainsi qu'elle allait convaincre mon père pour m'amener chez une vielle dame âgée de soixantaine-cinq ans qui habitait le même quartier que nous. Elle était spécialisée dans le traitement des nourrissons.

Mon père qui faisait confiance en la médecine moderne avait trouvé cela anormal et lui avait demandé avec un peu d'énervement :

— Tu penses qu'il est la victime de quelques esprits maléfiques ?

— Oh non, avait-elle répondu en douceur. J'aimerais juste changer un peu. Toutes les ordonnances ne donnent rien et elle n'habite pas loin d'ici.

— Comment la connais-tu ?

— C'est notre voisine de droite qui m'a parlé d'elle ? Cette maman a traité leur nourrisson malade dernièrement. Souviens-toi de cet enfant qui passait des nuits entières à pleurer. Un peu comme notre fils. Dans tous les cas, ce que je désire c'est que cette femme le consulte. On ne sait jamais.

— Ok ! Tu peux l'amener. Je serai de retour à midi.

Une heure plus tard ma mère, me prenait dans ses bras et se rendait chez la vieille dame. Mais elle l'absenta.

Le soir, aux environs de dix-neuf heures, confiante dans sa décision de me faire consulter par la vieille dame, notre mère prenait Akono et tous les trois nous étions chez celle-ci.

Nous l'avions trouvé assisse sur un petit banc, certainement un banc pour enfant, à l'entrée de la porte de ce qui était sa résidence.

C'était une vieille femme qui marchait pieds nus. Elle avait la peau collée aux os et ses cheveux étaient coupés à même le crâne. Ses oreilles avaient depuis longtemps perdu la notion de boucles d'oreilles. Sans ses cheveux et ses vêtements de femme, elle ressemblait à un homme.

Elle vivait dans l'un des multiples marécages qu'habitent allègrement les habitants de la capitale économique du Cameroun. Tout ce qu'on remarquait en arrivant c'était les quatre murs de sa demeure. C'était un alignement mal agencé de parpaings recouvert de chaux. Elle n'avait pas de voisin immédiat. Elle avait demandé à ma mère dès que nous étions près d'elle :

— Bonsoir ma fille ! Qu'est ce qui t'amène chez moi ?

— Excuse-moi maman, j'aimerais que tu consultes mon fils.

— Ok, ma fille entre.

Elle s'était levée en portant son minuscule banc et ma mère l'avait suivie à l'intérieur de l'unique pièce qui avait l'air de servir à tout. Elle s'était assise sur le bord du lit de cette dame. C'était l'unique meuble pouvant servir de siège. Akono avait voulu s'asseoir sur le bord du même lit comme notre mère mais elle l'en avait empêché. La couleur des draps ne lui faisait pas confiance. Akono fut donc obligée de rester debout.

— Bien ma fille ! Qui souffre parmi ces deux enfants ?

— C'est celui que je porte.

La vieille dame s'était portée immédiatement à la hauteur de mon visage et avait soulevé la vieille lampe à pétrole qu'elle tenait dans la main gauche. Elle avait écarquillé mes paupières, avait fait la moue. Elle avait ensuite posé sa main droite sur mon foie et avait refait la moue. Presque déçue, elle s'était tournée vers ma mère et lui avait demandé :

— Ma fille, quel âge as-tu ?

— Vingt-six ans, maman !

— Tu n'es plus une petite fille. Combien d'enfants as-tu ?

— Quatre, maman : deux filles et deux garçons. Malheureusement, j'ai perdu un enfant huit mois après sa naissance. Celui-ci est le dernier.

— Aucun d'eux n'est malade ?

— Ils ont souvent des maux de tête, de ventre et même le paludisme. Mais chaque fois, je les amène à l'hôpital et j'achète toujours les médicaments que le médecin prescrit.

— Depuis combien de jour celui-ci est-il malade ?

— La mère pour dire vrai, il souffre depuis sa naissance. Tous les deux mois mon fils est malade.

— Je l'ai toujours amené au centre de santé. C'est parce que je ne vois aucun changement que je viens te voir. La mère ! Je connais mon fils. Il va bientôt tomber malade !

Après une légère pause, la vieille dame avait dit :

— Tu as bien fait de l'amener chez moi et tu as raison ! Il est malade. Ne t'inquiète pas je vais arranger ça. Mais tu devras toujours surveiller ton enfant comme tu viens de faire. Il ne faut pas toujours attendre que la maladie s'installe.

C'était elle qui m'avait raconté cette première consultation faite dans une chambre insalubre du quartier New Bell. La vieille dame s'était dirigée vers une armoire haute de près d'un mètre vingt dont le bois était depuis longtemps fatigué par le poids de l'âge. Ma mère avait pensé sans moquerie :

— Cette armoire doit avoir au moins cinq fois mon âge.

La vieille dame avait tiré le battant de l'armoire qui avait grincé affreusement avant de présenter son contenu. Soulevant la lampe qu'elle tenait de la main gauche à hauteur de visage, elle avait vérifié le contenu de l'armoire et l'air déçu, elle s'était retournée vers ma mère :

— Ma fille excuse-moi ! Je pensais que les "quelques feuilles" que j'avais gardées étaient encore fraiches. Repasse demain à une heure pareille. En revenant apporte-moi trois bouteilles vides.

Il était dix-neuf heures quinze, quand notre mère dit au revoir à la vieille dame.

Le lendemain à dix-neuf heures dix minutes, nous étions présents tous les trois chez la vieille dame. Nous l'avions trouvée à l'entrée de sa case et après les salutations d'usage, elle nous avait fait entrer. Comme la veille, ma mère s'était assise sur l'unique lit. Elle me tenait dans ses bras. La pauvre Akono sans réfléchir, était restée debout comme la veille.

Dès que nous étions entrés, la vieille dame s'était dirigée vers l'armoire qui n'avait pas manquée de grincer. Elle s'était retournée pour aller reprendre sa place sur son tabouret pour enfant. Elle tenait dans sa main gauche une poignée de feuille d'eucalyptus et dans la main droite une poignée de feuilles de corossol. Elle avait nettoyé les feuilles de chaque espèce dans deux bols différents, avait versé l'eau qui avait changé de couleur directement sur le sol non cimenté de la pièce et avait remis les feuilles de corossol dans l'un des bols.

Elle avait récupéré un vieux couteau qui avait été utilisé pendant la seconde guerre mondiale et un vieux morceau de contre—plaqué sur quoi on avait tout écrasé depuis sa sortie de la scierie. Elle se servait du contre-plaqué qu'elle avait essuyé avec ses mains pour hacher les feuilles d'eucalyptus.

Quand elle avait achevé cette tâche, elle avait pris l'une des bouteilles vides que ma mère avait apportée, l'avait rincée et l'avait remplie d'une eau douteusement potable qu'elle puisait à l'aide d'un gros gobelet dans un grand seau de vingt litres placé juste derrière elle.

Mélangeant les feuilles d'eucalyptus hachées, de corossol et l'eau de la bouteille minérale dans une marmite qu'elle avait pris soin de fermer, elle alla poser le tout sur un feu qui n'était pas vif et qu'elle avait prévu pour l'occasion à l'extérieur. Elle était revenue à l'intérieur de sa chambre-maison-hôpital et s'était dirigé vers l'armoire à grincement qu'elle avait ouverte de nouveau.

Nouveau grincement à vous torturer les oreilles et dans sa main gauche, elle tenait cette fois-ci, six feuilles de tarot et une poignée de feuilles de "*ero*". Elle avait tendu ces feuilles à ma mère qui n'avait pas manqué de montrer son étonnement avant de s'emparer des feuilles.

Son étonnement fut de courte durée car, la vielle dame s'était emparée d'un mortier et d'un pilon qu'elle gardait près de l'armoire à grincement. Elle avait tendu la main à ma mère, qui machinalement lui avait remis les feuilles qu'elle réclamait. Se servant toujours d'une main, elle avait essuyé le mortier et le pilon et avait jeté les feuilles dans le mortier.

On entendait plus que le son du bois qui s'entrechoquait dans la chambre-salon-hôpital.

— Elle avait de la force », avait pensé ma mère qui estimait que le bruit du pilon dans le mortier était vraiment fort pour une femme de cet âge.

Dix minutes plus tard elle avait cessé brusquement de piler et était allée retirer la marmite qui était restée au feu. C'était à croire qu'elle était réglée comme une horloge. Elle avait retiré la marmite qui était au feu avec ses mains sans se plaindre de douleur. Elle n'avait même pas soufflé dans celles-ci pour chasser une éventuelle douleur due à une éventuelle brûlure. Elle avait attendu que son contenu refroidisse et avait transvasé la mixture obtenue dans une bouteille. Reposant la marmite au feu, elle était revenue dans son "tout" avec la bouteille qui, cette fois-ci était pleine. Elle avait déposé cette bouteille devant ma mère : sans commentaire ! Elle avait replongé sa main droite dans le mortier et avait retiré le mélange qui s'y trouvait. Après avoir mesuré un demi—litre d'eau, elle était allée verser le tout dans la marmite à l'extérieur de la maison qui lui servait à tout.

Retournant une fois de plus à l'intérieur, elle avait plongé la main gauche dans une calebasse qu'elle gardait derrière l'unique porte de la chambre – salon – hôpital. Dans la paume de sa main, elle tenait une poignée de grain de maïs. Elle était ressortie attiser le feu à l'extérieur et n'était pas revenue. Elle était réapparue dix minutes plus tard pour prendre la deuxième bouteille. Elle n'avait plus adressé la parole à notre mère depuis qu'elle avait commencé la composition des mixtures. Finalement, elle était revenue avec sa chaise pour enfant et s'était assise en face de nous puis avait dit :

— Ma fille, j'ai terminé. Cette bouteille, (elle pointait la bouteille du doigt) traite l'anémie. Tu feras boire un demi-verre de cette tisane à ton fils tous les jours. Donne-lui ça chaque fois que tu sens qu'il a soif.

Elle s'était emparée de la bouteille et avait bu une gorgée puis l'avait gardé près d'elle. Elle démontrait par ce geste que ses compositions n'étaient pas destinées à tuer. C'était avec sérieux qu'elle dit à ma mère :

— Regarde bien sa couleur. Tu ne dois pas les confondre. La deuxième bouteille, ma fille, traite la rate. Tu vois, elle n'est pas pleine. Tu vas purger ton enfant avec son contenu chaque matin et chaque soir. N'oublie pas de le faire téter après chaque purge. (Elle ramenait la deuxième bouteille vers elle). La troisième bouteille traite la jaunisse. Tu vois comme il a les yeux jaunes ma fille ! C'est la jaunisse. Il faut toujours surveiller les yeux de ton fils. Tu lui feras boire une cuillérée de cette tisane deux fois par jour.

Elle avait pour une seconde fois, porté la bouteille vers ses lèvres. Et, prenant une inspiration, elle avait demandé à ma mère :

— Ma fille, tu as pensé à moi ?

— Oui ma mère, avait répondu la mienne. Je t'ai gardé ceci.

Elle Joignit le geste à la parole et lui tendit deux billets de mille franc CFA.

— Merci ma fille ne me donne pas cet argent. Jette-le par terre ! N'oublie pas ceci ma fille : il faut prier Dieu, car ce n'est pas moi qui guérie, c'est lui seul.

— Merci, ma mère. Au revoir !

De retour à la maison, nous avons retrouvé mon père qui nous attendait assis à la véranda. Il m'avait calé dans son bras gauche et était entré dans la maison en tenant ma grande sœur par l'autre main. Elle était épuisée comme la première fois. Ma mère lui avait raconté tout ce qu'avait fait la vieille dame, et lui avait présenté les différentes bouteilles. Elle n'avait pas oublié de lui expliquer la posologie. Ce soir-là, mes parents s'étaient occupés ensemble de moi.

Avant mon bain de la soirée, mon père m'avait fait boire la première potion. Il m'avait ensuite remis à ma mère qui m'avait dévêtu pour la purge et le bain. Quelques minutes plus tard, je lançais un cri de douleur. Ma mère venait d'enfoncer la poire dans mon anus. Après la tétée elle me faisait boire le contenu de la troisième bouteille.

J'avais commencé à me sentir mieux le lendemain. Et une semaine plus tard, j'étais guéri. Ma mère avait vu juste ! Cette femme aussi avait vu juste. À son niveau ! Il est vrai qu'elle n'était pas parvenue à découvrir ce qui me faisait souffrir tous les deux mois. Mais au moins, ma mère qui avait apprécié la rapidité du soulagement pouvait louer ces efforts.

Mon père était à ses côtés pour moi à cet âge-là, mais son éducation était presque celle de tous les hommes. Tacitement ou volontairement, il avait abandonné les charges de la maison et des enfants à notre mère.

* * *

Originaire de la région de l'est, mon père avait quitté son village natal pour aller à Yaoundé réaliser l'un de ses rêves : devenir prêtre ou tailleur. Il était titulaire d'un Certificat d'Études Primaires et Élémentaires. Mais une fois à Yaoundé, ses rêves s'envolèrent devant des réalités naturelles.

Pour intégrer un petit séminaire, il lui fallait une recommandation d'un prêtre de son diocèse. Il ignorait cette procédure quand il avait quitté son village natal. Il n'avait pas pris soin de demander conseil avant de se lancer dans l'aventure. Il pensait à tort qu'en venant en ville, les choses seraient simples.

Après avoir vainement cherché le soutien de quelques prêtres dans la ville de Yaoundé, il s'était rendu à l'évidence. Ce rêve était irréalisable. Il fut tellement choqué qu'il arrêta de se rendre à l'église, bien qu'il fût un fervent croyant depuis le village. Il ne céda pas au découragement et se mit en quête de réaliser le deuxième rêve. Mais là aussi, ce n'était facile.

Quand à vingt-et-un ans, il avait pour la première fois foulé de ses pieds le sol de la ville de Yaoundé, il n'avait qu'une adresse d'une lointaine cousine. Elle résidait au quartier Melen et il possédait une somme de cinquante mille francs CFA dans ses poches. La cousine avait gentiment accepté de l'héberger et de le nourrir en attendant qu'il trouve un petit boulot et puisse voler de ses propres ailes. Mais la maison ne comportait que deux chambres.

Sa cousine partageait la plus grande des chambres avec son mari. Et ses deux enfants, qui étaient en bas âge, occupaient la deuxième chambre qui était moins spacieuse.

Il était donc obligé de partager cette chambre avec des enfants qui faisaient pipi au lit. Il lui arrivait souvent de passer toute une nuit sans dormir parce qu'il avait le pantalon mouillé par les urines des enfants. Il supporta cette cohabitation pendant un certain temps, mais dut déménager plus tard pour s'installer dans le canapé au salon.

Entre-temps, son argent s'épuisait. Le seul tailleur qu'il avait trouvé et qui s'était engagé à le former, se trouvait à deux cent francs CFA de frais de transport de la maison de sa cousine. Il réclamait de mon père, des frais de formation qui s'élevaient à cinq mille francs CFA par mois.

Puisqu'il contribuait symboliquement à la ration chez sa cousine, l'argent fut rapidement épuisé et il ne put plus suivre sa formation comme prévu.

Désespéré, il avait pris la décision de flâner dans les rues de la ville pour trouver un — job qui pouvait lui rapporter un peu d'argent. C'est ainsi qu'il fut embauché dans un chantier comme manœuvre. Il trouvait ce métier salissant et l'avait abandonné un mois plus tard.

Son deuxième job l'amenait à parcourir les rues de la ville de Yaoundé avec un plateau de beignets sur la tête. Il devait les vendre et être payé chaque soir au prorata de ses ventes.

Le troisième job lui apportait un peu plus de chance. Il était recruté comme serveur dans un grand bar du quartier Emombo.

Un après-midi qu'il était assis à la terrasse du bar qui n'était pas encore bondé de monde, il fut accosté par une dame qui l'avait invité sans vergogne à venir s'asseoir à sa table.

À vingt-et-un ans, il mesurait un mètre soixante-dix et pesait soixante-quinze kilogrammes. Il avait toujours les cheveux coupés courts. Ces yeux, petits et clairs s'harmonisaient avec son nez et mettaient en évidence la finesse de ses lèvres. Il avait le dos légèrement voûté vers l'avant et marchait en balançant les bras d'avant en arrière. Au bout de ses doigts, on apercevait des ongles soigneusement entretenus comme ceux d'une femme.

Il aimait s'habiller avec élégance. Ses vêtements n'étaient pas couteux, mais il prenait bien soin de les amidonner qu'on se trompait souvent sur leur valeur. Ils avaient toujours une impression de nouveauté. Il était fier, sûr de lui, hautain et tellement infatué de lui-même qu'il mettait des heures à prendre son bain. En plus des atouts naturels dont la nature l'avait doté, il avait un teint métissé.

Un mois après cette rencontre, il aménagea dans une chambre au quartier Kondengui aux frais de cette dame.

Deux mois plus tard, elle le fit recruter dans un bar plus important comme gérant. Il y restera pendant six mois.

Un après-midi qu'il était occupé à préparer les commandes à la terrasse du bar, il vit une autre parfaite inconnue sortir d'une grosse cylindrée venir s'asseoir près de lui.

Elle lui fit des avances comme la première dame en lui disant que sa place n'était pas derrière le comptoir d'un bar miteux. Elle lui avait lancé :

— Tu vaux mieux que cela.

Ce n'était pas vrai pour le bar qui était bien construit, propre et faisait beaucoup de recettes au propriétaire. En ce qui le concerne, le bar lui rapportait beaucoup en termes de pourboire. Elle lui proposait une place comme assistant dans un grand pressing de la ville. C'était une promotion pour lui !

Il avait accepté l'offre. Il ne se posait aucune question parce qu'il savait que cette dame n'avait rien d'un bon samaritain.

Surtout, l'idée de travailler dans un pressing le mettait dans une légère euphorie. S'il acceptait, il n'aurait plus à s'inquiéter de la qualité de ces vêtements. C'était un poker gagnant ! Il avait abandonné le métier de gérant de bar et avait déménagé de nouveau.

Cependant, il revenait toujours dans ce bar pour s'adonner à la nouvelle passion qu'il s'était découverte quand il était barman : le jeu de dames. Il en était devenu accro.

Pendant près de deux ans, il passa ainsi sa vie entre le pressing, le jeu de dame et les sorties en boîte de nuit avec cette Dame.

Un jour qu'il disputait une partie de damier, l'un des joueurs dit avoir entendu un communiqué à la radio. Et selon ce communiqué, le gouvernement lançait un concours pour le recrutement, la formation et l'intégration des instituteurs titulaires d'un Certificat d'Études Primaires et Élémentaires. Il avait constitué le dossier sans rien dire à la dame avec qui il vivait.

Il avait repris ses habitudes après l'examen en attendant les résultats. Ceux-ci furent affichés plus tard. Il avait réussi !

Dans l'attente du début de la formation, il s'était armé financièrement pour la nouvelle vie qu'il allait menée dans son lieu de formation. Il avait économisé assez d'argent pendant son passage au bar et au pressing, et put se permettre de refuser l'aide financière que lui proposait la dame. Il ne voulait pas lui être redevable ! Il fit ses bagages deux jours avant et prit soin d'expliquer à la dame avec laquelle il vivait son désir d'entrer dans la fonction publique, et partit pour le sud du pays.

La formation allait durer trois ans, et c'est à sa deuxième année qu'il rencontra fortuitement ma mère. Elle était âgée de dix-sept ans.

Chapitre 2

Un coup d'œil jeté vers mon téléphone portable, près de moi sur le lit et une pression sur l'une des touches m'indique qu'il est vingt-deux heures. La nuit est encore longue dans cette chambre et il pleut toujours sur la ville de Douala.

Instinctivement, mes pensées se portent vers mon ordinateur portable. Et si je regardais directement un film à partir de celui-ci : pour passer le temps. J'ai bien la volonté mais l'envie me manque.

Tout ce dont j'ai envie, c'est de revoir ma vie. Non pas pour la corriger mais tout simplement parce que depuis ma naissance, je ne me suis jamais arrêté pour faire une rétrospective. Si je dois passer la nuit sans fermer l'œil, autant faire un bilan. Ça me permettra dans tous les cas d'oublier la douleur à venir. Ce soir, j'ai la désagréable impression d'être un condamné à mort qui attend dans le "couloir de la mort". Cette pensée me rend triste et immédiatement je me mets à culpabiliser. Dans la mesure du possible, je dois éloigner la tristesse de mes souvenirs. Elle a la particularité de me rappeler avec pertinence que je suis différent des autres. Cela fait trente ans que je trimbale cette différence. Cela fait trop longtemps que je traîne ce boulet.

Trente ans à vivre, soit dans les différentes maisons de location qui nous ont logées, soit dans les hôpitaux et depuis quelques années, soit dans cette maison. Toujours dans la ville de Douala !

Tout à l'heure, je pensais à ma troisième crise à huit mois et à la jeunesse de mon père.

Est-ce normal pour un trentenaire de penser à la jeunesse de son père ?

La question s'impose à moi. Incapable de trouver une réponse et pour m'éviter un surmenage qui pourrait m'être néfaste, je préfère d'abord penser à ma quatrième crise.

La drépanocytose est une horrible maladie qui requiert des soins particuliers, une surveillance accrue des parents et un environnement favorable. Mes parents l'ignoraient. J'étais donc traité comme tous les enfants pendant leur absence. Certes, j'avais des aînés. Mais la maladie n'étant pas déclarée, donc inconnue de tous dans la famille, ils ne pouvaient pas jouer le rôle de garde—drépanocytaire.

D'ailleurs comme tout enfant, ils ne savaient et ne voulaient que s'amuser : c'est dans les gènes de tout enfant. C'est ainsi que pendant l'absence de nos parents, je rampais allégrement à même le sol pour m'amuser aux jeux que seuls savent jouer les nourrissons dans la poussière. Bien entendu c'était pendant que mon frère et ma sœur aînés s'amusaient avec les voisins de leur génération.

Ma deuxième sœur, la cadette de mes aînés, passait tout son temps à dormir.

À cet âge, j'avais certainement mangé des choses connues et inconnues. Cet abandon involontaire des miens devait favoriser ma quatrième crise à neuf mois. Ma mère, pour la deuxième fois avait remarqué cette position annonciatrice de la maladie que je prenais à l'heure de me coucher.

Elle s'était immédiatement rendue chez la vieille dame qui m'avait soulagé quelque mois plus tôt malgré l'heure tardive. Malheureusement, on lui apprit que cette dernière était décédée trois semaines avant.

Cette crise, la quatrième de ma jeune existence sous le soleil, était allée très rapidement. Le lendemain matin, je hurlais de douleur pendant et après le bain matinal. J'étais inconsolable. Sans attendre le retour des nôtres, ma mère m'avait amené dans un centre de santé privé à Bonapriso : elle n'avait plus trop confiance dans le traitement des médecins du centre de santé publique.

Dans cet hôpital privé, j'avais été pris en charge par un médecin plein de bonne volonté qui m'avait fait un examen physique et avait pris mon état général. Il avait donné son impression diagnostique et avait remis une ordonnance d'attente à ma mère.

À la fin, il avait exigé des examens tels que : Aslo pour vérifier si ce n'était pas un rhumatisme, Widal pour vérifier que je ne souffrais pas d'une fièvre typhoïde, BW pour s'assurer que je ne trainais pas une vieille infection sexuellement transmise, la numération de la formule sanguine et des examens de selles.

Deux jours plus tard, en présence du médecin, ma mère prenait connaissance des résultats.

La sérologie des fièvres typhoïdes, donc l'hémoparasite disait : absence des trophozoïdes de plasmodium falciparium (0/CV) et montrait que je ne faisais pas de fièvres dues à la typhoïde. Ce résultat montrait également que j'avais reçu tous mes vaccins.

Bien entendu le résultat de l'examen du BW montrait que je ne souffrais d'aucune syphilis ou toute autre maladie allant dans ce sens.

La numération de la formule sanguine présentait une anémie microcytaire hypochrome et leucocytose, qui n'avait rien d'alarmant.

Les selles, quant à elles, montraient la présence de nombreux éléments levuriformes en précisant qu'il n'y avait ni kystes d'amibes, ni œufs parasites ni ascaris et ni parasites.

Après avoir interprété les résultats, le médecin qui était satisfait avait dressé une deuxième ordonnance. Il pensait pouvoir me soigner !

Comme toutes les autres fois, l'un des médicaments de cette ordonnance avait un principe actif qui calmait à court terme les douleurs qui martyrisaient mon corps.

Une fois de plus, mes parents et un médecin faisaient la navigation à vue avec ma santé. Je ne pouvais en vouloir à personne. Normal ! Je n'avais même pas un an.

Pour en vouloir à quelqu'un, il faut au moins être conscient !

Même après trente ans je n'en veux à personne. Je sais que chacun à son niveau avait agi pour mon bien. Je n'avais tout simplement pas de la chance.

D'ailleurs, La chance je ne l'avais pas depuis ma naissance.

Le premier médecin qui avait dressé une liste d'examen à faire, avait tout simplement soit omis, soit oublier de demander un examen de l'électrophorèse de l'hémoglobine et éventuellement un test d'Emel.

Dans le cas contraire, que se serait-il passé si on avait découvert la maladie plutôt ? Serais-je différent après trente ans ?

Dans tous les cas, mes parents ne m'avaient pas abandonné. C'est vrai qu'ils avaient sérieusement commencé à se poser des questions sur ce qui m'arrivait.

Avaient-ils perdu la confiance en la médecine moderne ? Je pense que c'était pour cette raison qu'au début de la cinquième crise à dix mois, ils avaient décidé que ma mère et moi devrions nous rendre à l'ouest du Cameroun. Plus précisément à Bafoussam pour me faire traiter ? Mal leur en avait pris ! Pis pour mon pauvre corps de dix mois !

Bafoussam était une ville située dans la province de l'ouest du Cameroun à près de deux-cents-quatre-vingt kilomètres de la ville de Douala. C'était une ville au climat extrêmement froid. Ils ignoraient tout naturellement que le froid est un facteur déclenchant de la drépanocytose.

Une semaine plus tard, ma mère et moi étions de retour à Douala avec une dizaine de bouteilles de tisane parmi lesquelles il y avait deux litres pour lutter contre l'anémie.

Deux semaines plus tard encore comme mon état ne s'améliorait pas, ma mère et moi prenions une nouvelle fois un car de transport en commun pour nous rendre à Kribi. C'était une ville balnéaire située à près de cent—trente kilomètres de douala. Elle espérait y rencontrer des personnes capables de travailler comme la vieille dame qui m'avait soulagé lors de ma troisième crise.

Malheureusement pour moi et pour mes parents, Kribi était une ville entourée d'eau. Il y sévissait un climat qui ne permettait pas à un drépanocytaire de s'épanouir. Toujours est-il qu'un drépanocytaire non déclaré ne pouvait vivre dans cette ville. Une fois de plus, je devais souffrir de l'ignorance des autres.

Nous étions de retour une semaine plus tard avec des bouteilles pleines de tisane de toutes sortes avec heureusement, deux bouteilles pour approvisionner l'organisme en sang, ma mère et moi étions de retour à douala. Grace à ces tisanes, j'avais eu une accalmie qui m'avait permis d'atteindre onze mois et demi sans inquiéter mes parents.

* * *

À l'extérieur, la pluie a redoublé d'intensité. Ce sont maintenant de grosses gouttes d'eau qui martèlent le toit de la maison. J'ai bien envie de dormir comme tout le monde mais le visage de ma mère s'impose dans mon esprit. Elle était tout ce que je chérissais au monde. Comment la décrirais-je ? Toute ma vie, je ne me suis jamais senti dans l'obligation de le faire.

Mais ce soir pour la première fois je ressens une forte envie de penser à elle. Je veux lui rendre hommage. Je veux incruster son image dans ma mémoire. Je veux penser qu'elle pense que je pense à elle.

Elle était la dernière à naître dans une famille de quatre enfants dont deux garçons et deux filles. Elle pratiquait la religion catholique de l'église romaine comme tous les membres de sa famille.

Ma mère, la première femme de ma vie était née dans son village et avait été fortement influencée par les coiffures de ce village. Elle se coiffait à l'africaine et aimait utiliser le fil noir pour faire ses tresses. Quand elle ne nouait pas tout simplement ses cheveux en un chignon, elle couvrait sa tête avec un foulard qui cachait l'ensemble de ses cheveux et une partie de ses oreilles.

Malgré le long séjour qu'elle avait passé dans la ville de Douala, et malgré l'influence de la mode dans cette ville, elle n'avait jamais changé sa façon de se coiffer. C'était l'une des conséquences de l'éducation inculquée par ses parents.

Dans cette façon de se coiffer, elle mettait en évidence son front qu'elle avait légèrement rond. Sous ce front étaient logés deux yeux fins aux pupilles claires qui étaient toujours mi-ouverts, mi-fermés qui lui donnait l'air d'être toujours endormie. Elle avait un nez typiquement africain qui s'harmonisait avec une bouche légèrement large. Tout son visage se terminait en dessous par un menton à la dimension proportionnelle à celle de la bouche.

Elle s'habillait le plus simplement du monde avec des jupes et des robes qui ne laissaient rien paraître de son buste et couvraient ses genoux.

Elle était issue d'une famille catholique de l'église romaine et avait été élevée dans la crainte de Dieu. De toute ma vie, je ne l'avais jamais entendue prononcer en vain le nom du tout puissant. Sa piété était telle qu'elle appliquait les "Dix commandements de Dieu" dans la vie de tous les jours.

De même, elle ne savait pas hausser le ton. Je suis certain de ne l'avoir jamais entendue parler avec force. Cependant, elle avait un don pour écouter toutes les femmes qui sollicitaient son oreille attentive.

D'ailleurs, c'est cette dernière vertu qui avait occasionnée sa rencontre avec mon père pour la première fois dans son village natal. Elle s'était rendue chez l'une de ses cousines qui avait le même âge qu'elle et s'était laissé raconter ses déboires amoureux. Elle l'écoutait sans l'interrompre quand la supposée rencontre avait eu lieu.

C'était une rencontre brève et inattendue. Une rencontre qui ouvrait la première page du livre de ma douloureuse vie. Un livre qui allait s'écrire d'une page tous les jours. Un livre de dix-mille-neuf cent-cinquante pages. L'équivalent de trente ans de vie sur terre.

C'était un après-midi. Mon père, qui accompagnait l'un de ses camarades de formation s'était retrouvé chez la cousine de ma mère.

Était-ce la pudeur ? Dès qu'elle les avait vus arriver, elle s'était levée prestement et avait dit au revoir à sa cousine. Elle était sortie de la maison de celle-ci en saluant les nouveaux arrivants au passage.

Cette rencontre, bien que fortuite avait ébranlée le cœur de mon père. Il revint plus tard sans son ami dire à la cousine qu'il aimerait rencontrer ma future mère. Cette rencontre n'avait jamais eu lieu. Mon père avait bien été obligé de rentrer à Yaoundé pour les vacances avec dans ses bagages l'image d'une jeune fille gravée dans sa mémoire.

C'est beau d'imaginer deux personnes qui se rencontrent ! C'est mignon de savoir que deux personnes vont se marier !

À la fin des vacances, mon père était de retour dans son centre de formation. Contrairement aux années passées, il s'était fixé deux objectifs : obtenir son diplôme de fin de formation et épouser ma mère.

C'est ainsi que pendant un trimestre il avait mis tout en œuvre pour lui arracher un rendez-vous. Il n'y était jamais parvenu.

Alors, le trimestre suivant il avait eu pour idée d'aller voir directement ses futurs beaux-parents. Mes futurs grands-parents maternels étaient des Boulous de la région du sud. Mon grand-père était un enseignant de l'époque coloniale qui avait été formé sur le tas. Ma grand-mère était une femme au foyer et une fervente catholique. Ils avaient élevé leurs enfants en leur inculquant des notions de Dieu, du respect de la famille, en plus des notions de la tradition africaine et des coutumes africaines. Notamment les coutumes du peuple Boulou.

L'intrusion de mon père dans leur enceinte familiale alors qu'il était un parfait inconnu bousculait leur principe. Surtout parce que ma mère ne le connaissait pas, ses parents le rabrouèrent avec ménagement. Mais, c'était sans compter sur la ténacité et la sincérité du désir de leur futur beau-fils. Pour se rapprocher de sa future belle famille, il se lia d'amitié avec les frères de ma mère.

Ils étaient tous employés dans la mairie de la ville, mais n'habitaient plus la maison familiale. Mon père avait choisi d'être honnête et sincère avec eux. Il leur parla de son amour pour leur sœur cadette.

Devant autant de sincérité, les deux frères furent pris de compassion pour celui qui voulait devenir leur beau-frère plus tard.

Par honnêteté envers mon père et envers eux-mêmes, ils lui rappelèrent qu'ils étaient les aînés de leur sœur : en aucun cas il ne devait compter sur leur collaboration.

Ils ajoutèrent également qu'ils n'aimeraient pas être tenu pour principaux responsables de l'éventuel échec du supposé "mariage" de leur sœur avec un inconnu si un jour il décidait de la répudier de chez lui.

Cependant, ils l'aidèrent parce que son amour était évident.

Tous les samedis, toute la famille se retrouvait chez les grands-parents dès six heures du matin pour se rendre dans le champ familial. Ils pouvaient se permettre de l'inviter dans ce champ qui avait besoin de main d'œuvres supplémentaires. Notre père devait se débrouiller tout seul en évitant de jeter l'opprobre sur leur famille. Il accepta cette proposition.

Dès lors, il les accompagnait au champ où il les impressionna par sa force dans le défrichage. Rien de plus facile pour lui puisqu'il était originaire de la région de l'est. Il défricha à lui tout seul près de deux hectares et demi de forêt en moins d'un mois. Ils y mirent le feu ensemble, semèrent et récoltèrent des arachides, du maïs et du manioc en grande quantité cette année-là.

Ce rapprochement l'aida à gagner la confiance de la famille. Son ardeur au travail et son respect pour la famille l'aidèrent aussi à prendre racine dans sa future belle-famille.

C'est ainsi que peu à peu, ces futurs beaux-parents les abandonnaient au champ pour achever un travail resté inachevé. Et chaque fois qu'il revenait du champ, il transportait toujours une grande quantité de bois sec.

À la fin de sa formation, puisqu'il qui devait rentrer sur Yaoundé, il s'entretint avec la famille de ma mère qui le rassura. Il fit ses bagages, leur dit au revoir et alla attendre l'intégration.

Trois mois plus tard il obtint cette intégration et choisi de venir travailler à Sangmélima : le village natal de ma mère.

Au mois d'Août, c'est-à-dire un mois avant la rentrée des classes, il revint au village. Il loua une chambre et signala à mes futurs grands-parents qu'il était de retour dans leur village et s'y était installé. Il désirait demander la main de leur fille.

Ils lui dirent avec politesse que cela ne se passait pas ainsi dans leur famille. Leur fille était encore jeune et devait d'abord obtenir son Certificat d'Études Primaires et Élémentaires avant de songer au mariage.

Mais à dix-huit ans, malgré les mises en garde de sa famille, elle tomba enceinte. Heureusement, leur futur beau-fils avait montré assez de gages de bonne foi. Ils encadrèrent leur fille contre toute attente et s'occupèrent même de la layette. Ils ne demandèrent aucun centime à son futur mari qui insistait pour s'en charger.

À l'époque, il ignorait tout de la tradition Boulou. Celle-ci voulait qu'une fille qui conçoit d'un homme, alors qu'elle vit chez ses parents naturels ou non, sans avoir été dotée par celui-ci ne lui appartenait pas. Vu sous cet angle, c'était normal et légitime mais, cette même tradition stipulait que l'enfant également n'appartenait pas à cet homme. Il n'avait donc pas le droit de donner un nom au nouveau-né.

C'est ainsi qu'au mois de Février de cette année, l'aîné de notre famille naquit dans un hôpital de district de Sangmélima. Ses grands-parents lui donnèrent le nom d'Akono Gertrude. Ils s'étaient arrogés, comme la tradition le demandait, le droit de donner un nom entièrement Boulou à celle-ci.

Pour faire plaisir à mon père, les parents de ma mère lui avait permis de porter son nom à lui comme père dans l'extrait de l'acte de naissance de l'enfant : contrairement à leur coutume. Parce qu'il s'était acquitté de la dot auparavant.

La même année, ma mère obtint son Certificat d'Études Primaires et Élémentaires. Plus tard, mon père fut affecté dans la région du centre. À l'époque c'était la province du centre.

Avant de quitter le village de ma mère, il organisa leur mariage. Un mariage simple avec sa belle-famille à la mairie de Sangmélima. On ne leur avait jamais demandé de faire leur examen de l'électrophorèse de l'hémoglobine. Ils n'avaient jamais su que leur bonheur pouvait en dépendre. Ils ignoraient que des innocents pouvaient en souffrir.

Ils étaient heureux et ne pensaient à rien. Sauf à leur bonheur ! Comment aurait réagi mon père si on lui avait demandé de faire cet examen ? Je suppose qu'il allait demander :

— Est-ce une façon de m'empêcher d'épouser l'élue de mon cœur ? De même, comment aurait-il réagi si après les résultats, un spécialiste leur avait dit :

— Vous ne devez pas vous marier.

— Maintenant je suis sûr que vous ne voulez pas que j'épouse votre fille.

Et si on avait dit à mon père qu'il n'avait que le droit de faire moins de quatre enfants, je ne serais jamais né. Je serais une entité inerte. De par son existence, même un trou noir aurait sa raison d'exister. Il a une masse, une charge et il interagit avec son environnement !

Il m'est impossible de donner une réponse exacte à ces questions : je n'étais pas là. Je fais juste des spéculations pour me permettre de passer le temps. La nuit est trop longue. Je dois forcer le sommeil. Je dois dormir comme tout le monde.

Après le mariage, il prit sa femme et sa fille et alla s'installer à Yaoundé. Ma mère était enceinte d'un garçon qu'elle mit au monde dans la ville "aux sept collines" et mon père lui donna le nom de Doumoa Thierry. Il lui ressemblait physiquement. Le nouveau-né portait son nom. Il devait en être ainsi pour toutes les naissances à venir.

Deux années plus tard, elle conçue une troisième fois et mit au monde une deuxième fille qui décéda huit mois après sa naissance. Pour elle qui avait toujours eu une vie réglée et centrée sur la famille, ce fut le premier choc de sa jeune vie de jeune mariée.

Encore deux années plus tard, elle mit encore au monde une troisième fille qu'elle devait surnommer Doumoa Marie. Celle-ci avait lancé un petit cri lors de sa première fessée donnée par le médecin accoucheur pour savoir si elle était en bonne santé.

Et enfin dix ans après avoir quitté son village natal, ma mère me fit naître à Douala dans le même hôpital que mon aînée de deux ans. J'avais beaucoup pleuré lors de ma première fessée. Ma tendre mère avait donc conçu cinq fois en espaçant toutes les naissances de deux ans.

* * *

Je suis tellement perdu dans mes pensées que j'ai oublié que les naco de ma fenêtre ne sont pas fermés. Il fait froid dans ma chambre maintenant. Je dois rapidement me couvrir pour ne pas attraper froid. La couverture est soigneusement pliée et rangée dans le placard à près d'un mètre du lit quand on se dirige vers la porte. Mais ce soir je n'ai aucune envie de suspendre mes souvenirs.

Au loin, j'entends une poubelle qui se renverse. Les chiens prennent à leur tour possession du quartier. Le matin, les rues de la ville seront sales ! Les agents de la voirie municipale auront fort à faire pour rassembler toutes les ordures éparpillées çà et là.

Heureusement, ils sont habitués ! À Douala, dans les environs d'Akwa et même ailleurs, les habitants ont la manie d'abandonner leurs vieilles poubelles, pourries et trouées au bord de la route. Et c'est une chance quand ils ne les versent pas tout simplement le long des gros bacs à ordures installés par la mairie à cet effet. Puisque tout le monde ne peut pas être satisfait pour les mêmes raisons, ils donnent ainsi la chance aux multiples fous, sans oublier les chiens errants pleins de puces et les chats de se nourrir à moindre frais.

Pour bien se nourrir, ceux-ci sont bien entendu obligés de renverser toutes les poubelles qui sont debout et de retourner tout ce qui est au sol. Dans ces endroits en journée, même les coqs et les poules de la ville savent qu'il suffit juste d'éparpiller quelques ordures pour trouver en dessous les vers de terre et les asticots dont ils raffolent.

* * *

Ma mère disait souvent : "La nuit est faite pour dormir !" Mais comment peut-on dormir quand dans son esprit on attend qu'enfin commencent les douleurs que l'on redoute. Tout simplement parce que durant une vie, on a vécu avec elles. Comme si c'était une douce compagne. Je sais que bientôt je vais ressentir ces douleurs dans les os. Suis-je cynique ce soir ?

Je veux imaginer un homme sain qui a les yeux ouverts et se voit transpercer la chair avec une fraise pour dentiste. Nul ne supporterait cela ! D'ailleurs, dans cette situation, cet homme peut dire : "stop !" Mais dans mon cas je n'ai pas ce pouvoir. Je dois calmement attendre : que je le veuille ou non ! Et ça, ce n'est pas du cynisme. C'est une réalité lugubre. Cependant, je dois reconnaître qu'il m'est déjà arrivé de me rendre dans des hôpitaux pendant l'une de mes nombreuses crises et de voir d'autres malades souffrir.

Plusieurs fois, j'ai vu en passant devant le cabinet d'un ophtalmologue, la main d'un patient qui soutenait l'un de ses yeux. Celui-ci était sorti de son orbite et, si la main droite n'avait pas été placée sur la joue pour soutenir cet œil, il serait resté pendu comme une grenouille suspendue par le dos à une potence dans un laboratoire de chimie. Ce patient avait tellement souffert et pleuré de l'autre œil, celui en bon état bien sûr, qu'il avait fini par trouver le sommeil. Le sommeil d'un œil bien entendu.

Je me souviens également de cet autre patient qui avait un abcès interne logé dans la cuisse gauche. À cause de la douleur qu'il ressentait, il s'était mis à agir dans son domicile comme un fou. La douleur l'avait rendu incohérent et brutal. Pour le soulager, les membres de sa famille l'avait conduit dans un asile pour fou près de l'hôpital Laquintinie. Bizarrement, une fois en présence des vrais fous, il avait retrouvé la cohérence de ses propos et avait été conduit dans la même salle d'hospitalisation que moi à l'hôpital Laquintinie. C'était avec un large sourire qu'il nous avait dit :

— Mes frères, je préfère rester avec vous ici. Parce que je sors de l'enfer !

Il parlait de l'asile. Et non de l'abcès. Il m'avait raconté cette histoire pendant nos commentaires de "malades obligés de partager les mêmes souffrances" en désirant ardemment sortir de ce lieu où régnait l'odeur de formol.

* * *

Perdu dans mes pensées, une envie de m'étirer me prend soudainement. N'écoutant que mon envie et non mon courage, je tends les bras pour jauger la douleur. Quelle valeur donnerais-je à ce début de douleur ? Sous quelle échelle la placerais-je ?

Les scientifiques ont eu la bonne idée de tout quantifier depuis des siècles. C'est le cas avec les séismes, les masses, l'audimat d'une émission, le nombre de vu d'une image ou d'un film sur le net et j'en passe. Mais seulement, peut-on quantifier la douleur ? Quelle valeur donnerait-on aux céphalées ? Avec quelle échelle mesurerait-on les douleurs causées par un cancer en phase terminale ?

De même dans quelle catégorie devrait-on classer les douleurs abdominales dues à la famine ou à la dysenterie ? Maintenant que j'y pense… L'euthanasie n'aurait-elle pas sa raison d'être ? C'est vrai qu'elle fait débat sous d'autres cieux. Mais qui sont ceux qui débattent de ce sujet ? Certainement pas les grands malades. Les personnes en bonne santé ne leur demandent jamais leur avis. Ils estiment qu'ils sont psychosomatiquement incapables d'être rationnels.

Outre les raisons humanitaires, quels critères devrait-on retenir pour valider ou interdire cette pratique ? Pour avoir souffert toute une vie, je pense ce soir qu'une échelle de douleur ferait cesser tous les commentaires et les préjugés à cet intéressant débat. Mais dans ce cas et pour faire comme les autres, un tel dont la douleur se situerait au haut de l'échelle ou dans la zone rouge, accepterait-il de se faire euthanasier ? J'en doute car, quel que soit la douleur ou l'horreur de la maladie, personne n'a envie de mourir.

Pour quelque raison que ce soit, on s'accroche toujours à la vie. Mes trente ans de vie de drépanocytaire me le démontrent bien. Et ces trente années m'ont montré ce que vaut la souffrance. À chaque seconde de notre souffrance, on se dit que la seconde suivante on ira bien. Et de seconde en seconde on traverse les minutes. Puis les heures et les jours. Et enfin un beau jour on constate que la douleur nous a quitté. On oublie avec le sourire qu'on avait souffert. On n'attend même pas la prochaine.

C'est exactement la même chose avec ces gens qui crient partout et tous les jours qu'ils veulent aller au paradis, parce que les turpitudes de la vie ne sont plus à leur goût. Mais seulement, quand on leur explique que pour réaliser ce vœu pieux ou pas, il faut d'abord mourir, ils ne sont plus là pour entendre la suite. Soit-dit en passant, ces personnes-là n'ont rien à voir avec les fous d'un Dieu que je ne connais pas. Ce sont ces gens qui se font exploser avec tout genre d'engin après un hideux lavage de cerveau et une promesse de rencontre amoureuse avec des jeunes vierges dans un paradis qui n'existe dans aucun livre saint.

Ce soir, je me plais vraiment à penser à tout. Est-ce à cause des insomnies ou c'est la crainte des douleurs à venir qui m'empêchent de dormir ? Combien de fois dans une vie, un homme fait-il une pause pour faire défiler sa vie passée. En tout cas ce soir, je suis sûr que les condamnés à mort de tout genre le font. Certains et les plus connus sont dans les couloirs de la mort des prisons de haute sécurité. Et les autres sont les victimes de maladies héréditaire ou contractée dont on ne connait pas encore un traitement.

Les premiers l'ont bien cherché et les seconds l'ont hérité. Même si les premiers souffrent psychiquement, c'est-à-dire dans leur tête, les seconds ressentent aussi cette douleur psychique, à égalité avec eux. Mais en plus, ils souffrent physiquement. Dans la charpente de leur corps. Dans leur squelette. Dans leurs os !

Toujours est-il qu'à un certain moment de notre vie, nous avons un nom en commun. Un nom que nous invoquons inéluctablement. Le glorieux nom de Dieu. Celui de tout le monde. L'unique !

Combien de fois dans une vie prononce-t-on ce nom ? Que vous soyez athée ou pas, vous prononcez toujours ce nom. Ça vient toujours naturellement. Parfois même, "ça sort comme ça sort !"

Au cours d'une balade, quand votre pied heurte violemment une pierre pendant que vous ruminez de sombres pensées, vous invoquez ce nom pendant votre chute. Quand vous décrochez notre téléphone et que l'on vous annonce que votre enfant, qui vient de vous dire : "au revoir papa" en s'en allant pour l'école vient de faire un accident de la circulation, c'est d'abord ce nom que vous prononcez.

Dans l'attente d'une opération chirurgicale, vous invoquez également ce nom à travers une prière fut ce-t-elle courte. Et vous le faites juste avant de sentir l'aiguille de la seringue de l'anesthésiste s'enfoncer dans votre chair avant de vous endormir. Je l'ai toujours invoqué ce nom. Toute ma vie. C'est l'héritage que m'a laissé ma mère. Rien qu'à l'idée d'avoir pensé à ma mère, je me replonge dans l'autre pensée. Celle du nourrisson malade dont on ignore la vraie maladie que j'étais.

* * *

À onze mois et demi, j'étais un enfant différent des autres. J'avais une grosse tête. Le blanc de mes yeux était d'un jaune qui tirait vers le vert. Mes gencives et la paume de mes mains étaient pâles. Ma taille et mon poids étaient inférieurs à la moyenne. J'étais incapable de marcher tout seul.

Mes parents ne voyaient pas ou ne remarquaient pas cette différence. Seulement, il leur a fallu attendre ma première année pour découvrir qui j'étais et en même temps pour savoir que je serai toujours différent des autres.

À douze mois, la maladie avait commencé comme les autres fois. Mais cette fois-là, ma mère qui me connaissait déjà un peu trop bien s'était inquiétée de me voir triste toute la matinée.

C'était un samedi. Mon père avait voulu jouer avec moi après le petit déjeuner. Mais contrairement aux autres fois, je ne réagissais pas aux grimaces qu'il faisait. Il m'avait donc remis entre les mains de mon frère aîné qui m'avait fait asseoir entre ses jambes à même le sol et était sorti.

Il avait estimé que je ne voulais pas jouer avec lui ce matin-là ! Mon grand frère tenait mes mains dans les siennes et s'amusait à me faire applaudir pendant que mes sœurs chantaient. C'était dans cette position que notre mère nous avait trouvé quand elle était rentrée du marché et avait estimé que j'avais l'air d'un pantin entre les mains de mon frère aîné.

Sans réfléchir, elle avait déposé le sac qui contenait les produits de son marché et m'avait fait boire une cuillérée à café de Ranferon en s'assurant que je ne faisais pas de fièvre. Elle avait également vérifié la couleur de mes yeux. Je suppose qu'elle avait estimé que tout allait pour le mieux.

Heureusement pour moi parce que ce même jour, elle allait avoir la visite de sa meilleure amie. Celle-ci revenait d'un long voyage dans son village natal et apportait des provisions comme le plantain et les bâtons de manioc pour notre famille.

Ô Seigneur ! Je loue la visite de l'amie de ma mère et sa clairvoyance dans notre demeure ce jour-là. Elle était ma sauveuse !

Chapitre 3

Une pression sur l'une des touches de mon téléphone portable m'indique qu'il est vingt-trois heures. De temps en temps, j'entends le tonnerre gronder et simultanément je perçois la lueur d'un éclair.

Cet éclair me rappelle l'éclair de bonheur que l'amie de notre mère avait fait entrer dans ma vie sans le savoir.

Après les salutations et les embrassades qui n'en finissaient pas avec ma mère, elles se séparèrent l'une de l'autre. L'amie de ma mère embrassa tendrement mes deux sœurs qui aidaient notre mère dans la cuisine. Dès qu'elle s'assit sur un banc de la cuisine, elle prit des nouvelles de notre papa en demandant :

— Dis, Nyangon, où est ton mari ?

— Il est certainement allé jouer au damier. Tu sais que c'est son passe-temps favori. Et ton mari, comment va-t-il ?

— Ah ! Celui-là ? Laisse seulement ! Je l'ai laissé pendant deux mois avec les enfants qu'à peine arrivée, le bon monsieur ne veut même plus que je sorte. Il ne voulait même pas que je vienne ici aujourd'hui.

— Toi aussi il faut le comprendre ! Tu as quand même fait deux mois au village !

— Et alors ? Au fait comment vont tes fils ? Comme j'étais lourdement chargée, je ne les ai pas remarqué tout à l'heure.

— Ils sont à la véranda. Va chercher ton petit frère, avait-elle lancé à Akono.

— De quoi souffre-t-il encore ?

— Je ne sais plus quoi dire. J'ai déjà fait beaucoup d'hôpitaux avec mon deuxième fils et je ne comprends toujours rien. On lui a fait des examens dernièrement et on a rien trouvé. Je l'ai même amené à

Nkongsamba et à Kribi pour des traitements indigènes. Même de ce côté, je ne vois aucun changement. Je suis vraiment dépassée !

Pendant qu'elles causaient, Akono qui m'avait pris entre les mains de mon frère était de retour et me remettait entre les bras de la copine de notre maman.

Pendant qu'elle écoutait ma mère, son visage s'assombrissait. Elle soulevait mes paupières en constatant :

— Il a les yeux jaunes.

— C'est ce que je te disais non ? C'est la jaunisse !

— Qu'est-ce que tu lui donnes ? Sans attendre la réponse, elle continuait en soulevant ma lèvre inférieure. Tu as vu ces gencives ? On dirait qu'elles sont pâles.

Ma mère qui n'avait pas remarqué cela tout à l'heure s'était levée et était venue constater à son tour :

— Tu as raison. Je lui donne des produits à base de plantes naturelles que j'ai ramenés de Kribi. Je ne sais plus quoi faire. Je n'ai pas envie d'aller chez les marabouts. Tu sais que je n'aime pas ces gens-là. Quand tu vas les voir, ils te racontent n'importe quoi. Je n'ai pas envie d'entendre leurs bêtises.

— Tu as raison… Au fait ! N'as-tu pas remarqué que son pied gauche est plus gros que le droit ? »

Ma mère avait interrompu ses activités et avait lancé un regard vers mes jambes. Cette interpellation franche et directe lui avait fait perdre la joie de revoir son amie après plusieurs semaines.

Elles passèrent une à deux minutes à examiner mes deux jambes en silence.

La visiteuse avait repris la parole et lui avait dit :

— Tu sais, amène-le à l'hôpital Laquintinie demain et demande qu'on lui fasse l'examen de l'électrophorèse de l'hémoglobine. C'est un examen qui déterminera la nature de ses gênes.

— Merci pour ton conseil. Je ne manquerai pas d'exiger cet examen !

Le lendemain tombait un dimanche.

À cette époque on ne trouvait que des infirmiers de garde dans les hôpitaux publics. Ceux-ci vous bourraient de perfusion en attendant le médecin ou le spécialiste le jour suivant.

En attendant Lundi qui était un jour ouvrable, ma mère m'avait fait boire les tisanes ramenées de Kribi.

* * *

Lundi matin, elle me faisait prendre mon bain. Et comme à chaque fois, c'était douloureux pendant les crises. Elle avait opté pour l'hôpital Laquintinie comme lui avait conseillé sa copine.

Ma mère, qui était arrivée aux environs de neuf heures trente minutes avait été reçue vers onze heures par le médecin.

C'était un homme âgé d'une cinquantaine d'année qui m'ausculta. Il s'appelait Adje Marc et avait un ventre proéminent. Il portait l'éternelle blouse blanche des infirmiers sur lequel pendait leur éternel stéthoscope.

Dès que ma mère était entrée, il s'était levé de son siège, avait fait le tour de son bureau et l'avait invité à s'asseoir après lui avoir serré la main. Puis finalement il était retourné s'installer dans son fauteuil.

Après avoir feuilleté mon carnet médical qui était vide parce que ma mère achetait toujours un nouveau dans chaque hôpital pour chaque visite.

C'était avec complaisance qu'il avait dit :

— Que puis-je faire pour vous madame ?

— Docteur c'est pour mon fils. Depuis sa naissance, il ne fait jamais deux mois sans tomber malade.

Il s'était levé de son fauteuil et avait enfilé des gants médicaux. Il s'était dirigé une fois de plus vers ma mère en décrochant le stéthoscope qui pendait sur son ventre.

— Madame ! Dites-moi ce qui se passe quand il est malade. Avez-vous apporté ses anciens carnets ?

— Non docteur ? Je ne pensais pas qu'on me demanderait de les présenter. Ils sont à la maison. Quand il est malade, il pleure beaucoup (il avait soulevé mes vêtements et plaçait le stéthoscope au niveau de mes poumons), et depuis un certain temps ses yeux jaunissent (il palpait maintenant mon foie).

— Que lui donnez-vous comme médicament, avait-il demandé sans changer l'expression de son visage.

— On lui donne de la nivaquine, du Ranféron et du Clamoxyl (Il soulevait mes paupières).

— Est-ce qu'il s'alimente normalement ?

— Oui docteur ! Mais quand il est malade il refuse de s'alimenter et quand on insiste, il rejette presque tout ce qu'il avait avalé.

Après cette séance de questions et de réponses, il était retourné prendre sa place dans son fauteuil et avait ouvert ce qui était mon nouveau carnet médical :

— Madame, veuillez retirer le pantalon de votre fils.

Ma mère s'était exécutée. Mais certainement parce que mon corps avait été retourné dans tous les sens, je m'étais mis à crier de douleur. Le médecin que mes cris ne gênaient pas ajoutait :

— Essayez de le mettre debout sur vos cuisses.

Il s'était tenu debout derrière son bureau et son regard s'était dirigé vers mes jambes pendant que sa main droite secouait violemment le thermomètre qu'il tenait. Il le remit à ma mère qui l'enfonça dans mon anus.

Ce viol qui ne disait pas son nom m'avait fait souffrir doublement et je ne m'étais pas gêné pour le faire savoir en pleurant encore plus fort.

Le médecin s'était assis de nouveau dans son fauteuil et avait écrit dans mon carnet en s'adressant à ma mère :

— Bien madame, je ne peux pas me prononcer maintenant. Je préfère attendre les résultats des examens avant de le faire. Mais en attendant, vous allez prendre ces médicaments.

Il s'était levé et ma mère en avait fait autant. La consultation était terminée et elle lui avait dit :

— Au revoir, Docteur !

— Merci madame. Du courage !

Le courage, elle allait en avoir besoin.

* * *

Deux jours plus tard, ma mère était de nouveau assise dans le même siège de réception du médecin. Il avait sorti de son tiroir les résultats de mes examens qui s'étalaient sur cinq formats A quatre.

Le premier format concernait la bactériologie.

Le deuxième format concernait les résultats de la numération de la formule sanguine.

Le troisième format concernait la sérologie des fièvres typhoïdes.

Le quatrième format concernait la sérologie des BW (VDRL et TPHA).

Comme la première fois, ces quatre résultats ne renseignaient personne sur la maladie que je traînais depuis ma naissance.

Heureusement pour moi, le dernier examen allait le montrer à suffisance.

Le cinquième format, le dernier, celui qui concernait l'électrophorèse de l'hémoglobine, montrait que j'étais SS et le groupage sanguin montrait que j'étais du groupe rhésus négatif.

Dès qu'il avait fini de prendre connaissance des résultats de tous les examens devant ma mère, il les avait posés sur son bureau. Tout en essayant de dissimuler sa désolation, il avait dit en croisant ses doigts sur son bureau :

— Bien madame ! Comme je vous ai dit la dernière fois, j'avais besoin de ces résultats pour poser mon diagnostic. Pour commencer, votre enfant ne souffre pas de paludisme. Vous savez que c'est une maladie qui tue beaucoup les enfants de nos jours dans notre pays. Mais il est anémié, c'est-à-dire qu'il a un taux d'hémoglobine bas. Ne vous inquiétez pas madame, on lui donnera les médicaments nécessaires pour remédier à cette situation. L'autre bonne nouvelle est qu'il ne fait pas la fièvre typhoïde. La mauvaise nouvelle c'est qu'il est drépanocytaire. Son électrophorèse de l'hémoglobine nous dit que son hémoglobine est SS.

— Quelle est cette maladie, avait-elle demandé avec inquiétude.

— Je vous expliquerai. Mais dites—moi que fait votre mari ?

— Il est instituteur !

— Combien d'enfants avez-vous ?

— Quatre Docteur. Mais j'ai perdu un enfant huit mois après sa naissance.

— Je vois ! Bien madame ! Sachez que la drépanocytose est une maladie héréditaire qui attaque les globules rouges du sang qu'on appelle encore hématies et les déforme. Elle est malheureusement transmise par les deux parents.

— Comment Docteur ?

C'était avec anxiété qu'elle avait posé cette question.

Sans répondre à la question, il avait repris :

— Vous m'avez fait comprendre que vous avez fait cinq accouchements. Est-ce cela madame ?

— Oui, docteur.

— Vos autres enfants sont-ils en bonne santé ?

— Oui docteur. En tout cas je l'espère !

— Bien ! Savez-vous madame, ce qu'on appelle hémoglobine… Sans attendre la réponse il continuait : enfin, je vous expliquerai cela tout à l'heure. Votre mari et vous êtes ce qu'on appelle des porteurs sains. C'est-à-dire que vos sangs respectifs sont porteurs d'une hémoglobine malade. Au vu et au su de votre embonpoint, je peux affirmer, sans risque de me tromper que votre sang est composé à 50% de globules rouges S malades, et de 50% de globules rouges non malades. De même, je suis certain que votre mari a les mêmes pourcentages que vous dans son sang. Je conclu donc que votre mari et vous êtes AS. Les statistiques montrent qu'un tel couple qui met au monde quatre enfants a de forte chance de faire un enfant sain dont le sang est AA. Deux dont le sang est AS et qu'on appelle porteur hétérozygote. Le quatrième enfant de ce couple aura inévitablement un sang anormal SS à 100%. On dit de cet enfant qu'il est homozygote, et la maladie qu'il porte sera appelée la drépanocytose. L'enfant quant à lui sera appelé drépanocytaire. Madame, votre enfant qui est le cinquième dans l'ordre de vos accouchements souffre de la drépanocytose. C'est une maladie qui touche les globules rouges du sang. Voilà la réponse à votre question.

Il s'était arrêté pour reprendre son souffle.

— Le sang d'un homme sain possède en moyenne 4,5 à 5 millions de globules rouges circulaires et aplatis dans un décimètre cube de sang. Dans un globule rouge, il existe une substance azotée appelée hémoglobine A, dont la propriété est de fixer le dioxygène de l'air et de le distribuer dans le corps humain en passant par les vaisseaux sanguins. Si une hémoglobine A normale subit une mutation de la part des acides aminés qui la constitue, celle-ci perd automatiquement sa fonction de pigment rouge du sang et devient instable. On la retrouvera donc dans le sang sous la forme d'hémoglobine S, C ou E encore appelé drépanocyte. Pour ces hémoglobines malades, dès que les conditions d'oxygénation et même de vie ne seront plus favorables, elles prendront la forme d'un croissant de lune ou d'une faucille et adopterons une structure rigide. Vu leur nombre élevé dans l'organisme, leur circulation dans les vaisseaux sanguins fins sera rendue difficile. Elles auront tendance à s'agglutiner au niveau des articulations. Il en résulte donc les vives douleurs qu'ils ressentent au niveau des os et des articulations. L'anémie survient généralement lorsque les globules rouges sont vieux ou détruits. C'est une maladie que la médecine moderne ne connait que très peu. Il n'existe à l'heure qu'il est aucun médicament pour traiter cette maladie. Le traitement consiste à prévenir la maladie avant qu'elle s'installe et à calmer les douleurs dès qu'elle s'est installée. Dans ce cas, on dira que l'enfant fait une crise de drépanocytose. Mon rôle, madame consiste à vous informer pour le bien de votre enfant. Vous devez être forte madame. Votre enfant vivra longtemps si vous respectez les règles d'hygiènes et de prophylaxie que je vais vous énumérer.

Il s'était levé de son fauteuil et s'était dirigé vers la porte d'entrée. Il l'avait tiré vers lui pour s'adresser à sa secrétaire et l'avait refermée derrière lui après avoir lancé :

— Qu'on ne me dérange pas Madame Bilounga, je suis très occupé.

Dès son retour dans son fauteuil, il avait repris le fil de ces idées :

— Je disais tantôt madame, que votre enfant fera la maladie si vous ne respectez pas certaines règles d'hygiènes. Cette maladie commence généralement lorsque l'organisme s'affaiblit. Votre enfant ne devra plus jamais pratiquer du sport. Je préfère vous dire jamais et non un peu, parce que les crises que font ces personnes sont très douloureuses. Dans ma vie de médecin, j'en ai vu tellement. Il faudra lui éviter le surmenage. L'atonie, c'est-à-dire le manque d'énergie, devra lui être également évité parce que ça provoque la diminution de la résistance aux infections. Vous comprenez donc qu'il faudra éviter qu'il fasse des infections de toutes sortes. Votre enfant devra beaucoup se reposer. Vous allez toujours le vêtir avec des vêtements chauds. Quel que soit la saison et le climat : ces sujets ne supportent pas une exposition au froid ou à l'humidité. Vous ferez des efforts pour lui éviter la fièvre. Je vous donnerai une ordonnance à cet effet. Il ne devra jamais manquer de vitamine C, sinon son sang va s'hypo coaguler. Comme c'est un enfant, évitez qu'il fasse également des diarrhées. Éviter de lui donner des pâtes alimentaires à consommer. Faites un effort madame, je sais que vous aimez votre fils. Il ne doit pas prendre des sucreries mais devra boire beaucoup d'eau. Sa consommation de lait liquide et d'œuf devra être limitée. Bien madame, je viens là de vous énumérer quelques règles pour éviter l'installation de la maladie. Ah ! J'allais oublier quand il sera adulte il devra éviter l'alcool, la cigarette et toute autre forme de drogue.

Après ce long monologue, il était allé se servir un verre d'eau derrière son bureau. En retournant vers son siège, il tenait son verre d'eau dans sa main et continuait :

— Vous savez madame, dans la vie, il y a des gens qui vivent avec des maladies comme le sida ou le diabète et sont plutôt heureux. Il leur suffit juste de respecter des règles de vie. Ah ! J'allais encore oublier : sachez que c'est une maladie qui sévit en Afrique équatoriale et affecte 20 à 30 % de sa population. Je pense vous avoir tout dit, madame, avez-vous des questions ? »

Pendant cet exposé, ma pauvre mère avait fermé les yeux.

— Non docteur !

En fait, elle était sonnée comme un boxeur. Dans le cabinet médical, elle avait l'impression d'être claustrée. Elle avait perdu toute ses forces physiques pendant qu'elle écoutait attentivement le médecin. Elle sentait son esprit se vider. Elle se savait incapable de réagir. Elle ne savait pas ce qu'elle pouvait demander à ce médecin qui avait pris tout son temps pour lui expliquer des choses qu'elles ignoraient. Le ciel lui tombait sur la tête !

Le médecin, qui avait remarqué qu'elle était plongée dans de sombres pensées, avait rompu le silence qui s'était installé dans le cabinet en disant :

— Rassurez-vous madame ! Je vais vous dresser une ordonnance. Mais avant, apprenez que ces enfants vivent comme tous les autres. J'ai même ici à l'hôpital des collègues qui vivent avec cette maladie et se portent plutôt bien. Comprenez-vous madame, ils sont heureux comme nous tous ? Tout est question d'hygiène de vie. Vous ne devez pas céder à la panique. J'espère que nous allons nous revoir. J'aimerais, si vous le permettez, faire des examens cliniques à votre troisième enfant... Et pourquoi pas aux autres… On ne sait jamais vous savez ? Dans votre cas, il vaut mieux savoir avant qu'un deuxième cas se signale. Qu'en pensez-vous ?

Elle n'avait pas répondu à cette question et le médecin n'avait pas insisté. Il avait compris que la maman de son nouveau patient n'avait jamais entendu parler de drépanocytose.

Il lui avait présenté mon carnet de consultation. Il avait noté tous les palliatifs avec lesquels je devais vivre dorénavant : la Pervencamine, le Torental et l'Hydergine. La posologie suivait chaque médicament. Au bas de l'ordonnance il avait ajouté en supplément : Aspirine, Quinine, Nivaquine, Foldine, Vitamine C et B en expliquant à ma mère qu'elle devait toujours les avoir à la maison.

Puisque ma mère lui avait dit qu'elle me donnait souvent du Ranféron quand j'étais anémié, il lui avait demandé de ne plus l'utiliser dans mon cas. "Ce médicament contient des molécules nuisibles aux drépanocytaires" avait-il expliqué. Il lui rappela qu'il avait remplacé le Ranferon pas le foldine.

* * *

Comme un automate, ma mère était sortie du bureau du médecin. Elle me tenait dans ses bras et, en se dirigeant vers la sortie de l'hôpital, elle avait heurté maladroitement quelques passants.

Une fois hors de l'enceinte de l'hôpital, elle avait hélé un taxi, m'avait installé sur la banquette arrière, avait refermé la portière et s'était mise à marcher devant le véhicule.

Le chauffeur, qui avait pensé un moment qu'elle se rendait dans une échoppe pour faire quelque achat, se mit à l'attendre. Il se rendit vite compte que la direction et la démarche que prenait la maman de son client à l'arrière, n'avaient rien à voir avec le comportement d'une personne "normale". Il s'était installé rapidement dans son véhicule et avait démarré en trompe pour l'interpeller et la rattraper :

— Madame ! Madame c'est comment, lui lançait-il derrière le volant.

Il n'avait pas obtenu de réponse de la part de ma mère. Heureusement, c'était un père de famille qui avait vu de toutes les couleurs et entendu des vertes et des pas mûres dans la métropole Douala.

Il l'avait suivi à distance en se demandant tout naturellement ce qui poussait cette femme aux allures sobres à se comporter ainsi.

Et, en la regardant attentivement évoluer sur le trottoir, il avait remarqué qu'elle avait l'air hagard.

C'était à peine si elle ne s'empalait pas sur les personnes qu'elle croisait. Il avait secoué sa tête et s'était concentré sur sa conduite.

Les pensées se bousculaient dans la tête de ma chère mère. Au carrefour deux églises elle avait causé un embouteillage monstre. Heureusement, cette situation avait permis au chauffeur compatissant de sortir de son véhicule et de la récupérer au beau milieu du tohu-bohu qu'elle avait organisé malgré elle.

Le bruit infernal des klaxons avaient permis à ma mère de sortir de sa torpeur. Elle avait donné la destination au chauffeur et n'avait plus rien dit jusqu'à l'arrivée de mon père à la pause de midi.

À cette époque, la journée de travail était divisée en deux. Tous les midis, toute la famille revenait à la maison pour le repas et le repos de la mi-journée. Mais ce jour-là était maudit ! Tout le monde avait souffert.

Les premiers à souffrir de la découverte de ma maladie furent mon frère et mes sœurs. Ce midi-là, ils n'eurent rien à se mettre sous la dent. Aucun de nos parents ne fit attention à eux.

Notre père fut le deuxième à en souffrir. Il était habitué à faire une sieste tous les après-midis après le repas. Il fut surpris de trouver notre mère couchée dans leur lit avec le regard lointain.

Après dix minutes d'attente dans le salon, et puisqu'il n'entendait aucune activité dans la cuisine, il était retourné furieux dans la chambre et s'était adressé à notre mère avec un ton qui ne prêtait pas à équivoque :

— Nyangon, (Il l'appelait par son nom de famille quand il était contrarié) tu n'as pas remarqué que je suis revenu et que je dois me reposer pour repartir au travail ?

Le regard sans expression de ma mère était dirigé vers la fenêtre de la chambre. Cette fenêtre donnait directement vers la rue.

Elle s'était adressée à lui le regard toujours dirigé vers la fenêtre :

— S'il te plait viens t'asseoir on doit parler.

— Attends quand même. Quel que soit ce dont tu désires que nous causions, je ne comprends pas pourquoi la maison doit rester aussi triste. Que vont manger les enfants avant de repartir à l'école ?

— Il s'agit de Félix. Je sors de l'hôpital, avait-elle lancé sans se retourner.

— Depuis sa naissance il fait toujours de petite maladie. Qu'est-ce qu'il y a de différent maintenant ? Je t'ai toujours dit que quand il sera grand ça changera.

— Tu te trompes justement. Ça ne changera pas. Ça ne changera jamais !

Après avoir dit cela, elle éclata en sanglot. Il n'en revenait pas ce jour-là. Il ne comprenait plus rien. Devant cette faiblesse inhabituelle de ma mère, il avait oublié ses problèmes de famine et de repos. Son regard allait de ma mère à la boule que je formais dans le lit. Il était venu s'asseoir près d'elle et l'avait enlacée tendrement en attendant patiemment que sa crise de nerf passe. Elle faisait la deuxième crise de sa vie après la perte de sa deuxième fille.

* * *

Ce soir, je viens de penser à ma mère qui pleurait pour la première fois depuis ma naissance. Combien sommes-nous à l'avoir fait au cours de notre vie ? Et quel que soit les raisons que nous pouvons évoquées, que ressent-on nous ? Ce matin, je sens mon cœur battre plus rapidement. J'ai dû la faire souffrir énormément.

À propos de souffrance, la mienne va crescendo. Elle se localise maintenant au niveau des articulations. Dès qu'elle aura atteint les épaules, elle s'installera et prendra le contrôle total de mon corps et ce sera la crise proprement dite.

Dans cette chambre du quartier Bali, je n'ai plus de Torental. Depuis plus de trois ans, la seule pharmacie dans laquelle je me ravitaillais est en rupture de stock. Et les "Diclofénac forte" que je prenais en remplacement sont presque terminés. Je dois attendre huit heures du matin pour me procurer des médicaments. D'ici là, je veux repenser à ma mère.

Les trente années de mon existence m'ont permis de constater que les hommes sont toujours les derniers à être au courant de ce qui se passe chez eux. Quand j'étais adolescent, l'un de nos voisins avait déménagé le lendemain du jour où on l'avait fait revenir chez lui. Il était pourtant à son lieu de travail. On l'avait appelé pour lui dire que sa femme se battait violemment avec une voisine qui habitait à huit pâtés de maisons de chez lui. Il s'était empressé de retirer sa femme dès son arrivée entre les griffes de la voisine. Mais une dame qui visiblement appréciait que sa femme prenne une raclée avait lancé :

— Regarde-moi celui-là ! Il vient d'où même avec son gros ventre ? Au lieu de laisser qu'on corrige sa putain de femme, il vient avec sa grosse veste pour séparer ! S'adressant à lui, elle lança sans changer son expression de dédain : mon frère tu meurs sur quoi ? Ta femme sort avec son mari depuis des mois !

Cette question qui suivait l'étalage public de son statut de mari cocu l'avait franchement sonné. Il s'était retourné vers sa femme et avait croisé son regard. Il était mortifié. Tout le monde dans le quartier était au courant. Même moi ! Les enfants de ce cocu et moi appelions affectueusement l'amant de cette femme : "Tonton". Normal ! Il nous gardait les bonbons quand il venait cocufier le voisin !

L'homme avait foudroyé sa femme du regard. Tout autour d'eux les badauds criaient au lynchage et à la répudiation.

À la surprise générale, il avait pris la main de sa femme et était retourné avec elle dans leur domicile. Ils avaient traversé la foule qui lançait des "*Assia*" moqueurs en direction de la femme infidèle.

Le matin, il n'avait pas changé ses habitudes. Il s'était habillé normalement et était parti au travail. Il n'était plus jamais revenu dans leur maison. Il lui avait tout abandonné : les meubles, la femme et même les enfants.

Oui ! Les hommes sont toujours les derniers à être au courant de ce qui se passe chez eux. C'était le cas de mon père qui ignorait tout de mon état de santé. Il ignorait tout de la souffrance physique que j'endurais. Et surtout, il ignorait que ma mère aussi souffrait moralement et même dans sa chair à cause des nuits blanches qu'elle passait pendant mes crises à me bercer.

Ma mère s'occupait de la maison et des enfants sans poser de questions. Elle avait été élevée dans le respect strict, voire même dans la crainte du mari. Comme sa mère, elle savait que son rôle était de tout mettre en œuvre pour que son mari ait une vie douce à la maison. C'était son devoir d'atténuer les mauvaises humeurs que subissait son mari au boulot. C'était son rôle de lui faire oublier les péripéties du travail. Parce que c'était le devoir du mari de ramener l'argent dans le foyer, il ne devait donc pas souffrir des bruits que font les enfants pendant qu'il faisait sa sieste.

Mon père quant à lui avait une éducation toute autre. Il avait perdu ses parents dans son adolescence et avait été élevé par un oncle qui ne s'était jamais occupé de lui. Il s'était presque fabriqué tout seul dans les champs de son village et ignorait tout de la famille nucléaire.

Mais seulement, dans sa région l'homme était super puissant. C'est ainsi qu'il ne faisait rien à la maison comme travaux ménagers. Il s'amusait rarement avec nous et préférait la compagnie de ses amis du club damier où il passait le plus clair de son temps.

La crise de nerf de ma mère avait eu pour avantage de lui faire comprendre qu'il ne connaissait ni sa femme, malgré les douze années passées ensemble, ni ses enfants qu'il avait fait venir au monde.

Dans notre maison, tout le monde était au courant. Dans le voisinage, tous les voisins savaient que je souffrais. Sauf lui le chef de famille ! Avant que ma mère ne lui relate les événements de la journée, il avait deviné qu'il s'agissait de moi et que c'était sérieux.

Pourtant, nous dormions ensemble ! Il avait honte de lui et s'attendait à subir des récriminations de sa femme. Il avait été bien déçu.

Elle ne lui avait fait aucun reproche. Son éducation l'en empêchait. Elle s'était essuyé le visage pour reprendre bonne mine et était allée directement au but. Mon père avait été très choqué quand elle lui avait demandé :

— Pourquoi faut-il que cela arrive à notre fils ? Que va-t-il devenir ? Aura-t-il une vie normale ? Et les autres ? Sont-ils normaux ? Il n'avait pas les réponses à ces questions. Il m'avait tout simplement pris dans ses bras en faisant des efforts pour ne pas me réveiller. La découverte de la maladie dans la famille allait profondément changer les habitudes dans notre maison.

Pendant quelques semaines mon père fut plus attentionné envers nous. Il délesta notre mère de certaines tâches comme la lessive et le repassage. Il s'engagea même pour faire les pharmacies afin de se procurer le plus rapidement possible les médicaments de mon ordonnance qui étaient rares. Sur ce plan, il avait pris une bonne décision. Mes médicaments exigeaient de faire plusieurs pharmacies en marchant d'une pharmacie à une autre pour les avoir en totalité.

Le Torental avait pour rôle de calmer mes douleurs pendant les crises. L'Hydergine renforçait l'action du Pervencamine en favorisant l'oxygénation et la vasodilatation de mon organisme. Le fer contenu dans l'acide folique était censé m'éviter une anémie. Les vitamines quant à elles devaient améliorer le bon fonctionnement de mon organisme et de mon métabolisme. L'aspirine, la nivaquine sirop et la quinine sirop devaient m'être administrées régulièrement pour éviter une maladie qui pourrait favoriser une éventuelle crise.

La découverte de ma maladie changea temporairement ma vie. Mes parents se relayaient pour s'assurer que je prenais bien et normalement mes médicaments. Quelquefois, mes doses étaient doublées parce l'un pensait que l'autre ne l'avait pas fait.

Heureusement pour moi, ils réglèrent ce problème en décidant que seule ma mère devait s'occuper de me faire boire mes médicaments. C'est aussi elle qui devait vérifier systématiquement que j'étais toujours vêtu au chaud. De même, c'était elle qui devait vérifier et changer mes couches dès qu'elles étaient mouillées.

Mes aînés quant à eux avaient pour interdiction de me poser à même le sol. Il fallait éviter que mes mains ramassent quelques horribles microbes.

Le changement qu'avait subi mon père fit plaisir à notre mère. Il ne nous quittait plus pour son lieu de service sans s'assurer que j'avais pris mes médicaments. Pour mon bonheur, il revenait toujours me câliner pendant les pauses de midi. Les week—ends, il me baladait avec lui dans le quartier. Je ne manquais de rien.

Malheureusement pour nous, ce changement devait vraiment être de courte durée. Il allait reprendre ces habitudes de jeu de dame.

Heureusement pour moi, grâce à toutes ces attentions volées à mon père, je réussis à passer plusieurs semaines sans les inquiéter sur mon état de santé. Mais à vingt mois, comme j'étais "un sac à problèmes", je leur apportais un nouveau souci : je ne marchais pas !

Était-ce dû à cette maladie que je trainais comme un boulet ? Mes parents avaient trouvé cette situation anormale. Ils avaient décidé d'aller rencontrer le médecin de l'hôpital Laquintinie pour lui présenter le problème. Celui-ci se souvenait de ma mère.

La conversation ce jour-là s'était transformée en une causerie éducative. Le médecin leur avait fait savoir que je marcherai tôt ou tard. Il reconnaissait que ce retard était "peut-être" dû à la drépanocytose. Il n'excluait pas un retard dû à mon manque de volonté ou de motivation. Au cours de la conversation, il avait demandé si la sœur qui venait avant moi allait bien :

— Oui ! Elle se porte bien, avait répondu mon père.

— Quel âge a-t-elle maintenant ?

— Trois ans.

— J'aimerais la consulter. Qu'en pensez—vous ?

— Où voulez-vous en venir docteur ?

— Votre femme m'avait dit qu'elle avait fait cinq accouchements en tout si je ne me trompe pas. Sachez que selon les statistiques, un enfant sur quatre fait la drépanocytose quand les parents sont tous les deux AS. Si cet enfant est le quatrième de votre couple, je ne suis pas loin de penser qu'elle est porteuse d'hémoglobine SS. J'aimerais que vous preniez conscience de son statut avant qu'il ne soit trop tard.

Dès que le médecin avait fait allusion à ma jeune sœur, le visage de ma mère s'était renfrogné. Elle avait joint ses mains sur son ventre et avait levé la tête vers le plafond comme pour dire : "Seigneur ! Évitez cela à mon autre enfant !"

— Ok docteur ! On vous l'amènera. Nous n'allons pas abuser longtemps de votre temps. Des malades attendent certainement d'être reçus. Il s'était levé de son siège et avait tendu la main au médecin, pendant que ma mère se levait pour prendre congé également :

— Vous avez raison. N'oubliez pas de revenir avec l'enfant. Bonne journée monsieur, bonne journée madame !

— Merci docteur ! Bonne journée ! Ma mère avait dit au revoir au médecin avec l'esprit ailleurs.

Pendant leur retour à la maison, ils n'avaient échangé aucune parole dans le taxi. Un malade était déjà lourd à supporter en termes de compassion et d'amour. S'il fallait ajouter un deuxième cas, c'est le côté financier qui devrait être sérieusement touché cette fois. Cette seule idée les effrayait tellement qu'ils avaient préféré tout simplement espérer que cela ne puisse être possible.

Chacun s'était muré dans un mutisme qui donnait une sensation de paix dans la maison. Mais toujours est-il que la visite chez le médecin avait porté un coup sur le comportement de mon père. Il était de plus en plus rare à la maison et rentrait de plus en plus tard.

* * *

Dans la plus douloureuse des vies, il y a souvent des éclairs de joie ou de bonheur. Vingt-mois et demi après ma naissance, je faisais revenir la joie dans notre maison.

Il était dix-neuf heures trente minutes. Mon père était assis devant la véranda. Ma mère m'avait fait asseoir sur une natte et s'assurait que mes aînés révisaient leurs leçons. À un certain moment, elle s'était dirigée vers mon aîné qui avait sollicité son aide. C'était à mon avis le moment que j'attendais. Mon heure avait sonné !

J'avais avancé les deux mains vers l'avant et j'avais posé les paumes de ces mains à plat sur la natte. Simultanément, j'avais tendu les pieds et j'étais resté ainsi quelques secondes, la tête en bas et les fesses en l'air. Personne ne pouvait me voir sans faire un effort. Le corps de notre mère faisait écran. Seule l'aînée de la famille pouvait me voir. Mais pour cela il fallait qu'elle se lève de sa chaise ou que moi je me mette sur mes deux pieds.

Je devais juste faire un léger effort pour être debout : je l'avais fait et j'avais vu Akono qui avait la tête plongée dans son livre.

Après avoir passé vingt mois à être porté par ceux qui marchent sur leurs deux pieds, j'avais trouvé cela tellement drôle que j'avais levé les mains au-dessus de ma tête. Je les agitais dans tous les sens pour attirer l'attention d'Akono. Mieux : j'avançais d'un pas décidé vers ma mère comme un grand. Akono dont j'avais réussi à attirer l'attention avait crié :

— Maman ! Doumoa marche !

Elle s'était retournée si vite et si brusquement que j'avais pris peur et je m'étais remis sur mes genoux. Elle s'était dirigée vers moi et avait fait appeler notre père. Elle contenait sa joie.

Toute la famille était venue me voir et spontanément, ils m'avaient encerclé en tapant dans les mains. Pendant ce temps, ma mère entonnait un chant en Boulou que l'on utilise dans le sud du pays pour encourager un nourrisson qui veut se mettre debout.

Pour l'avoir entendu plusieurs fois au cours de ma vie, je m'en souviens encore. En français, elle disait :

À dada éé

À dada éé

À dada veut se lever

Mais pas de pieds éé.

À la troisième reprise, je m'étais levé sans effort.

Mon père avait crié un bravo en applaudissant de plus belle et en demandant à tout le monde d'agrandir le cercle. Il s'était éloigné de cinq pas et m'avait fait signe de venir vers lui. Je riais plus que tout le monde. J'étais heureux avec eux. Ma joie était si grande que j'avais levé les bras pour trouver mon équilibre. J'avais fait un autre pas vers mon père et je m'étais arrêté pour le regarder. J'avais ce sourire enfantin aux lèvres que savent faire tous les enfants quand ils sont heureux. Mes sœurs applaudissaient pendant que notre mère m'encourageait en disant :

— Oui, mon fils avance !

Ce soir-là, chacun avait une bonne raison de me voir marcher : pour mon frère et mes sœurs c'était un poids que j'ôtais de leur dos ou de leurs côtes. Ils n'auront plus à me porter à longueur de journée.

Pour mon père qui exultait, c'était une preuve que je n'étais pas né infirme.

Mais pour ma mère, c'était différent : elle était la seule à garder son sang-froid malgré les encouragements dont j'avais eu droit. Elle n'arrivait pas à oublier une seule seconde que je trainais une maladie qu'elle et son mari m'avaient inconsciemment donné en héritage. Elle me regardait fixement pendant que j'évoluais vers mon père qui reculait pendant que j'avançais vers lui. Pourtant, en marchant, la confirmation était donnée que la maladie n'avait pas un côté destructeur. Elle était la seule ce soir-là à retenir sa joie.

Entre-temps mon père m'encourageait avec force :

— Du courage ! Mon fils ! Papa t'attend, disait-il ».

Comme si je comprenais parfaitement ce langage, j'avais avancé le pas un peu plus grandement en oubliant tout risque de chute.

Ma mère m'avait dit : "Si ton père n'avait pas été là, tu aurais cassé toutes tes dents de devant". J'étais tellement heureux de découvrir la joie de la marche que j'avais recommencée plusieurs fois. Et chaque fois que je recommençais, j'étais parti pour une nouvelle chute. Heureusement, mon père était toujours là pour me ramasser par les aisselles avant que je ne m'affale par terre.

Plus tard, malgré cette joie que j'avais apportée dans la famille, le côté religieux de ma mère allait en pâtir.

Tous les Dimanches, toute la famille, sauf notre père, se rendait à Bonapriso pour suivre avec assiduité le culte catholique du matin à l'église catholique Dominique Savio. Akono et Thierry avaient eu leur baptême et Marie se préparait pour faire ce sacrement.

Mais dès la découverte de ma maladie, ma mère avait arrêté d'aller à l'église. Elle poussait pourtant mes aînés à suivre ce chemin qu'elle leur avait montré.

Chapitre 4

Encore trois minutes et il sera vingt-quatre heures. J'ai l'impression que le temps ne passe pas ce soir. On dirait que la pluie qui tombe toujours avec une violence extraordinaire ne veut pas s'arrêter. C'est à croire qu'elle veut en découdre avec les toitures de certaines maisons.

Heureusement, la maison qui m'héberge a des fondations solides et une toiture à toute épreuve. Je n'ai rien à craindre de la force incontrôlée de cette tempête. C'est en toute sécurité que je me remets à penser à tout ce qui se passait dans ma famille.

La découverte de la maladie et le respect strict des règles de la prophylaxie de la drépanocytose m'avaient permis de passer dix mois et demi sans faire une nouvelle crise.

Ma sixième crise, je l'ai faite à vingt-deux mois.

À cette époque, je dormais toujours avec mes parents qui n'utilisaient pas de moustiquaire dans leur chambre. Et à cause de la chaleur qui sévissait et qui sévit toujours dans la ville de Douala, nous dormions avec un ventilateur qui fonctionnait toute la nuit.

En plus, ma morphologie changeait. Même si celle-ci évoluait différemment des autres enfants de mon âge. Je n'étais donc plus le même bébé qu'elle connaissait autrefois.

Et enfin, mes parents avaient baissé leur vigilance. C'était la première fois que je passais autant de temps sans tomber malade.

Cette crise fut tellement sévère que j'avais eu droit à deux poches de sang dès mon arrivée à l'hôpital Laquintinie. J'avais été interné avec ma mère comme garde-malade pour une dizaine de jours. Ce qu'elle en a souffert ma pauvre mère !

Toutes les nuits ou presque, elle me tenait sur ses cuisses qu'elles pliaient dans la position du lotus. D'une main, elle tenait le bras dans lequel était enfoncée l'aiguille de la perfusion. Et de l'autre, elle chassait tous les moustiques qui avaient l'outrecuidance de s'approcher de mon frêle corps à l'aide d'un éventail.

Pendant les dix jours de mon internement, les rondes du médecin Adje Marc étaient fort appréciées par ma mère. Il s'était pris d'amitié pour elle et je crois de pitié, pour moi. Cependant, il avait pris pour option de ne plus demander à mes parents de lui permettre de consulter ma plus jeune sœur.

Mon père nous rendait régulièrement visite, mais ne s'attardait pas longuement car, il pensait à mes aînés restés seuls à la maison. À la fin du dixième jour ma mère et moi rentrions chez nous.

* * *

À deux ans je donnais un nouveau souci à mes parents.

Je ne parvenais pas à placer trois mots sans m'arrêter la bouche ouverte sur une syllabe. C'était comme si ma langue pesait une tonne pendant que mon ventre se contractait sur l'effort. Mes parents se rendirent à l'évidence : j'étais drépanocytaire et bègue.

Pour ma mère, après la perte de l'un de ses enfants et la drépanocytose qui vivait en moi, c'était le troisième choc de sa vie. Elle savait que ce n'était pas une maladie proprement dite. Mais c'était dur à comprendre. C'était dur à admettre. Elle ne comprenait pas comment et pourquoi la fatalité pouvait s'acharner sur une seule et même personne.

Pendant deux ans elle m'avait vu souffrir dans ma chair. Maintenant elle imaginait la souffrance que j'allais endurer dans mes relations avec les autres. Elle imaginait les railleries que j'allais subir de la part de ces autres. Pour elle c'était un capital trop lourd pour un seul adolescent.

À cet âge je ne ressentais pas vraiment l'amour et l'affection que me manifestait ma mère. Mais devenu adulte, j'avais compris pourquoi elle et moi étions si liés. J'avais compris qu'au-delà de l'amour maternel inné en toute femme, elle éprouvait en plus un désir de protection sur ma personne. Elle se battait pour moi sur tous les fronts. À cette époque, j'étais son plus fragile enfant.

Elle avait quasiment arrêté de penser à elle pour se consacrer entièrement à mon bien être. Je pense qu'elle avait décidé de vivre en symbiose avec moi. Sauf que moi je ne lui rapportais rien d'essentiel dans cette association.

Était-ce sa façon de me faire oublier toutes ces journées de souffrance que j'endurais, couché dans un lit d'hôpital ou à la maison pendant que les jeunes de mon âge jouissaient pleinement de la vie ?

À trois ans, elle découvrit un côté de moi qu'elle exploita à bon escient. J'étais plutôt du genre "curieux qui pose beaucoup de questions".

Je pense que c'est cette curiosité qui l'avait incité à me pousser très tôt vers les livres de mes aînés ou vers tous les documents illustrés qui trainaient dans la maison. Quand elle voulait se débarrasser de moi en l'absence de mon frère, de mes sœurs ou de mon père les jours de classe, elle me gardait près d'elle en posant un ouvrage en face de moi. Et dans ses moments de liberté elle prenait tout son temps pour m'apprendre à lire.

Plus tard mon père allait me faire réciter l'alphabet français. Et dans la même lancée, il allait m'apprendre à former les syllabes et à lire couramment.

C'est ainsi que dès l'âge de trois ans et plus, pendant qu'elle s'évertuait de faire diminuer mon bégaiement en me proposant des manières de me comporter quand je devais m'exprimer, elle m'apprit également la crainte de Dieu et m'inculqua des notions de sobriété et d'honnêteté. Malheureusement pour nous, le problème était profond et nécessitait l'aide d'un spécialiste. Mon adolescence m'empêchait de comprendre et d'appliquer tout ce qu'elle voulait m'enseigner concernant le bégaiement. Et surtout, je n'avais pas conscience du complexe que pouvait créer ce handicap.

Dès ma quatrième année, pour placer quelques mots, je devais battre la mesure avec les doigts de ma main gauche sur la cuisse correspondante pour réduire le bégaiement.

Et jusqu'à ma cinquième année je ne ressentais toujours pas la gêne que pouvait créer cet état de bégaiement inné en moi. Je n'avais toujours pas conscience de la moquerie des enfants de mon âge. Même si mon grand frère invectivait quand il ne frappait pas, tous ceux qui essayaient de se payer ma tête. Quelquefois cela dégénérait en une bataille rangée qui opposait mon grand frère à toute une famille.

Personnellement je ne ressentais rien. J'étais un adolescent que les moqueries n'affectaient pas. J'étais protégé par cette adolescence. Il faut dire que je n'étais pas turbulent.

* * *

Entre vingt-deux mois et quatre ans j'avais fait près de dix crises et autant de perfusions sanguines.

Au soutien indéfectible de ma mère, je pouvais ajouter ceux de mes sœurs aînées qui ne manquaient jamais de me venir en aide intellectuellement.

Quand à mon grand frère, si ce n'était pas de l'indifférence qu'il affichait pour la famille, je peux dire maintenant que j'y pense, qu'il ignorait tout de mon état à cette époque. Je ne pouvais rien lui demander à ce sujet. Puisque, ô joie de l'enfance, je ne remarquais pas moi-même que je tombais régulièrement malade. Et comme tous les garçons de son âge, il était turbulent et passait des journées entières à se balader.

C'est ainsi qu'il subissait régulièrement les foudres de notre père qui demandait souvent à notre mère s'il était effectivement son fils. Elle ne répondait jamais à cette question et calmait toujours mon frère dans le dos de son mari en essuyant ses larmes. Elle aimait lui dire :

— Ne pleure pas si ton père t'a puni. Reconnais que tu as eu tort de disparaître toute la journée. Demande pardon et ne recommence plus.

Il ne demandait jamais pardon et recommençait le lendemain. Quelquefois, quand à une heure tardive c'est-à-dire aux environs de dix-neuf heures, il n'était pas de retour à la maison, ma mère envoyait ma sœur le chercher en lui conseillant de revenir avant le retour de notre père.

Je me souviens que mon grand frère exaspérait tellement notre père qu'un matin, excédé, ce dernier l'avait enfermé dans la salle de bain commune. Il avait donné une interdiction à quiconque de s'approcher de la porte des toilettes. Bien entendu, il avait également interdit à notre mère de le nourrir avant son retour.

Mais comme c'était un samedi et qu'il se rendait toujours à son club de jeu de dame, il était sorti vers dix heures en emportant la clé de la salle de bain. Cette salle d'eau faisait également office de W.C.

Cinq minutes après son départ, notre mère demandait à Akono de faire le guet devant la véranda. Pendant ce temps elle donnait à notre frère Thierry son petit déjeuner à travers la petite fenêtre en bois qui s'ouvrait de l'intérieur.

Notre père était rentré un peu plus tard dans la nuit. Il avait libéré son prisonnier avec la joie d'avoir moralisé son têtu de fils. Il avait réveillé ensuite notre mère qui dormait et lui avait dit :

— Tu peux lui servir à manger. J'espère qu'il a retenu la leçon !

Elle avait pris tout son temps pour sortir de son lit et se rendre dans la salle d'eau. Son fils était couché à même le sol et ronflait comme un homme qui avait mangé un bœuf entier. Elle l'avait pris tendrement dans ses bras, l'avait installé dans la chambre et était allée faire son compte-rendu à son mari pendant qu'il mangeait au salon :

— Il est profondément endormi. Tu sais que je n'aime pas réveiller un enfant seulement pour le faire manger. On verra son cas demain.

Mon père qui était instituteur de profession et qui ne plaisantait pas avec les punitions avait conclu à haute voix :

— C'est bien fait pour lui !

Il n'avait jamais su que depuis sa prison improvisée, son "prisonnier de fils" avait eu autant que nous tous ses repas de la journée. Tout simplement parce que notre mère ne supportait pas que nous manquions des choses élémentaires de la vie.

La souffrance sous toutes ses formes l'exaspérait. Elle était la tendresse personnifiée. Mais la cruauté de la vie allait la frapper une fois de plus.

* * *

J'avais cinq ans et j'étais en pleine crise. C'était ce moment qu'avait attendu la deuxième fille de mes parents pour tomber malade. Elle s'appelait Doumoa Marie. Elle était ma grande sœur immédiate.

Au premier jour de sa maladie, elle avait eu droit à la nivaquine et à l'Amoxicilline. Mes parents pensaient qu'elle faisait juste un paludisme.

Notre mère avait veillé sur elle toute la nuit et l'avait quitté très tôt au lever du jour pour aller préparer le petit déjeuner de toute la maison. Et bien entendu pour m'administrer ma dose de médicament.

Dès son retour près de ma sœur, elle avait été frappée de stupeur : Marie avait les yeux très blancs, les gencives et les mains très pâles. Elle grelottait de froid sous la couverture alors que nous n'étions pas en saison des pluies. Sans réfléchir elle avait tout compris. Elle se souvenait du médecin Adjé Marc qui avait tant insisté pour lui faire faire des examens médicaux.

Elle avait couru dans sa chambre pour ramasser son porte—monnaie et avait dit à notre père qui était encore couché :

— S'il te plait il faut que tu t'occupes des enfants. Je vais rapidement avec Marie à Laquintinie. Elle souffre de la même maladie que Félix !

Pour toute réponse, il s'était pris la tête dans les mains. Ma grande sœur, celle que je suivais avait sept ans quand on lui fit l'électrophorèse de l'hémoglobine qui confirma son statut SS.

* * *

Je suis brusquement tiré de mes souvenirs par la lueur d'un éclair. C'est le deuxième que je remarque ce soir qui pénètre et s'estompe dans ma chambre. J'ai toujours été fasciné par ce phénomène. Malgré sa dangerosité pour nos yeux, j'ai toujours voulu l'apercevoir et le suivre de sa naissance à sa mort. Malheureusement je n'ai jamais eu cette chance en trente ans de vie.

Dans quelque fraction de seconde j'en suis certain, c'est le tonnerre que j'entendrai. Sa particularité est de toujours faire peur à tout le monde quand il ne le terrorise pas. Effectivement, quelques secondes plus tard, c'est le bruit assourdissant du tonnerre qui fait bouger les murs de certaines maisons que j'entends siffler dans mes oreilles. Ils vont toujours ensemble et renseignent sur la violence de l'orage.

Heureusement, j'avais largement eu le temps de me couvrir les oreilles avec mes mains. Et à propos de temps ! Je n'ai jamais eu le temps de prévoir une crise. Elle est sournoise la drépanocytose ! En trente ans de vie, si je dois évaluer le nombre de façon qu'a cette maladie pour se déclencher, je dirai : "autant de fois que j'ai fait une crise".

Ce soir de Septembre, quand j'avais été brusquement réveillé par la chaleur c'était une nouvelle façon. La chaleur n'était là que pour me faire savoir que la crise était toute proche. Comme l'éclair annonce le tonnerre !

Plongé dans mes souvenirs, je n'avais pas remarqué que la douleur devenait de plus en plus vive et avait atteint mes épaules. Je la ressens plus que les autres fois dans tout mon corps. J'ai l'impression que des aiguilles chauffées à blanc me transpercent les os. La douleur est insoutenable. Même les os de la tête sont atteints maintenant !

J'ai rarement ressenti ces douleurs au niveau de la nuque. À cause de celles-ci, je me recroqueville comme un vers de terre en serrant les dents. En même temps, j'ai la sensation que mes yeux vont sortir de leurs orbites. Pendant un long moment, une éternité_même, je subis ma peine avec une impuissance totale.

La douleur dans mes os est cruelle et insoutenable. Et dans mes articulations mobiles, mes articulations vraies, j'ai l'impression que ceux sont des biscuits secs que j'ai à ces endroits. Et bientôt je serai comme un zombie qui perd ses deux pieds et ses deux bras pendant sa marche. Dans la solitude de ma chambre, je finis par me convaincre qu'il va se passer quelque chose d'extraordinairement plus douloureux.

Sans transition, je ressens maintenant une sorte de dureté dans ces articulations comme si le liquide synovial, le lubrifiant qui leur permet de se mouvoir est fini. Pour vérifier cette nouvelle bizarrerie de ma maladie, faiblement mais courageusement, je ramène mon bras droit, celui sur lequel je ne suis pas couché vers l'arrière. Et c'est un "Knock" que je reçois comme réponse de la part de mes ligaments articulaires.

Ce bruit me rappelle celui que font les brindilles quand on les piétine les unes après les autres. Mais celui-ci ce soir me donne l'impression de sortir d'outre-tombe.

Comme si ce n'était pas fini, mon ventre prend le relais. À l'intérieur de celui-ci, j'ai l'impression qu'un boxeur professionnel s'entraîne pour les jeux olympiques. L'un de ses coups me tord tellement de douleur que je suis obligé de me recroqueviller de nouveau sur le côté. Et dans le même temps je pousse mon ventre vers l'avant comme si je voulais amortir le choc. Mais avant d'achever cette trajectoire, un autre coup me ramène vers l'arrière.

Pendant près de dix minutes, je suis pris de soubresauts qui m'amènent sans que je m'en rende compte d'avant en arrière avec la régularité du balancier d'une horloge.

Après cette nouvelle attaque différente de la première, je veux reprendre mes esprits quand j'entends mon cœur battre vite et fort. Cette augmentation des battements de mon cœur me fait tellement transpirer que je ne regrette pas l'absence de ma couverture.

Ces battements ont l'avantage de me dire que le temps des douleurs est achevé. Après encore une quinzaine de minutes, je suis mouillé comme si je viens de l'extérieur. Sous cette pluie qui tombe toujours et qui m'assiste.

La pluie et la nuit : les seuls témoins involontaires et impuissants de ma souffrance. Ils sont en même temps les seuls spectateurs muets à travers les naco ouverts de ma fenêtre. De m'imaginer ces deux témoins-spectateurs, je ressens une envie de dormir. De me rendormir !

Pour la première fois de ma vie je crois que je viens de faire ce qu'on appelle : "une crise généralisée". Involontairement, je prends la position qui signalait à ma chère mère qu'une crise était en gestation dans mon organisme. Bizarrement, cette position à l'air de me soulager. Elle me donne une réelle envie de dormir. C'est à ce moment que je prends conscience de ma fatigue musculaire. Je suis tellement affaibli que je suis incapable de lever un bras. Je dois donc rester dans cette position pendant un certain temps. Juste le temps de m'éviter une nouvelle attaque.

Il y a une vingtaine d'années mon grand frère Thierry m'avait dit :

— Quand tu ressens souvent des douleurs, fais des efforts pour vider ton esprit. Ce n'est pas facile je sais mais j'entends par là que tu penses à tout : sauf à ta douleur. Et comment frangin ? En tournant un film dans ta tête.

Ce jour-là, il était venu me voir dans ma chambre pendant l'une de mes innombrables crises. C'était d'ailleurs l'unique fois. Il s'était assis au bas du lit et m'avait dévisagé longuement. J'avais été ému mais en même temps très déçu. Tout simplement parce que dès qu'il avait fini de parler, il se levait déjà pour s'en aller. Il avait fait trois pas quand je lui avais demandé :

— C'est tout ce que tu as à me dire ? »

Je suppose que la question l'avait pris de cours. Il s'était arrêté net. Il avait aspiré un grand bol d'air et s'était retourné lentement vers moi en inclinant la tête vers l'épaule droite. Puis, il m'avait dit :

— Tu sais, j'ai toujours su que tu souffres. Chaque fois que tu fais ta maladie je ne te rends pas visite parce que je déteste voir les gens souffrir. Apprends que la souffrance des autres me donne la chair de poule. Comme quoi, pour dire que je souffre autant que toi. Oui c'est cela frangin ! Je souffre aussi. Si je disparais toujours quand Marie et toi faites vos crises, c'est pour cacher mes larmes. Si nos parents et Akono supportent cela c'est qu'ils ont leur cœur et leur raison. Moi, je ne supporte pas de voir la souffrance.

J'avais envie de lui demander de s'asseoir près de moi mais je connaissais mon unique frère. Lui qui était très renfermé, venait de m'avouer une de ses faiblesses. Alors, je l'avais laissé continuer :

— Souviens-toi des bagarres que j'ai livrées autrefois pour te défendre quand certains petits idiots se moquaient de toi. Je_t'ai demandé de faire le vide dans ta tête. Je sais que ce n'est facile mais apprends que tu n'as rien à perdre. Essaye toujours !

— Qui t'a appris cela ?

— Je l'ai lu dans un livre de yoga. Enfin ! Ça c'est pour le vide dans la tête. Mais comprenant que ce n'était de notre monde, j'ai remplacé le vide par un film.

— Et ça marche ?

— Super ! Imagine que tu es Michael Jackson. Je sais que tu l'aimes bien comme tout le monde d'ailleurs. Donc je disais qu'imagine que tu es en plein concert. Tant que tu seras sur scène crois-moi, ta douleur sera lointaine. Mais seulement si une seule petite mouche venait à te perturber pendant que tu exécutes ton "*moonwalk*", alors bon retour la douleur !

— Tu l'as déjà appliqué cette recette ?

— Tu sais que je suis un champion du mal de dents. Allez jeune homme assez bavardé. Bon scénario. N'oublie pas de fermer les yeux !

Par cette visite, il m'avait montré un côté de lui que je devais apprécier un peu plus tard grâce à notre mère.

Quand il m'avait laissé seul, j'avais essayé de faire comme il m'avait conseillé sans y parvenir. Il y avait trop d'idées qui s'entrechoquaient dans ma tête ce jour-là. Mais, un jour de tranquillité, alors que je broyais du noir, j'avais réussi à appliquer la recette de mon grand frère et j'avais constaté que ça marchait.

Et ce soir, je l'avais fait sans le savoir dès mon réveil. Puisque pendant toute la nuit, j'avais repensé à mon enfance et à beaucoup d'autres choses. Je m'étais même permis de faire de la cogitation.

Oh ! C'est vrai que quand la "petite mouche" qui se présentait sous la forme d'un éclair ou d'un tonnerre venait me perturber, je reprenais conscience de la douleur et naturellement je la ressentais.

La méthode de mon frère m'avait poussée à créer un scénario : celui de ma vie. Le personnage principal était ma mère. Le film était triste mais c'était de nature à me faire oublier mes douleurs. Il était donc intéressant : il me permettait d'oublier ma souffrance.

Je n'ai pas envie de changer de position. J'ai peur de souffrir de nouveau malgré mes trente années d'expérience. Alors, je préfère revenir dans mes souvenirs.

* * *

Je me souviens que six jours après leur départ de la maison, notre mère et Marie étaient sorties de l'hôpital. Ma jeune sœur avait été suivie par mon médecin de Laquintinie. Il y avait désormais deux drépanocytaires dans notre maison.

Aussi longtemps que cela dura, mes parents rejetèrent cette éventualité. Ils voulaient croire à une éventuelle erreur de la science ou de la nature en pensant que les statistiques n'étaient pas une science exacte.

Quand on connait les facteurs déclencheurs de cette maladie on est en droit de se poser mille et une questions sur le cas de ma sœur Marie.

Ce matin, je me plais vraiment dans cette gymnastique qui consiste à revoir mon passé. En tout, cas ça m'éloigne de la douleur.

Pendant sept années, Marie s'était bien portée. Elle s'alimentait comme tous les enfants de nos parents, prenait régulièrement les mêmes médicaments que nous pour prévenir les mêmes maladies et avait reçu tous ses vaccins. Dès sa plus tendre enfance, elle aimait s'habiller de manière à être toujours au chaud. La chaleur ne l'indisposait pas et elle buvait énormément de l'eau du robinet.

Et si à tout ceci, on ajoutait le fait qu'elle n'appréciait pas les jeux collectifs des filles qui les poussaient le plus souvent à sauter, on peut comprendre que la maladie ait mis tant de temps pour se déclencher.

Et si pour finir on ajoutait les statistiques qui montrent que : "à la naissance les sujets féminins résistent beaucoup plus aux infections que les sujets masculins", alors je pense à mon avis que c'est la conjugaison de ces facteurs qui lui ont permis de rester aussi longtemps en bonne santé.

À moins que ce ne soit la seule volonté du Dieu que nous connaissons tous. Elle était vraiment différente de nous. Elle était comme une grande fille. Je me souviens qu'à la maison, elle se plaisait à rester toute seule dans un coin à jouer seule quand les enfants des voisins venaient s'amuser avec nos aînés. Quelquefois elle préférait les regarder et refusait même de remplacer l'une d'elle pour une courte absence. Elle était née comme ça !

Mais le gros problème c'était que, nos parents avaient réagi différemment dès la confirmation de la drépanocytose de Marie. C'était ce gros problème qui allait à jamais nous tirer vers le bas jusqu'à faire coucher par terre tous les membres de la famille Doumoa… Ou presque !

Mon père s'en voulait intérieurement. Je suppose qu'il ressassait les paroles du médecin : "Les parents sont porteurs chacun d'un gène

S. Alors un enfant sur quatre aura les deux hémoglobines SS. Il fera donc la maladie".

Elle était ce fameux un sur quatre. Il se fit tellement souffrir qu'il se mit à rentrer vraiment tard à la maison. C'était une habitude qu'il avait acquise à la découverte de ma drépanocytose, mais cette fois-ci, il rentrait franchement saoul.

Par contre, ma mère prenait les choses avec stoïcisme. Elle avait compris qu'il y a des événements contre lesquelles on ne peut pas et on ne doit pas se battre. Elle affrontait la vie comme un soldat fait la guerre : avec les armes dont il dispose. Elle devait se battre pour tous ses enfants. Mais cette fois-ci avec beaucoup plus d'ardeur pour les deux plus fragiles.

En attendant, elle avait tout à faire pour Marie qui était couchée dans ses bras dans cet hôpital qui commençait à devenir sa deuxième demeure. Marie avait eu droit à deux poches de sang pour sa première crise.

Durant les douze jours qui correspondaient à l'hospitalisation de Marie, j'avais été séparé de ma mère pour la première fois. Avais-je remarqué l'absence de celle-ci ? Le seul souvenir que j'ai de cette première séparation me rend honteusement heureux.

Pendant cette absence, outre la nourriture que nous achetions régulièrement dans un tournedos et les poissons braisés que notre père nous ramenait tous les soirs, nous avions droit à des biscuits de bonnes qualités, du chocolat et des yaourts en guise de dessert. Le bon côté pour nous qui étions des enfants, c'était le moment où il disait : "manger mon poisson je n'ai pas faim" avant de tomber dans un sommeil éthylique dans le canapé.

Je dois l'avouer maintenant : tout petit, nous appréciions l'absence de notre mère. Nous aimions la savoir absente parce que notre père ne faisait pas les prévisions comme savent le faire les femmes. Et parce qu'il était saoul tout le temps, même nos travaux ménagers en pâtissaient.

Quant à notre frère il en profitait doublement. L'absence de notre mère coïncidait naturellement avec celle de notre père. Alors, il s'en donnait à cœur joie !

Je me souviens que pendant la première semaine d'hospitalisation de notre sœur, il sortait le matin comme un travailleur et ne revenait que quelques minutes avant notre père à la nuit tombée. Il avait le propre pour surveiller ses allées et venues.

Quand notre mère et Marie étaient sorties de l'hôpital avec une Marie plus amaigrie que jamais, il n'était naturellement pas à la maison. Notre mère l'avait remarqué mais avait fait semblant de l'ignorer parce que notre père se reposait dans la chambre.

Pendant que nous les bombardions de questions, nos voisins qui les avaient vus arriver avaient investi la maison. Ils voulaient nous réconforter. Malheureusement, leur arrivée avait fait disparaître la joie qui faisait rayonner le visage de Marie. Elle avait adopté son masque qui n'exprimait aucun sentiment et aucune expression. C'était un masque de peluche installée dans un canapé de salon et qui assiste à un débat entre bonnes femmes.

Les voisins étaient restés avec nous pendant une trentaine de minutes et s'en étaient allés. Notre mère m'avait installé sur ses cuisses et écoutait notre grande sœur lui raconter le bonheur que nous vivions pendant son absence.

Entre-temps, mon grand frère était entré par la porte arrière et s'était installé derrière le canapé dans lequel était assise notre mère de telle sorte qu'elle ne l'apercevait pas.

* * *

Il était quinze heures quand Akono finit de donner les noms des amies de notre mère qui l'avaient absenté pendant son séjour à l'hôpital. Elle l'avait écouté sans faire de commentaire et lui avait demandé :

— Où est ton frère ?

— Je suis là, avait-il répondu dans le dos de notre mère.

— Viens ici ! Je veux te voir.

Notre mère avait pourtant parlé avec douceur. Mais il hésitait parce qu'il avait les vêtements légèrement mouillés et les yeux tout blancs. Timidement, les yeux baissés vers ses pieds qui avaient des taches de boues séchées, il s'était présenté à notre mère qui le vit et eut un mini choc. La vision de Thierry l'avait déconcertée. Elle avait levé la main pour le gifler mais avait retenu son geste.

— Combien de fois vais-je t'interdire d'aller te baigner dans cette mare d'eau puante qui se trouve derrière l'aéroport de Douala mon fils ? Je sors d'un hôpital d'où j'ai vu des gens mourir à cause des maladies comme le choléra et, j'ai aussi vu d'autres se tordre de douleur parce qu'ils souffraient de dysenterie ou de diarrhée. Si c'est ce que tu veux alors, apprends que je n'irai jamais te garder dans un centre de santé puisque tu es têtu !

Elle ne s'intéressa plus à lui et me déposa dans le canapé. Puis elle se dirigea vers sa chambre pour se reposer.

Entre-temps notre frère s'était éclipsé et on l'entendait siffloter dehors. Il n'avait visiblement pas été impressionné par les paroles de notre mère.

Elle était ressortie quelques secondes plus tard de sa chambre à coucher et était allée s'allonger le long du canapé. Elle venait d'encaisser le quatrième choc de sa vie. Leur chambre puait l'alcool !

* * *

Elle me disait souvent : "la maladie attend toujours la nuit !"

Dans ma situation de vieux malade, je sais qu'elle attend la nuit pour nous faire souffrir cruellement.

J'étais à des années-lumière ce matin, d'imaginer que je passerais la nuit à ne pas dormir. Bien avant cette crise, je passais souvent mes nuits de malade à regarder la télévision et après un certain temps le sommeil m'emportait naturellement.

J'ai pourtant passé une excellente journée hier jusqu'à vingt heures avec mon ami Evoutou à regarder et à écouter tout ce qui se disait autour des attentats de New York. On était à la veille de l'anniversaire de ces attentats. Je l'avais laissé devant la télévision pour aller me mettre au lit.

* * *

Je l'avais rencontré à l'université de Douala bien après les attentats de New York et on avait rapidement sympathisé. Nous étions devenus inséparables. Nous avions évolués ensemble dans la même faculté. Tout au long des sept années de notre amitié, il m'avait toujours montré une affection sincère. J'avais donc fini par le prendre pour un autre frère. Heureusement que c'était réciproque.

Un jour, il s'était empressé de me dire que sa mère serait heureuse de me voir occuper une chambre dans leur vaste demeure. Au début, j'avais été gêné. Je ne voulais en aucun cas qu'une personne étrangère à ma famille n'endure ce qui revient de droit aux miens.

Les jours suivants, c'était la honte qui m'empêchait d'accepter cette offre. C'était une famille nantie et je ne voulais pas donner l'impression de vouloir profiter de leurs biens. Mais avec le temps, il avait fini par savoir comment me parler. Il avait appris à me convaincre.

Il y a environ cinq ans, un après-midi que nous avions passé à faire les lèche-vitrines dans les rues d'Akwa, il m'avait invité dans un restaurant pour manger un morceau et boire une bière. Bien entendu, moi je buvais un jus de fruit. Dès que nous avions pris place, il avait commencé en disant :

— Tu sais, on ne choisit pas son frère (je n'avais pas vu venir le coup mais je feignis de ne rien comprendre). Je sais que tu as beaucoup de problèmes (je le reconnus intérieurement). Tu vois ma famille ? Nous étions sept en tout. Mon père est décédé, tu le sais. Mais voilà : depuis le départ de tous mes trois frères et mes trois sœurs pour l'Europe, ma maman trouve que la maison manque un peu de joie. Elle ne te veut pas chez nous pour combler cette grande maison : tu as remarqué qu'il y a plein d'oncle et de tante qui ne foutent rien dans cette maison, mais je pense qu'elle le fait pour nous deux. Tu es le seul ami que j'ai eu depuis ma naissance (il mettait le baume). Viens occuper ta chambre avait-t-il conclu.

J'avais longuement réfléchi avant de dire :

— Pardonne-moi, mon vieux ! Depuis qu'on se connait, tu as apporté un grand réconfort dans ma vie et … »

Il ne m'avait pas laissé achever :

— Eh ! Eh ! Eh ! Une seconde. Je vois où tu veux en venir. Mais, écoute d'abord ceci ! Ma mère, qui sera bientôt la tienne trouve que depuis que je te connais, j'ai beaucoup changé. Quand on s'est connu tu te souviens que je buvais, je fumais et j'aimais les "petites". Eh oui ! Elle dit et c'est vrai que, depuis que je te connais je ne fume plus. Je ne bois plus comme avant et surtout je suis resté fidèle à une fille. Ce qui fait encore plus son bonheur c'est le côté étude. Grâce à toi mon ami, je fréquente depuis sept ans sans reprendre un seul niveau. Apprends qu'avant toi je doublais pratiquement chaque classe. Je n'aurais jamais eu mon baccalauréat si elle n'avait pas payé "certaines personnes" pour cela. Et je serai toujours resté le fainéant de la famille si ta hargne d'étudier ne m'avait pas contaminée. Voilà vieux ! Je te dois beaucoup.

— Dans ce cas je n'ai plus rien à ajouter. Tu as tout dit. Et pour être franc, je savais que je ne pouvais pas te convaincre et l'idée d'avoir une deuxième maison ne me déplaisait pas. Et si on mangeait maintenant ?

— Tu parles comme si tu savais que je crève de faim.

Après le repas, nous étions rentrés chez lui et il m'avait montré ma chambre. Sa mère l'avait aménagée en attendant mon arrivée.

Elle était splendide. J'étais dans un rêve !

Jamais de la vie, je n'avais évolué dans une pièce, aussi resplendissante de beauté et de bonheur. La porte de cette chambre avait été faîte avec le bois d'acajou et pouvait peser une tonne. Elle était ornée par quelques animaux de la forêt africaine.

Un grand lit occupait le centre de la pièce et de chaque côté du lit, était installé deux coffres.

À ma droite, était installé une table et la chaise qui allait avec. Cette table était recouverte d'une nappe blanche au centre de laquelle on avait posé un bouquet de fleurs qui contenait des fleurs encore fraîches.

L'unique fenêtre de cette chambre était à gauche de la table et faisait face à la porte d'entrée. De celle-ci, on avait une vue sur les immeubles d'Akwa.

La beauté de cette chambre était rehaussée par la présence à ma gauche, d'un placard revêtu d'un tapis de couleur marron. Comme le tapis que revêtait le sol de la chambre.

J'étais impressionné par tant de reconnaissance de la part d'Evoutou. Je m'étais instinctivement dirigé vers la fenêtre pour identifier quelques immeubles quand dans mon dos, la voix de la maman de mon ami m'avait demandé :

— Elle te plait mon fils ? »

J'avais envie de pleurer. Je m'étais retenu et j'avais dit avec sincérité :

— Oui ! Elle est tellement jolie. Merci maman !

— Je suis contente que ça te plaise. Du courage mon fils ! Si tu le permets, je veux seulement te dire que tu es ici chez toi. Si tu as besoin de quelque chose fais-moi signe. Je vais vous laisser entre garçons.

C'est le fils de cette femme qui avec le temps, avait fini par tout savoir sur moi et sur ma famille au point qu'il était capable de savoir le nom de tous mes médicaments de base. Dois-je y voir un signe ?

C'est dans cette maison aseptisée que je viens de subir la crise la plus violente et brève de mes trente années. Et c'est dans celle-ci que je veux revoir ma vie. Loin de Thierry. Mon frère biologique !

Chapitre 5

Il est une heure du matin. De retour dans mes souvenirs, je repense à la septième année de Marie. Mon père s'était franchement mis à boire !

Contrairement à lui, notre mère avait pris la décision de se documenter au sujet de cette maladie. Elle avait donc acheté tout ce qu'elle pouvait trouver comme document qui traitait de celle-ci. Elle put ainsi confirmer tout ce que le médecin de l'hôpital Laquintinie lui avait dit.

Elle continua ses recherches et s'attarda longuement sur les signes annonciateurs. Elle apprit que la maladie causait des dégâts à l'intérieur de l'organisme.

D'abord, en grossissant un organe comme la rate, elle l'empêchait de jouer son rôle de formation de globules rouges chez le fœtus ou de réponse immunitaire chez l'adulte.

Ensuite, en grossissant dans le même temps le foie, elle ne permettait pas à l'organisme de jouir de l'énergie stockée par cet organe.

Et enfin, en grossissant le cœur, elle l'empêchait de jouer son rôle de distributeur ou de pompe de sang.

Bien entendu, ces lectures devaient lui apprendre que l'augmentation du volume de ces organes entrainait l'augmentation des ganglions lymphatiques, des amygdales et de la végétation adénoïde. L'enfant aura une croissance lente et inférieure à la normale et il présentera un corps ayant un crâne bosselé, des mains plus épaisses que la moyenne et un ventre bombé.

Au bout d'un certain temps, le malade aura des os troués qui modifieront leur structure. L'état général du malade se dégradera si les ulcères apparaissent et on retrouvera des traces de la maladie dans les poumons.

Les nouvelles connaissances de ma mère devaient l'amener à se poser la question de savoir pourquoi la maladie de sa deuxième fille avait attendu sept ans avant de se manifester. Pour avoir une réponse à cette question, elle s'était rendue à Laquintinie pour rencontrer le médecin qui avait tout découvert. Il avait pris sa retraite et sa remplaçante était une femme :

La femme-médecin la reçut chaleureusement et elle alla directement à essentiel :

— Docteur je suis venue parce que je veux avoir une explication à un phénomène médical que je ne comprends pas. Avant vous, c'était votre prédécesseur le Docteur Adje Marc qui s'occupait de mes deux enfants atteints de drépanocytose et... »

Elle s'était arrêtée parce que la femme-médecin avait levé la main pour attirer son attention.

— S'il vous plait madame ! Voulez-vous me dire que vous avez deux enfants drépanocytaires en pleine crise et vous venez me rencontrer sans eux ?

— Non ! Madame ne vous méprenez pas ! Les enfants vont bien. C'est que je ne veux pas perdre votre temps. Je pense que vous devez vous reposer après une dure journée de travail.

— Merci madame de vous faire du souci pour moi ! Mais apprenez que mon rôle est d'écouter les gens. Et si vous ne le saviez pas, l'un de mes devoirs est de récupérer les malades de mon prédécesseur. Il a pris sa retraite en laissant une très bonne impression dans cet hôpital.

Elle s'était débarrassée de son fauteuil que ma mère connaissait tant en le poussant vers l'arrière, avait ôté sa blouse qu'elle avait accrochée au mur derrière elle et s'était également débarrassée de son stéthoscope. Puis elle était retournée occuper son siège.

Pendant ce temps ma mère jetait un regard circulaire dans le bureau. Elle constatait que rien n'avait changé. Hormis une photo sur le bureau qui présentait cette dame en tailleur bleu. Elle était debout à côté d'un bel homme habillé dans un ensemble veste bleu marine qui posait sa main gauche sur la tête d'un enfant qui faisait un sourire radieux.

Ce geste n'avait pas échappé à la femme-médecin. Elle s'était emparée de la photographie et avait dit à ma mère :

— Bien ! Madame. Maintenant parlons entre dames. En réalité mon service est terminé et je me ferais un plaisir de débattre avec vous et surtout de ce sujet. Mais avant sachez que ce petit homme sur la photo (Elle pointait l'enfant), est mon fils. Il a huit ans. Et là (Elle serrait presque les dents), c'était mon mari. Il est décédé… Il était drépanocytaire ! Voilà pourquoi je vous ai coupé tout à l'heure quand j'ai entendu "drépanocytose". Je les connais trop bien pour avoir vu mon défunt mari en souffrir. Ceux sont des personnes qui souffrent tellement. Que vouliez-vous savoir ?

— Mes condoléances Madame ! Je ne sais plus quoi dire. C'est la première fois que je rencontre une personne qui a vécu avec ces gens. Je me rends compte que mes enfants aussi pourront être heureux un jour. Vous venez de répondre à une question que je n'avais pas prévu de poser parce que cela me gênait rien que d'y penser.

— Mais Madame ! Rassurez-vous. Ceux sont des personnes très merveilleuses qui sont comme tout le monde. La drépanocytose est une maladie héréditaire certes, mais on peut vivre avec.

— Avouez cependant que vous en avez souffert madame !

La femme-médecin avait repris la photographie pour y jeter un coup d'œil :

— Pourquoi pensez-vous que j'en ai souffert ? Non Madame : N'y pensez pas. Quand je l'ai connu au lycée, il souffrait déjà de la maladie. Mes parents ont tous entrepris pour que nous nous séparions. Mais je l'aimais ! Après nos études, je suis arrivée avec lui chez mes parents. Je leur ai dit que nous allions nous marier avec leur consentement ou pas. Savez-vous ce qu'ils ont fait ? Ils se sont dépêchés de nous faire un cadeau de mariage digne de ce nom et ont activement participé à la réussite du mariage. J'étais décidée. J'aimais le futur père de mon enfant !

Les deux femmes avaient éclaté de rire. La femme—médecin avait continué en disant :

— Oui ! C'est vrai Madame. Ils ont cédé et mon mari et moi avons vécu heureux pendant quinze ans. Il m'a laissé ce magnifique jeune homme que j'appelle mon mari.

"Il était vraiment beau cet enfant, pensa ma mère" qui le dit ensuite à sa mère.

Prenant une pause pour souffler, la femme—médecin éclata de nouveau de rire et remarqua ;

— Mais Madame, finalement, j'ai l'impression que c'est vous plutôt qui me consultez. Ça ne fait rien. Que puis-je faire pour vous ? »

L'ambiance était devenue amicale entre les deux femmes. Ma mère avait repris la parole en commençant par les présentations :

— Je suis Madame Doumoa Nyangon Rebecca. Mon mari est instituteur et nous avons quatre enfants dont deux drépanocytaires. Ils étaient suivis par votre prédécesseur le Docteur Adje Marc avec qui j'avais sympathisé. Mon fils malade, le dernier de mes enfants, avait commencé les crises dès l'âge de quatre mois. Au début on n'y comprenait rien. Mais grâce à votre confrère on a découvert la maladie. Pendant longtemps il a insisté pour que nous lui amenions l'avant— dernière pour des examens. Nous ne l'avions jamais fait. Quelques jours après sa septième année, elle est tombée malade. Sa drépanocytose a été déclarée. Je voudrais donc qu'un spécialiste m'explique ce phénomène et me donne les conseils nécessaires pour le suivi de mes enfants à la maison.

— Je suis contente d'entendre cela Madame. Je constate avec joie que vous avez accepté la condition de vos enfants et que vous voulez prendre le taureau par les cornes. Je vais vous répondre : je suppose que le Docteur Adje vous avait longuement entretenu sur les statistiques. Passons ! D'abord, sachez qu'une maladie n'évolue pas de la même façon d'un individu à un autre. C'est normal puisque nous évoluons tous dans des univers différents. Chacun de nous développe donc des anticorps qui forcément ne sont pas les mêmes chez tous. J'avoue que le cas de votre enfant m'intéresse particulièrement puisque vous dites vous-même qu'elle a attendu sept ans pour faire la maladie. Je vous félicite madame parce que vous les suivez très bien.

Elles avaient parlé longuement et ma mère était rentrée à la fin de l'après-midi.

* * *

Le lendemain elle nous parla de son entretien avec celle qui devait désormais être sa conseillère. Mais en aucun moment, elle ne prononça le nom de la maladie. Elle s'adressait surtout à nos aînés. Elle leur faisait savoir qu'ils devaient dorénavant veiller sur nous.

Il nous était interdit dès lors de boire l'eau glacée de notre congélateur. Il en était de même des boissons congelées et emballées dans les sachets plastiques que certaines femmes vendaient dans les glacières et que nous appelions pompeusement "sucettes".

Elle s'adressa à notre aînée Akono pour lui dire :

— Tu es l'aînée. Assimile donc bien ce que je viens de dire, sinon gare à toi !

Il n'y avait pas de menace dans sa voix. Elle s'adressa enfin à notre frère :

— Je ne sais pas ce que je dois te dire. Depuis que je vous ai réuni dans ce salon, tu n'as pas cessé de regarder dehors. On dirait que l'état de santé de ton frère et de ta sœur ne te concerne pas.

Il avait douze ans. Il faisait la classe de Cours Moyen deux. Il se faisait punir presque tous les jours par notre père. Il était incisif et n'aimait vraiment pas rester à la maison.

— Tu as dit que tu ne veux plus les "sucettes" dans la maison, parce qu'ils sont malades (Il nous pointait du menton Marie et moi). Si je surprends l'un d'eux avec une "sucette" que dois-je faire ? Le battre ? Et encore ! Depuis que tu parles de leur maladie tu ne leur as pas dit à eux-mêmes de quoi ils souffrent.

Heureusement notre mère qui le connaissait bien conclut sans donner une réponse à ses questions :

— J'espère qu'un jour tu sauras que cette famille est la tienne et que tu devras assumer. Je sais que tu veux aller jouer. Termine d'abord tes travaux et tu pourras t'en aller. Mais je te veux ici avant midi.

Il n'avait pas entendu la dernière phrase qu'il était déjà de retour avec le balai.

* * *

Notre mère était partie faire le marché et était revenue plus tard avec deux sacs. L'un d'eux contenait six bouteilles. Avec l'aide d'Akono qui avait à cette époque quatorze ans, elle aligna les bouteilles devant nous :

— Tu es assez grande maintenant pour comprendre ce que je vais te dire. Toutes ces bouteilles contiennent des potions qui aideront Marie et Félix à ne plus faire régulièrement des crises. Chacun d'eux aura droit à une bouteille. Ces potions sont censées empêcher que leurs rates gonflent et qu'ils ne manquent pas de sang.

Elle parlait en écartant deux bouteilles de couleur jaune qui présentaient deux étiquettes semblables sur laquelle on avait écrit : "RATE".

J'avais fait un pas vers la bouteille qui était supposée être la mienne et j'avais posé une main dessus sans rien dire.

— Bien ! Mon fils je crois que tu as tout compris, avait-elle lancé en souriant.

Cela me fait mal ce triste soir de pluie et de solitude de le reconnaître : elle se trompait ! Toutes ces bouteilles devant nous avaient des couleurs rouge, jaune et claire.

La bouteille rouge qui était sensée prévenir l'anémie me rappelait le sirop de grenadine : c'était dessus que j'avais posé ma main. La bouteille jaune me rappelait le jus de citron et la troisième bouteille de couleur claire était sensée nettoyer le foie.

Ainsi parés, Marie et moi fîmes chacun une crise cette année-là. Elle avait huit ans et passait pour aller en classe de Cours Élémentaire un. Quant à moi, je devais commencer la Section d'Initiation au Langage.

Mon père m'avait inscrit à l'école Publique de Bonapriso Garçons Groupe un où il travaillait et où fréquentait mon unique frère. Cette école ne recrutait que les garçons.

Mes sœurs quant à elles fréquentaient l'École Publique de Bonapriso Filles Groupe deux. On n'y recrutait que les jeunes filles. Leur école était à moins de cinq-cents mètres à vol d'oiseau de la mienne.

Deux jours avant la rentrée des classes, notre père fut nommé Directeur à l'école publique de New Bell Groupe un. Il préféra m'amener avec lui dans cette école et abandonna sciemment notre frère à Bonapriso.

Notre mère lui avait demandé pourquoi et il avait répondu rapidement :

— Il se sent bien là-bas !

Était-ce pour notre père une façon de se séparer de notre frère cinq jours sur sept ?

Thierry affichait dès son adolescence une désinvolture évidente qui frisait le mépris à l'égard de notre père. J'étais déjà né quand j'avais remarqué que les relations entre eux n'étaient pas au beau fixe.

Mon unique frère disparaissait généralement de la maison le matin pour ne rentrer que la nuit tombée. Il n'informait personne de ces lieux de sorties ou de randonnées.

Pourtant notre père avait essayé de créer le dialogue avec lui sur la demande de notre mère. À chaque fois, Thierry le fixait droit dans les yeux et s'en retournait sans dire un mot.

Notre père avait demandé à notre mère un jour :

— Quel est cet enfant qui vous fixe droit dans les yeux sans bouger un seul cil pendant que vous lui donnez des conseils ? »

— Soit patient ! Un jour il changera, suppliait toujours ma mère.

— Changer ? Lui ? Au contraire. Ne soit pas surprise qu'un jour on vienne te dire que ton bandit de fils fait partir de ces petits voyous qui agressent les petits blancs à Bonapriso.

Il avait tort de s'inquiéter et notre mère avait raison de lui vouer une confiance aveugle.

C'était vrai qu'à New Bell dans mon enfance, les jeunes menaient souvent des assauts coordonnés dans les rues de Bonapriso où résidait une forte communauté d'Européen et ramenaient le butin de leur forfait dans le domicile de leurs parents.

Pour les parents avertis qui posaient des questions, ces jeunes répondaient invariablement :

— Nous avons trouvé tous ces jouets dans leurs poubelles.

Cette réponse satisfaisait tout le monde puisqu'il était établi que dans ce quartier, les riches se débarrassaient de tout ce qui les encombrait en les jetant dans leurs poubelles à l'extérieur de leurs imposantes clôtures.

Tous ces parents savaient pourtant qu'ils arrachaient ces objets aux petits blancs qu'ils tabassaient avant.

C'était ça New Bell à l'époque : tout le monde savait tout mais tout le monde faisait semblant de ne pas tout savoir !

De mémoire de frère, je me souviens que mon aîné ne faisait pas partie des agresseurs. Mais cela, notre père n'avait jamais voulu le savoir. Pour lui, les sorties assidues de son fils avec les enfants du quartier avaient les mêmes raisons. Il ne le connaissait vraiment pas !

D'ailleurs moi non plus avant mes vingt ans.

Seul notre mère lui faisait confiance et savait comment se comporter avec lui. J'ai toujours apprécié ce côté d'elle qui consistait à faire confiance à tout le monde. Elle me disait toujours au sujet des tout petits : "au lieu de juger les gens, on ferait mieux de les comprendre". Cela n'avait rien d'irrationnel ou de puéril.

Un jugement pouvait se baser sur des chimères ou de fausses accusations. Ce qui entraîne inévitablement une sentence qui donne lieu à une condamnation. Et dans tous les cas la condamnation était une alternative. Soit le condamné se tassait et faisait le bonheur de tout le monde, soit il se braquait et s'enfonçait dans sa logique avec des suites inimaginables comme le montrait le comportement de mon aîné. Il ne changeait toujours pas malgré la multitude de punitions qu'il avait subie de la part de notre père.

Il persistait sur un chemin connu de lui seul.

Alors que les comprendre, surtout avant leur majorité, c'est chercher dans leurs têtes la vis qui a sautée. Et dès qu'on y parvient, il ne reste plus qu'à retrouver l'écrou qui va avec et le tour est joué : on obtient l'être que l'on désire.

En plus, la compréhension demande le temps.

Avec un adolescent on a tout son temps. On a le temps de le façonner en canalisant ses abondantes énergies et même ses défauts vers tout ce qu'il y a de bon et de meilleur pour lui et pour la société.

C'est ce que notre mère avait compris.

Elle ne fut pas déçue pour le moment quand durant toute une semaine Thierry était resté sagement à la maison. C'était contre ses habitudes et parce qu'il y était obligé : pas par notre père en tout cas !

Les gendarmes avaient encerclé et fouillaient toutes les maisons du quartier. Ils embarquaient tous ceux chez qui ils trouvaient un ou plusieurs vélos tout terrain, les fameux "VTT" ou tous autres jouets dont notre condition sociale ne pouvait nous permettre.

Malgré l'innocence avérée de notre frère, notre père ne changea en rien sa façon de percevoir son premier garçon.

Oui c'était cela ! Notre mère aimait Thierry et lui faisait confiance. Elle n'avait pas eu tort cette semaine-là. Elle ne s'était pas trompée même bien après !

Son fils aîné n'avait pas été embarqué.

Il l'obtint brillamment son Certificat d'Étude Primaire et Élémentaire à son premier essai. Notre mère avait eu la nouvelle de ses camarades qui avaient couru chez nous pour la lui annoncer.

Mais le bon Monsieur n'était pas à la maison. Il était fidèle à ses habitudes. Notre mère leur avait dit :

— Il est en balade !

Le soir à son retour, il trouva notre père et fit des grands yeux mobiles pour attendre une éventuelle punition. La punition ne vint pas et notre père lui annonça la bonne nouvelle. Il lui remit une somme d'argent pour acheter des jus pour toute la maison. Et une autre somme d'argent devait permettre à notre mère de lui acheter un poulet que nous devrions manger le lendemain en famille.

Nous fûmes tous surpris par sa réaction : d'abord il ne manifesta aucune émotion pour sa réussite. Ensuite, il ne prit pas l'argent des mains de notre père. Enfin, il demanda à Akono si elle voulait bien aller faire cette commission. Notre père était trop saoul ce soir-là pour remarquer l'insolence de son nouveau diplômé.

C'est à peine si notre mère ne l'obligeait pas pour qu'il boive son jus. Il m'avait refilé sa part en douce. Le lendemain à cause de lui, on devait manger des sandwichs composés de pains et de beurre à midi parce qu'on l'attendait pour déguster le poulet.

Ce poulet, on devait le manger vers vingt-et-une heures. À son retour ! Il avait douze ans. Il était inconscient et doublé d'insouciance ! C'est ce que je pensais de lui quand nous étions petits. J'avais tort !

* * *

"La ville qui m'a vu naître" est un véritable fourre-tout !

Les jolies rues commencent où se terminent par des dédales. Les quartiers chics se plaisent près des bidonvilles.

Les êtres humains se baladent à côtés des chiens, des poules et des canards sans que les uns ne soient effrayés par les autres.

De même, dans "la ville qui m'a vu naître", les véhicules de tout genre et de tout âge s'en donnent à cœur joie pour ajouter au désordre ambiant leur dose de misère : klaxons à vous rompre les tympans : gaz d'échappement rejeté en plein dans votre visage : injures lancées à tort et à travers.

La température et le climat ne sont pas en restent dans "la ville qui m'a vu naître".

Seuls les étrangers osent parler de la chaleur dans "la ville qui m'a vu naître". Ils la trouvent horriblement suffocante. Mais elle ne dérange jamais les habitants de "la ville qui m'a vu naître". Il la trouve "légèrement" asphyxiante. Et quand une tornade s'amène et ne dévaste pas tout sur son passage, c'est une fine pluie aux grosses gouttes d'eau froide qui dure près de cinq semaines dont on a droit. Elle n'oublie jamais de laisser son lot de malheur après son passage.

En trente ans de vie, je n'ai jamais entendu qu'il n'y a pas eu de mort après une saison de pluie dans "la ville qui m'a vu naître". Que la saison des pluies fut la grande ou la petite.

"La ville qui m'a vu naître" possède un magnifique port. C'est sa porte d'entrée. Mais seulement, il n'y a pas de porte de sortie dans "la ville qui m'a vu naître".

Si chaque année sa population augmente, ce n'est pas le seul fait des accouchements : c'est qu'il n'y a tout simplement pas de porte de sortie. Tous ceux qui entrent dans "la ville qui m'a vu naître" par le port, l'aéroport ou toutes les entrées inimaginables n'en ressortent jamais. C'est ainsi que ses habitants vont et viennent tous les jours. Comme si le fait de savoir que la terre tourne les faisait tourner. Et cela dans tous les sens.

Et son parc automobile qui augmente tous les jours !

Ce n'est point parce que les "*Sawa*" achètent tous les jours de nouvelles voitures. Non ! C'est tout simplement parce que dans "la ville qui m'a vu naître", on ne se débarrasse jamais des vieux véhicules. Et tant bien même qu'on ne peut plus rouler avec son véhicule parce que les dépenses engagées pour l'obliger à rouler ont couté le triple de son prix d'achat après ses trente-cinq ans de bons et loyaux services, on le gare tout simplement devant sa porte d'entrée. Et tout naturellement on rappelle à tous ceux qui ne le demandent pas que : "C'était ma voiture !"

D'ailleurs, tout augmente dans "la ville qui m'a vu naître" ! Même les immeubles !

Non seulement on ne les détruit jamais quand ils menacent de s'écrouler mais, on les met toujours en location. Ceux qui sont en construction sont aussi mis en location avant la fin des travaux et ne chôment jamais. Même les maisons qui sortent de terre tous les jours avec tout genre de matériaux provisoires et dans tous les marécages augmentent.

Ne soyez pas surpris de traverser le salon d'un habitant de "la ville qui m'a vu naître" à midi pendant qu'il est à table avec sa famille pour vous retrouver dans la maison de votre ami qui habite juste derrière.

Dites-lui juste : "bon appétit !" Avec un sourire ou pas. Il s'en fout d'ailleurs et continuez votre route. Vous n'étiez pas attendu ! Mais si vous le trouvez avec un bidon de vin de palme ou quelques litres de vin rouge, asseyez-vous calmement et servez-vous. Sinon c'est un affront que vous lui ferez et vous serez obligés de payer une amende supérieure à celle que l'on impose pour un "défaut de Carte Nationale d'Identité".

Cette ville, "la ville qui m'a vu naître", s'appelle Douala. C'est dans cette ville que j'avais commencé mon cursus scolaire. C'était à six ans que j'avais été lâché dans cette arène !

* * *

À la veille de la rentrée, mes sœurs étaient ravies de me voir commencer l'école pour la première fois. Elles m'avaient donné beaucoup de conseils et m'avaient appris à dire : "Bonjour monsieur" ou "Bonjour madame".

Cependant je n'appréhendais pas ce premier jour de rentrée. Le fait de savoir que je devais aller à l'école sonnait plutôt comme une sorte de libération dans mon esprit. Je savais que je ne serai plus régulièrement avec ma mère. Mais le désir de sortir de la maison comme les autres m'excitait.

Je me levai ce jour-là avant tout le monde. Ma mère fit ma toilette, m'oignit d'huile de palmiste, vérifia que Marie et moi avions bu tous nos médicaments et potions respectives et nous fit la bise à la joue.

J'étais ravi et je jubilais d'excitation. Ce jour-là, je pressai pratiquement mon Directeur de père qui prenait son petit déjeuner pour que nous nous mettions en route. J'avais hâte de quitter la maison et je trépignais d'impatience devant la porte.

Il était sept heures trente minutes quand nous étions arrivés dans ma première école. En traversant le portail d'entrée, j'avais été fortement impressionné par le nombre de bâtiments qui se présentait devant moi et par les dimensions de la cour.

Mon père s'était arrêté devant la porte de ce qui devait être ma salle de classe et m'avait dit en s'accroupissant et en posant ses deux mains sur mes épaules :

— Fils ! Voici ta salle de classe.

— Pou…pou…pourquoi la…la…po…po…porte est fai… fai… fermée ?

— Tu vois ces messieurs et ces dames là-bas (Il pointait un groupe de personnes des deux sexes qui attendait devant une porte qui visiblement était celle de son bureau).

— Ou…ou…oui…pa…pa…papa !

— Ceux sont les maîtres et les maîtresses de cette école. Ils attendent que je leurs remettent les clefs de leur salle de classe respective. Ta maîtresse est certainement parmi eux. Bien ! Maintenant tu vas gentiment attendre que celle-ci vienne et ouvre la salle de classe et tu iras choisir ta place.

Après son départ plusieurs enfants étaient venus s'agglutiner autour de moi en me posant plusieurs questions à la fois.

Était-ce la fierté du "fils du Directeur" ou était-ce la joie de commencer l'école qui m'animait ? Je me sentais à l'aise au milieu de mes futurs camarades. Cependant au loin, j'apercevais certains enfants fondre en larmes dès le départ de leurs parents.

— Comment tu t'appelles, avait lancé un enfant de mon âge en face de moi sans se présenter lui-même.

— Dou...doumoa Fé...Fé...Félix, avais-je répondu en tapotant ma cuisse gauche de la main.

— C'est ton père là-bas, avait demandé un autre derrière moi en pointant son petit doigt d'enfant vers mon père que je vis en tournant légèrement la tête.

— Oui ! Ce...ce...c'est mon peu...peu...père !

— C'est ta classe ici avait ajouté un autre.

— Ou...ou...oui ! Ce...ce...c'est ma...ma...cla...cla...classe.

— Tu habites où ? »

Je me retournais pour voir d'où venait la question quand j'entendis une douce voix de femme dire derrière moi :

— Bien les enfants écartez-vous que je puisse ouvrir ce qui sera désormais notre deuxième maison.

Spontanément, deux rangs s'étaient formés et la maîtresse s'était engagée au milieu. À mi-parcours, elle s'était arrêtée et s'était courbée sur ses genoux avec un sourire charmeur. Elle m'avait tendu la main. J'avais rougi presque de plaisir en tendant la mienne. Elle m'avait fixé droit dans les yeux sans changer son sourire et m'avait dit :

— Bonjour Doumoa Félix, comment vas-tu ?

— Bon...bon bonjour ! Ma...ma...madame.

Tout avait pourtant bien commencé.

Mais, dès que j'avais fini de répondre à la salutation de la maîtresse, j'avais entendu un grand éclat de rire venant d'un groupe d'élèves qui visiblement venait d'arriver.

De ma vie, je n'avais jamais vu une femme en colère. J'avais été parcouru par un frisson qui m'avait donné la chair de poule. Ma première chair de poule !

La voix de la maîtresse était passée de la douceur à l'énervement et elle pointait une dizaine d'élèves d'un doigt haineux en disant :

— Toi ! Toi ! Toi ! Et toi. À genoux. Et vite ! Mal élevés ! Se tournant vers ceux qui étaient hors de cause, elle ajoutait avec douceur : vous entrez !

Elle m'avait pris par la main et m'avait fait entrer dans la salle de classe pour m'installer au premier banc. Juste devant son bureau.

Mon père lui avait certainement parlé de moi.

À huit heures, une sonnerie stridente retentit dans la cour. De sa voix douce, la maîtresse avait pris la parole et avait dit :

— Bien mes amis ! On va doucement se lever, sortir et nous mettre en rang devant notre salle de classe pour nous diriger ensuite vers le mât au centre de la cour pour la cérémonie de la levée des couleurs.

Nous étions sortis de salle de classe à la queue leu leu dans un bruit de tintamarre qui ne gênait pas la maîtresse.

Une fois à l'extérieur et dans les rangs que notre maîtresse s'efforçait de rendre droits, un camarade derrière moi avait posé ses mains sur mes épaules. Spontanément, je m'étais retourné pour constater que ceux qui étaient derrière lui en faisaient autant avec nos autres camarades derrière. Je ne pouvais pas en faire autant. Elle m'avait placé à la tête de l'un des deux rangs qu'elle nous avait fait former.

J'avais fait mon premier sourire en dehors de ceux que je faisais souvent chez moi en avançant.

J'étais heureux pour la toute première fois loin de ma famille. La maîtresse nous avait dirigé vers le centre de la cour ou trônait majestueusement le mât qui soutenait le drapeau Camerounais vert, rouge et jaune, frappé de son étoile jaune au centre du rouge. Je l'approchais de près pour la première fois.

Ma joie avait doublé. Le rire moqueur de tout à l'heure était loin derrière moi. Cette joie avait triplé d'intensité quand, à la fin de l'hymne national, j'avais entendu un camarade crier mon nom en disant :

— Doumoa ! Voilà ton père.

J'avais gonflé la poitrine en tournant la tête de la gauche vers la droite pour qu'il n'y ait pas de doute sur cette affirmation. Ma fierté était à son comble !

Au terme de cette cérémonie qui avait vu mon père s'adresser aux élèves et aux enseignants, la maîtresse nous avait ramené dans notre salle de classe.

Mais sur le trajet de retour, j'étais triste parce que mon père n'avait pas fait allusion à ma présence.

Dans la classe, la maîtresse nous avait fait asseoir et s'était adressée à tous les élèves en parlant un peu de moi. Elle avait commencé son discours en parlant de Jésus, du pardon, de la compassion et de l'amour et avait conclu en disant :

— Mes enfants ! Sachez que vous êtes tous frères et sœurs. Aimés vous les uns les autres. Ne vous moquez pas des infirmes ou des personnes atteintes d'un handicap quelconque. Ils n'ont pas cherché ces infirmités. Malheur à celui qui se moquera de son camarade dans ma classe. Bien ! Maintenant, nous allons chanter !

Une deuxième sonnerie avait retenti plus tard et, pour la deuxième fois j'avais entendu mes camarades criés dans un vacarme indescriptible : "sonnéééé !" C'était la récréation de la matinée.

Je m'étais fait de nouveaux amis et ensemble, on s'amusait comme des fous dans la cour. J'en avais oublié mon goûter qui se trouvait chez mon père. Bien qu'au fond de moi, j'avais l'impression qu'il me surveillait à distance.

À la grande pause de midi, je ne le vis pas non plus. Je devais seulement le revoir à la fin des cours de la mi—journée.

C'est notre maîtresse qui m'avait conduit vers son bureau. Elle m'avait abandonné avec lui. Il m'avait fait un sourire en me demandant :

— Eh bien, fiston ! Comment était ta première journée d'école ?

— Bi…bi…bien ! Pa…pa…papa !

— Tu n'es pas passé prendre ton repas ce midi !

— Ju…ju…j'ai ma…ma…mangé a…a…avec mes amis !

— Ah ! Parce que tu as des amis, maintenant ?

— Ou…ou…oui…pa…pa…papa !

— Et ta maîtresse, comment la trouves-tu ? »

Je ne comprenais pas le sens de cette question. J'avais soulevé les épaules et je m'étais dirigé vers sa fenêtre située juste derrière son fauteuil. La sensation que j'avais eue dans la cour s'était confirmée.

De son bureau, mon père avait une vue qui lui permettait de voir toute la cour et toutes les salles de classe de l'école.

Il s'était levé, m'avait pris par la main et nous étions sortis de son bureau.

C'est à l'extérieur du bâtiment administratif que je m'étais souvenu que j'avais passé la journée entière sans penser à ma maman. C'est avec un pincement au cœur que j'avais demandé à mon père en parlant rapidement :

— On rentre à la maison papa ? »

Comme s'il avait deviné mes pensées, il m'avait dit :

— Oui fiston ! Tu vas bientôt revoir ta chère maman.

J'avais hâte de la revoir. J'étais excité rien qu'à l'idée de savoir que je devais tout lui raconter. C'était la première fois de ma vie qu'elle et moi étions séparés alors que Marie et moi étions en bonne santé. Elle m'attendait au seuil de la porte. Elle avait son plus beau sourire aux lèvres.

Chapitre 6

Il est deux heures du matin ! La pluie continue de tomber et je sais que les noctambules d'Akwa s'en donnent à cœur joie malgré cette tornade. Bientôt, cette pluie diminuera d'intensité pour reprendre de plus belle vers quatre heures du matin. Je sais que cette nuit il y a des gens qui ne dorment plus à cause de cette pluie.

Rien que de savoir que je ne suis pas seul à ne pas trouver le sommeil me rassure. Même si je reconnais que nous ne trouvons pas le sommeil pour les mêmes raisons.

Cette pensée a le pouvoir de me ramener vers mon album de famille. Vers mon retour à la maison après ma première journée d'école.

Quand j'avais aperçu ma mère, j'avais lâché la main de mon père et j'avais couru vers elle comme un forcené en criant :

— Maman !

— Doucement mon fils tu vas tomber !

Elle avait couru vers moi et je m'étais jeté dans ses bras qu'elle avait grandement ouverts pour m'enlacer. Je l'avais serrée fortement autour du cou et j'avais calé ma tête sur son épaule. Elle m'avait transporté ainsi dans leur chambre qui n'était plus la mienne depuis mes cinq ans et m'avait déposé en disant :

— Avant de tout me raconter, attends que je te débarrasse de ton sac et tes vêtements.

Je voulais bien attendre mais j'entendais les pas de mes sœurs qui se déplaçaient dans le salon. Et en même temps leurs voix criaient mon nom. Elles couraient vers la chambre de nos parents :

— Félix ! Félix ! Où es-tu ?

— Dan…dan…dans la cha…cha…chambre de ma…maman, avais-je répondu avec excitation. Je…je…j'étais à…à…à l'école !

— Ah bon, s'était faussement exclamé Akono en souriant.

— Comment est ton école, avait demandé Marie.

— Ce...ce 'est grand com...com...comme ça é...é...et il y a bo... bo...beaucoup de maisons de...de...dans avais-je dit en ouvrant les bras.

— Ces maisons sont des salles de classe mon fils, avait précisé notre mère.

J'étais tout excité et tout heureux de tout déballer.

J'avais continué de raconter ma première journée d'école quand ma mère s'était souvenue que je devais manger :

— Je vais aller te chercher de quoi manger. Tu dois avoir faim.

— Nu...nu non, ma...maman...ju...ju je n'ai pu...pu...pas faim.

— Et comment mon fils ? Tout ce que je donne chaque jour à tes sœurs et à ton frère leur permet juste de ne pas souffrir de la famine. D'ailleurs, tu as remarqué que chaque fois qu'ils reviennent de l'école je leur sers toujours à manger. Veux-tu me faire croire que les trois sandwiches que je t'ai donnés t'ont suffi ? »

Je ne voulais pas voir mon désir de tout raconter s'estomper. Elle m'avait contrarié sans le savoir. La conséquence était toute simple : le bégaiement s'était accentué. Puisque mon excitation était à son comble, j'avais voulu insisté en disant :

— N...non ma...ma...ma...maman ! Ju...ju...je nu...nu...ne les ai pas man...man...man...mangé...ju...ju... »

Je n'avais pas eu le temps d'achever ma phrase qu'elle me prenait déjà par la main pour m'entraîner vers la cuisine en disant :

— Tu dois être mort de faim mon chéri ! Viens je vais arranger cela.

— Attends maman ! Je pense qu'il voulait t'expliquer pourquoi il n'a pas faim maintenant. Laisse-le d'abord s'exprimer.

C'était ma tendre sœur Marie qui avait plaidé pour moi. Elle avait certainement vu ma gêne quand notre mère m'avait coupé la parole pour m'amener vers la cuisine. Inconsciente du trouble qu'elle avait fait naître en moi, elle avait demandé à ma jeune sœur :

— Me parler ? Mais de quoi ma fille ? Il faut qu'il mange d'abord !

— Laisse-lui au moins le temps de t'expliquer, insista-t-elle avec beaucoup de sérieux.

Notre mère s'était arrêtée, avait lâché doucement ma main, s'était tournée vers Marie et avait lu le dépit sur son visage. Elle avait plié son bras droit sur son ventre et avait posé la main gauche sur la joue. J'avais la tête baissée.

— Pardonnez-moi mes enfants, s'adressant à moi, elle avait dit : viens ! Allons-nous asseoir. Tu vas tout nous raconter maintenant.

Si notre première journée d'école avait été passionnante pour mes sœurs et moi, on n'avait jamais rien su de celle de notre frère. Quand il était rentré près de deux heures après la sortie normale des classes, il nous avait trouvé en pleine causerie au salon et était passé comme s'il n'appartenait pas à notre famille.

Malheureusement, deux semaines après la rentrée des classes, Marie fit sa deuxième crise de drépanocytose. Elle coïncidait avec ma quatorzième crise à cette époque. L'écart était vraiment grand !

Il faut avouer que je l'avais cherchée moi-même. En commençant l'école j'avais changé de mode de vie. Je n'étais plus sous la surveillance permanente et stricte de ma mère. Je mangeais tout ce qui me plaisais et je suçais régulièrement les "sucettes" qui étaient toujours congelées.

En outre, je courais beaucoup dans la cour de récréation avec mes camarades. Ce cocktail ne pouvait que me conduire vers l'empoisonnement de mon foie et l'affaiblissement de mon cœur.

Ma mère n'avait pas été surprise de me voir tomber malade. Elle n'était plus là pour me surveiller. Elle savait que son absence me livrerait à tous les dangers et les vices de mon Douala natal.

Pour la première fois de ma vie, j'avais détesté à cet âge cette maladie que j'ignorais totalement. Je n'étais plus cet enfant qui restait toute la journée avec sa maman à la maison en la suivant partout où elle allait. Cette maladie me faisait du tort. À cause d'elle, Je ne pouvais pas m'amuser avec mes nouveaux amis. Ils me manquaient énormément ! J'étais choqué de savoir que je ne reverrai pas la maîtresse. Elle aussi me manquait.

Le lendemain matin, pendant que mon père se préparait pour se rendre à son lieu de service, je l'appelais fortement malgré les douleurs et je le suppliais de m'amener avec lui.

— Voyons mon fils ne vois-tu pas que tu es malade ?

— Por…por…porte-moi et a…a…allons en…en…ensemble !

— Apprends ceci fiston : quand on est malade on reste couché. L'école ne fuit pas. Maman va rester avec toi. Allez ! Il faut que j'y aille.

— D'ac…d'ac…d'accord pa…pa…papa ! Mais dit à ma mai… mai…maîtresse et à mes ca…ca…camarades que je suis ma… ma…lade !

— Je n'y manquerais pas fiston !

Jamais jusqu'alors je ne m'étais senti triste. Ma mère venait de temps en temps me rendre visite dans la chambre et faisait des efforts pour chasser ma tristesse. J'avais l'esprit à l'école et dans ma classe. J'imaginais mes camarades en train de courir partout dans la cour et je pensais à ma maîtresse.

Vers midi j'avais fait un effort pour venir me coucher sur la natte au salon. J'avais l'espoir que mon père viendrait se reposer à la maison et me donnerait des nouvelles de mes camarades.

Malheureusement il n'était pas venu. Je savais pourtant que depuis qu'il s'était mis à boire, il ne venait plus se reposer les après-midis à la maison. J'étais quand même déçu. Ce n'était pas juste ! Il savait pourtant que ma maladie me faisait souffrir. Mais savait-il que sa présence près de moi ce jour-là pouvait me guérir de moitié.

Malgré la douleur que je ressentais dans tout mon corps je ne pleurais pas. La nostalgie de l'école était plus forte que la douleur. J'avais fini pourtant par m'endormir.

Akono était revenue des classes vers quinze heures. Elle ne m'avait pas réveillé mais était plutôt venue s'asseoir à même le sol en face de moi. J'étais en train de me demander pourquoi elle pleurait en silence quand la voix de notre mère l'avait fait sursauter. Elle lui avait demandé :

— Pourquoi pleures-tu Akono ?

— Pour rien maman ! Je regardais Félix dormir.

Notre mère en était restée bouche bée. Elle avait appelé Akono vers la cuisine et s'était longuement entretenue avec elle. Entre-temps, Marie était revenue de l'école et m'assistait en tenant ma main dans la sienne.

Après leur causerie dans la cuisine, notre mère et Akono étaient revenues nous retrouver et elles s'étaient assises avec nous sur la natte. C'est dans cette position que notre frère qui rentrait de l'école exceptionnellement tôt ce jour-là nous avait trouvé. Il s'était arrêté à notre hauteur. Il avait un regard atone. Cependant, notre mère le dévisageait comme si elle attendait quelque chose de lui. J'avais l'impression qu'elle voulait lui dire : "Vas-y mon grand ! Montre-leur que toi aussi tu les aimes". Il l'avait déçue sur le coup !

Il s'était brusquement retourné, avait secoué son sac à dos et s'était exclamé avant de partir :

— Ça alors !

Notre mère l'avait suivi du regard. Elle n'avait pas l'air surprise par sa réaction malgré sa déception. Il allait dans la chambre que nous partagions ensemble.

Au deuxième jour de ma maladie, un peu avant midi, j'avais eu droit à la première surprise de ma vie. Puisqu'on ne savait pas célébrer les anniversaires chez nous.

J'étais allongé sur la natte et je donnais le dos à la porte centrale. J'étais plongé dans de sombres pensées quand derrière moi j'avais entendu la voix de ma maîtresse. J'avais sursauté sur ma natte !

Elle s'était adressée à moi dans mon dos avec une voix que j'avais trouvé langoureuse :

— Bonjour Doumoa !

Je m'étais brusquement mis sur les fesses. Mes jambes étaient allongées sur la natte et mon cœur battait comme un gong. J'avais la bouche ouverte et les yeux grands ouverts. Ma mère, qui avait apprécié ma surprise, avait dit pour me réveiller pour de bon :

— Eh bien Félix tu ne salues pas ta maîtresse ? »

Je voulais me lever pour m'exécuter mais la maîtresse m'avait retenu avec sa douce voix.

— Non ! Doumoa reste allongé. Tiens voici ce que je t'ai gardé.

Je m'étais emparé du colis et je l'avais gardé près de moi.

Elle s'était entretenue avec ma mère et m'avait dit au revoir à la fin de leur causerie. Ma mère l'avait accompagnée jusqu'à la porte et était revenue vers moi pour me demander :

— Pourquoi n'ouvres-tu pas le colis que t'a ramené ta maîtresse ?

— Non maman ! Je vais l'ouvrir en présence d'Akono et de Marie quand elles vont rentrer.

— Et Thierry, avait-elle ajouté en me faisant un sourire.

C'était un Jeudi et Akono, qui était au collège était revenue des cours aux environs de treize heures et m'avait trouvé couché avec mon paquet solidement coincé dans ma main droite. Avant qu'elle dise un mot j'avais crié avec excitation :

— Re...re...regarde ! Regarde ! Ma mai...maîtresse est ve...ve...venue é...é...et me...me m'a ga...ga...gardé ce...ce... ceci !

— Ça alors ! Ta maîtresse t'a fait un cadeau. Donne que je l'ouvre.

— Non !

— Mais pourquoi petit frère ?

— At...at...attend qu...qu...quand ta...ta...ta mai...mai... maîtresse...v...a venir ici et...et va te ga...ga...garder pou... pou...pou...toi !

Elle avait fait semblant de n'avoir rien entendu, m'avait pincé la joue et était partie se changer dans la chambre.

Marie n'avait pas mis long à venir. Elle balayait leur classe ce jour de la semaine et je lui avais dit tout excité en lui tendant le paquet :

— Ma...ma...marie vu...vu...viens vite ! Ma mai...mai... maîtresse est ve...ve...venue et m'a ga...ga...gardé ça.

Elle s'en était emparée et l'avait ouvert en énumérant à haute voix son contenu :

— Ta maîtresse t'a donné quatre pots de yaourt, quatre plaquettes de chocolat au lait, deux gaufres, un gros paquet de biscuit aux noix de coco et une bouteille de sirop à la menthe. Waouh ! Elle t'a vraiment gâté !

— Pru…pru…prend pou…pou…toi !

— Attends ! Est-ce que maman a vu tout ceci ?

— Nu…nu…non, avais-je avoué honteusement.

— Maman ! Maman ! Viens voir ce que la maîtresse de Félix lui a apporté.

Notre mère était sortie de sa chambre et avait entrepris de partager les provisions en quatre (elle n'oubliait jamais notre frère) en me réservant bien entendu la plus grosse part.

Mais pour une fois, elle n'aurait pas dû penser à son fils qui se prénommait Thierry.

Il était rentré vers dix-huit heures et s'était directement dirigé vers notre chambre sans en ressortir.

Quand Akono était allée gaiement lui remettre ses friandises, il lui avait demandé :

— D'où vient tout ceci ?

— De la maîtresse de Félix qui lui a rendu visite dans sa maladie.

— Alors va remettre ça à Félix, avait-il lancé avec désinvolture.

— Mais attend un peu ! Qu'est-ce qui ne va pas dans ta tête ? Ton petit—frère te remet une part de son cadeau avec bon cœur et c'est comme cela que tu réagis ? Comment penses-tu que papa va comprendre cela ?

— Je me fiche de ce que va penser ton père ! Et maintenant dehors !

Dans la vie, il y a des gens qui ont le propre pour arriver quand il ne faut pas. Notre père faisait partir de ces gens-là.

Il était entré dans la maison pendant leur conversation et avait surtout retenu la dernière phrase de Thierry. Il avait fait remarquer à haute voix :

— Ah bon ! Monsieur se fiche de moi maintenant !

Notre frère s'était retourné, avait incliné sa tête vers la droite de son épaule et s'était mis à le fixer avec cette façon qui lui était propre et que notre géniteur de père détestait.

Le visage de mon frère n'exprimait aucune crainte. C'était plutôt un défi ! Si ce n'était du mépris !

Notre père avait fait sortir précipitamment Akono et avait refermé la porte derrière elle. Pendant une dizaine de minutes il avait battu sur son fils qui répondait par le silence. On n'entendait aucun gémissement de sa part. Le bruit horrible de la ceinture sur la peau de notre frère nous pétrifiait sur place.

Après les dix minutes, Thierry s'était mis à crier et ses cris avaient alertés notre mère qui se trouvait chez la voisine. J'avais eu le temps de voir ma mère et la voisine entrer en trompe et se diriger vers la chambre où se passait le triste évènement. Elles se préparaient à tambouriner sur la porte quand celle-ci s'était ouverte brusquement et avait laissé passer notre père.

Toute sa chemise était en sueur et il puait l'alcool.

J'en avais oublié mes douleurs et j'étais debout à un mètre de la porte avec mes sœurs. Il n'avait pas fait attention à nous. Nous étions entrés précipitamment dans la chambre et avions aperçu Thierry qui demandait à notre mère et à la voisine de sortir. Son visage exprimait une haine bestiale. Il était tenu debout et adoptait une position défensive. Ses bras écartés le long du corps. Ces yeux étaient globuleux comme ceux d'une grenouille et lançaient des éclairs de feu. Le passage des larmes qui avaient coulées sur ses joues se confondait avec la sueur qui avait ruisselée de son visage. On avait l'impression qu'il venait de pratiquer un sport intense. Tant il était couvert de sueur.

Juste après notre irruption dans la chambre, j'avais remarqué que notre mère le regardait avec un intérêt particulier. Même dans les tragiques moments, elle ne se débarrassait pas de son tic. Elle avait le bras droit plié sur son ventre. Le coude gauche posé sur ce bras était également plié mais vers le haut. La main du bras gauche enlaçait la joue du même côté. Elle s'était tournée vers la voisine et lui avait dit :

— Voisine s'il te plait laisse-nous seuls.

La voisine s'en était allée sans faire un commentaire : la position de Thierry l'effrayait.

Quand elle était sortie, il avait dirigé son regard vers notre mère et l'avait soutenu jusqu'à ce qu'elle nous dise :

— Sortez ! Laisser nous seuls.

Quand nous sortions de la chambre, j'avais remarqué qu'il avait toujours la tête inclinée sur son épaule droite. Comme si tout ce qu'il venait de subir était déjà lointain !

Ces deux-là décidément se comprenaient et avaient les mêmes manières !

* * *

J'étais revenu un jour sur ce sujet et elle m'avait dit :

— Je ne sais pas pourquoi ton frère me regardait avec une telle intensité dans le regard. Mais moi je voulais lire en lui. Je voulais savoir à quoi il pensait en ce moment-là. Je voulais savoir jusqu'où pouvait aller sa haine contre son père.

— Lui a…a…avais-tu de…de…de…dandé cela bi…bi…bien après ?

— À quoi cela m'aurait-il servi ? Il ne m'aurait pas répondu en tout cas. Je le connaissais trop bien.

— Est-ce pou…pou…pour cela que tu…tu avais mis t…t…tant de temps a…a…avec lui ? De…qu…qu…quoi a…a…avez-vous pa…parlé ?

— On n'avait pas beaucoup parlé mon fils. Ce qui m'importait le plus, c'était de savoir ce que ton frère pensait de votre père et de ces manières maintenant qu'il était au Lycée. Il grandissait et votre père ne le remarquait pas. Ce soir-là, j'avais jugé le moment propice pour lui parler. J'avais beaucoup de choses à lui dire.

Elle ne m'avait jamais raconté ce qu'elle lui avait dit. Mais je savais qu'il y avait eu un précédent entre les deux. C'est en recoupant les paroles qu'avançaient souvent notre père lors de ses colères éthyliques que j'avais fini par comprendre.

Notre père prenait un pot avec des collègues devant la maison quand Thierry l'avait giflé. Il avait trois ans à cette époque. Les jours suivants Thierry avait recommencé. Pour l'inciter à perdre cette mauvaise habitude, notre père lui avait donné une sévère fessée qu'il n'avait pas digérée à cet âge-là.

Entre quatre et six ans, il avait détruit trois postes récepteurs, un réfrigérateur, un ventilateur et mettait le feu sur tout ce qu'il pouvait.

À sept ans pour vérifier la solidité de la vitre de la tablette du salon, il était carrément monté dessus. Heureusement il s'en était sorti sans égratignure.

Dès huit ans, il sortait régulièrement de la maison le matin et ne revenait que le soir tombé.

À cause de tous ces "méfaits", notre père avait pris pour habitude de le punir sévèrement. Et l'habitude étant une seconde nature, notre père ne s'en était pas défait. Son antagoniste de fils non plus.

Je m'étais permis de demander à notre mère au cours de l'une de nos conversations :

— Pen…pen…penses-tu qu'il dé…dé…déteste pa…papa ?

— Je ne pense pas, avait-elle répondu avec certitude. Ce qui m'inquiète c'est de savoir comment vont évoluer leurs relations. Je fais depuis des efforts pour conseiller ton frère. J'ai peur qu'il ne garde une certaine vieille rancune contre ton père. En même temps je demande à ton père de comprendre que ton frère n'est plus un enfant et qu'il doit arrêter ces agissements. J'ai peur que le mal soit profond pour ton père. J'ai peur que son sens du jugement ne soit sérieusement altéré par l'alcool et que les conséquences soient tragiques pour notre famille. Je prie Dieu pour que ce ne soit pas le cas. Je prie Dieu également pour ton père parce que je sais qu'un jour il aura besoin de lui.

Elle n'en avait pas dit plus comme d'habitude. Mais cette fois, j'avais compris qu'il y avait eu un précédent encore plus sérieux qui avait marqué mon frère au fer rouge. C'était la seule explication logique que je pouvais donner pour justifier son comportement. Car, une fessée, même mémorable ne braque pas un adolescent toute une vie !

Les relations entre notre père et mon frère ne devaient pas changer tout au long de l'année.

C'était à croire que le premier y avait pris goût et le second le faisait exprès. J'étais presque certain que l'habitude des coups avait rendu la peau de notre frère insensible à la douleur.

J'allais terminer cette année scolaire avec un bilan de deux crises qui ne devaient pas m'envoyer à l'hôpital : grâce à la surveillance serrée de ma mère.

Pendant les vacances, mon frère aîné, l'immuable Thierry nous présentait un côté de lui que nous ignorions tous à la maison.

C'était une douce matinée du mois de Juillet et il ne pleuvait pas sur la ville de Douala pour une fois en saison des pluies. Nous étions en période de vacances scolaires. Notre mère était allée faire le marché et notre père était allé Dieu seul sait où boire quel vin qu'il n'avait jamais bu.

Thierry qui était en charge du ménage à la maison avait mis tous les meubles dehors. Il nous avait fait venir au salon et voulait nous apprendre à danser comme Michael Jackson dans "Triller".

Il voulait nous apprendre à faire le *"monwalk"* comme son créateur. Notre grande sœur Akono en avait oublié sa lessive derrière la maison. Marie et moi en avions oublié de surveiller le poisson qui dégivrait sur un banc dans la cuisine. Nous étions alignés sous sa direction et il nous disait :

— Soulevez le pied droit légèrement et en même temps essayez de vous mettre sur les orteils du pied gauche.

Il avait vérifié d'un regard nos positions. Nous étions lamentables mais il nous avait encouragé en disant :

— Ce n'est pas mal grande sœur. Marie fait un effort. Je sais que tu n'aimes pas ça mais c'est bien ! Petit frère ce n'est pas grave tu es encore très jeune. Ça viendra. Maintenant, baissez le pied droit et faite le glisser vers l'avant en effleurant le sol. Avant qu'il touche le sol, pliez le genou gauche en soulevant le pied comme dans un ralenti de film et maintenant, recommencez ! Tant bien que mal nous avions fait comme il disait :

— Bon ! Maintenant, retournons nous replacer. Nous allons refaire le même mouvement et… »

Il s'était tu sans achever sa phrase. Son regard sans expression était dirigé vers la porte centrale. Entre-temps, nous nous retournions à sa suite et nos regards étaient tombés sur notre mère qui était figée devant la porte. Son bras était plié sur son ventre et le coude gauche, posé sur ce bras, était plié vers le haut alors que la main gauche enlaçait la joue. Des tomates sortaient de son sac et roulaient à même le sol. Et notre mère qui n'aimait pas la saleté ne se gênait pas pour les ramasser. Elle avait un sourire aux lèvres mais nous ne regardions pas vers le haut pour le voir. On n'avait pas le temps !

Et les tomates qui s'échappaient du sac de marché, ajoutées à la position de notre mère devant la porte nous avaient fait croire que nous étions cuits. C'était normal puisqu'on avait tous abandonné nos travaux. C'était "le sauve qui peut dans la maison".

Akono avait fait un bon pour se retrouver à l'arrière de la maison : elle pensait aux vêtements qu'elles avaient trempés.

Marie et moi avions détalé vers la cuisine pour reprendre la surveillance du poisson. Nous étions à peine entrés dans la cuisine que Marie s'exclama avec effroi dans la voix :

— On est mort !

Un coup d'œil rapide jeté vers le banc de la cuisine m'avait permis de comprendre que le chat, notre chat, notre minou adoré avait invité ses congénères à quatre pattes et ensemble, ils avaient mangé plus de la moitié du poisson.

En parfaite harmonie, Marie et moi avions rebroussé chemin. On avait compris que cette fois-ci, il fallait aller se cacher sous le lit de la chambre des garçons : elle se trouvait être la plus proche de la cuisine.

Malheureusement, notre précipitation nous avait fait oublier toute prudence. En voulant nous retourner, nos fronts étaient entrés en collision et le choc avait été si violent qu'il m'avait fait perdre connaissance quelque instant. Je m'étais retrouvé allongé sur le sol sans un cri.

Reprenant ses esprits plus rapidement que moi, Marie avait saisi ma main et m'avait rappelé à basse et intelligible voix :

— Viens ! Allons-nous cacher sous le lit.

Toute cette scène n'avait pas duré trente secondes. Avant que Marie et moi ne glissions sous le lit, j'avais eu le temps d'entendre Thierry dire à notre mère avec calme :

— Tout est de ma faute !

J'avais loué le comportement de notre grand frère. J'avais apprécié qu'il prenne tout sur lui. Quelques secondes plus tard, le volume de la musique baissait au salon pendant que nos inquiétudes augmentaient d'un cran. Nous serions certainement restés sous notre lit toute la journée si Thierry n'était pas venu nous y faire sortir de force. Il nous tenait par les mains en disant avec un air effrayant :

— Sortez de là ! Maman a dit qu'elle va vous massacrer.

Nous hochions en même temps la tête pour dire non quand il ajouta en serrant les dents :

— Si vous ne sortez pas de là maintenant, j'irai lui dire que vous avez dit qu'elle vienne elle-même vous chercher !

Cette phrase suffisait ! Il n'était pas question pour nous qu'elle se mette en tête qu'en plus nous lui manquions de respect. Il avait attrapé fermement nos poignets pour nous mener à la cuisine comme deux prisonniers en disant à notre mère :

— Voici tes coupables !

Heureusement pour nous, elle ne nous avait pas laissé le temps d'avoir peur :

— Laisse mes enfants tranquilles ! Allons les enfants ce n'est pas pour quelques poissons que vous allez faire cette tête. En tout cas, excusez-moi si je vous ai fait peur. J'étais vraiment fière de vous voir ensemble sous la direction de Thierry. C'est ce que j'attends de vous. Toi Thierry ! Va mettre de l'ordre au salon après tu iras nous acheter du poisson au petit marché du quartier. Je compte sur toi pour revenir le plus tôt.

* * *

Nous étions dans les années mille-neuf-cent-quatre-vingt-six et nous passions tous pour aller en classe supérieure.

Notre frère ne changeait pas de comportement et exaspérait toujours notre père.

Notre père quant à lui continuait toujours de se saouler alors que le temps était à l'austérité sur l'ensemble du territoire national.

Notre mère, qui présageait des jours sombres l'avait prié de l'inscrire dans un centre de formation en couture. "Je ne vois pas la nécessité pour toi de te former", avait-il répondu.

Mais elle avait insisté et un beau jour, pour se débarrasser d'elle parce qu'il voulait se reposer après une matinée très alcoolisée, il avait cédé.

Elle avait commencé une formation en couture qui dura trois mois dans un centre spécialisé à Bonapriso. Au terme de cette formation, notre père lui acheta une machine à coudre et elle se mit à exercer cette profession à domicile.

Heureusement pour nous parce qu'elle avait vu juste ! On dévalua le franc CFA un peu plus tard. Pour couronner le tout, le salaire des fonctionnaires allait être diminué de moitié pour certain. Mon père était parmi ceux-là.

* * *

Une semaine avant la rentrée des classes, notre mère nous réunit au salon pour nous annoncer que nous allions déménager. Devant nos mines contrites, elle nous expliqua que le problème était économique et qu'ils avaient besoin de faire des économies.

Pendant qu'elle détaillait les raisons de ce changement de résidence, Thierry l'interrompit pour lui demander, la tête inclinée vers la droite :

— Attend maman ! Moi je veux savoir un truc. Qui veut faire des économies ? C'est toi… Ou leur père ?

— Je vais d'abord te rappeler que c'est aussi ton père. S'il te plait mon fils ! Fais un effort pour l'appeler "papa". Je ne vois pas ce tu perdras en le faisant. Je te dis ceci devant ton petit frère et tes sœurs. Vous êtes tous un et vous avez le devoir de le respecter même s'il est n'importe quoi.

— Je ne sais pas si je vais y arriver. Je ne le fais pas exprès. Je ne l'ai pas fait depuis tellement longtemps… Alors maintenant que je suis grand euh... En tout cas, j'aimerais te faire remarquer que dans des situations pareilles c'est lui qui devrait être présent pour nous expliquer la situation. Pas toi !

— Tu as raison mon garçon. Je te parlais de ton père tantôt. Apprends que c'est toi qui dois changer d'abord.

* * *

Notre nouvelle maison se trouvait à près d'un kilomètre de l'ancienne encastrée entre trois autres maisons. Pour y accéder, il fallait longer un couloir de près de dix mètres de long sur un mètre et demi de large.

Ce couloir était formé par deux maisons en semi-durable dont l'une nous empêchait de voir la route en face. Le couloir se terminait juste devant la porte d'entrée de la troisième maison qui nous était voisine.

Pour apercevoir la véranda de notre nouvelle maison, il fallait juste virer de quatre-vingt-dix degrés vers la droite dès la fin du couloir.

La maison n'était pas spacieuse et ne possédait qu'une porte d'entrée et deux chambres à coucher qui étaient séparées par un seul mur.

Pour faire de la place dans le salon, notre père avait été obligé de coincer les fauteuils que nous possédions le long des murs. Dans cet arrangement, il fallait jouer des coudes pour s'y installer.

Des huit chaises de la salle à manger que nous possédions, seules quatre purent rester au salon et le reste fut disperser dans les chambres à coucher. Notre père nous avait réservé la plus grande des chambres dans laquelle il avait installé nos lits. L'un était réservé pour les filles et l'autre pour mon frère et moi. Les lits étaient symétriquement placés par rapport à la fenêtre qui donnait directement vers les marécages. La penderie en bois qui avait l'âge d'Akono, avait été installée derrière les lits. Elle ne possédait plus ses battants parce que Thierry les avait brûlés un jour qu'il avait eu envie de se faire un véritable feu à lui tout seul.

Notre nouvelle chambre collective avait l'avantage de nous regrouper tous les soirs et nous permettait de nous rapprocher. Cette promiscuité positive nous avait permis pour la première fois de parler de notre maladie entre enfant de la même famille. Même la timide Marie se lâchait lors de nos causeries du soir. C'était Thierry qui avait été le premier à lancer le sujet en demandant un soir :

— Vous deux-là ! Que ressentez-vous quand vous faites vos crises ?

— Ça…ça…ça fait très mal, avais-je répondu.

— Dans les os et les articulations avait complété Marie. Ça me donne souvent de violents maux de tête.

— Les médicaments que vous prenez ne vous soulagent-ils pas ?

— Oui ! Mais lentement.

— Donc en conclusion, pour éviter de souffrir vous ne devez pas vivre n'importe comment concluait-il. Et la conversation passait aux devinettes ou aux contes. Sans lui !

Il n'était plus avec nous parce qu'il se plongeait dans la lecture des bandes dessinées qu'il affectionnait. Il avait le virus de la lecture. Il connaissait tous les héros et les supers héros que l'on trouvait sur le marché. Il aimait particulièrement les aventures d'un héros appelé "Mister No". Il disait que c'est quelqu'un qui savait encaisser les coups de poing et savait aussi en donner. C'était un peu lui quoi !

Il avait attrapé le virus de la lecture au cours élémentaire première année. C'était d'ailleurs un des sujets de discorde entre lui et notre père quand ils étaient tous les deux dans le même établissement. Notre père organisait souvent des fouilles inopinées dans la classe de notre frère et ne fouillait que le sac de celui-ci.

Quand il ne trouvait aucune bande dessinée, il était sûr de trouver de nombreux morceaux de celles-ci que mon frère ramassait partout sur son chemin.

Ces fouilles ne s'arrêtaient pas seulement à l'école. Elles continuaient à la maison et se terminaient par un feu qui avait pour comburant les romans saisis. Ce comportement n'arrangeait pas vraiment leur relation que notre mère s'efforçait pourtant d'améliorer. Elle le faisait toujours malgré le temps qui passait.

Il faut reconnaître qu'à cette époque, la lecture des livres autres que ceux enseignés dans les écoles était interdite au même titre que l'usage de la langue maternelle dans l'enceinte des établissements scolaires.

Combien de fois est-ce que notre père l'avait-il surpris et battu soit à l'école, soit dans notre W.C, soit dans les marécages derrière notre fenêtre. Thierry n'en démordait : il aimait lire !

Je me souviens de ce samedi qui avait failli être tragique pour lui si notre mère n'était pas venue à son aide.

Notre père l'avait surpris une énième fois avec un album "rodéo" qui faisait un trois en un dans notre chambre. Et visiblement, il ne voulait pas remettre cet album à notre père et s'entêtait franchement.

Notre mère qui le connaissait mieux que quiconque et qui avait deviné que les choses allaient dégénérées, était apparue sur le seuil de la porte et lui avait ordonné sans élever le ton :

— Remets-lui ce roman !

Il avait maugréé mais avait remis le gros roman. Plus tard, il s'était mis à tourner autour de notre mère avec un air pitoyable.

C'était Akono qui avait remarqué son regard apeuré et lui avait demandé :

— C'est comment Thierry ? Depuis quand est-ce que tu t'énerves quand papa récupère l'un de tes romans ?

— Ça ne m'a jamais plu. Mais, maman ! Tu dois l'empêcher de détruire cet album. Il ne m'appartient pas. C'est mon honneur qui est en jeu cette fois. J'ai promis à celui qui m'a emprunté ce roman de le lui remettre demain matin chez lui et lui à son tour doit le remettre à son propriétaire lundi matin à l'école. Ce roman vient de paraître et n'a pas encore fait deux jours au Cameroun. La mère du propriétaire est hôtesse de l'air et son fils ne l'a même pas encore lu parce qu'il a plusieurs bandes dessinées. Imagine ce que penseront les lecteurs de la classe. Ça sera terrible pour moi !

Cette réponse, qui interpellait notre mère avait suscité son intérêt et elle lui avait demandé :

— Comment te procures-tu souvent ces bandes dessinées ?

— Avant, je n'avais qu'à acheter un ou deux et après je les échangeais avec mes camarades ou le vendeur. Depuis peu, j'ai sympathisé avec le bouquiniste du carrefour de l'hôtel de l'air qui m'aime bien. Il me prête bien volontiers les nouvelles parutions sans me demander de l'argent parce qu'il sait que je suis très rapide dans la lecture. Je crois également qu'il le fait pour m'encourager. Mais voilà ! Ton mari a déjà détruit plein de ces romans que je n'ai plus le courage de lui rendre visite. Avant, je remboursais avec mon argent de poche mais, il y a tellement de bandes dessinées qui paraissent et sont intéressantes que maman, ça ne va plus avec mon ami le fournisseur. Mais en ce qui concerne cet album, celui de tout à l'heure, s'il le détruit ça sera le roman de trop. C'est au lycée que ma crédibilité sera amochée. Ça, crois-moi maman ! Tu m'as toujours retenu et conseillé. Mais cette fois, je doute fort que tu y parviennes. Si dans ma propre famille je suis un paria, alors je n'apprécierais jamais que cette famille me nuise à l'extérieur.

Il avait perdu son air pitoyable. Il était plutôt fier après ses explications. Les raisons qu'il évoquait et celles dont il ne faisait pas allusion, avaient touché notre mère.

Le lendemain elle lui remettait l'album récupéré la veille et de l'argent pour son transport.

La semaine suivante, elle lui donnait assez d'argent pour qu'il aille s'inscrire au centre culturel français de Douala. Ça l'avait rendu heureux comme un enfant devant son premier jouet.

Plus tard, il m'avait dit qu'il avait lu toutes les bandes dessinées du rayon enfant du centre culturel Français en sept mois.

Chapitre 7

Plongé dans mes souvenirs, je n'ai pas fait attention au changement de date. Hier, nous étions le dix Septembre. Aujourd'hui, nous sommes le onze Septembre deux-mille-onze. Il est trois heures du matin et la pluie a diminué de force.

En l'an deux-mille-un, le même mois et le même jour mais dans quelques heures ça sera les attentats du World Trade Center. Tout le monde était devenu "New Yorkais" ce jour-là.

Je me rappelle que j'étais assis devant la télévision à zapper d'une chaine à l'autre quand j'avais remarqué que toutes les chaines d'information avaient le même message qui attire toujours l'attention de tout le monde : "BREAKING NEWS".

Je n'avais pas vu le premier avion s'encastrer dans la première tour. Mais quand le deuxième avion avait heurté la deuxième tour, j'avais les yeux ouverts.

J'étais au premier plan !

Je veux me lever pour aller allumer la télévision au salon de cette auguste maison. Ça me soulagerait peut-être d'écouter tout ce qu'on dira de ce douzième anniversaire des attentats de New York. Malheureusement le souvenir de la douleur extrême de tout à l'heure me rappelle que je suis en pleine crise et que je dois rester tranquille.

Autant continuer avec mes souvenirs. Ça me laisse au lit.

Je n'étais pas loin de penser que notre famille était maudite.

Quand les occasions de trouble ne venaient pas de ce que faisait ou ne faisait pas Thierry, elles venaient plutôt des conséquences de l'alcool que notre père prenait à longueur de journée sur notre vie. Sur nous ses propres enfants.

Nous étions déjà habitués aux brimades qu'il faisait subir à Thierry. Peut-être qu'avec le temps et les formes physiques de

Thierry qui se développaient, il avait reporté ses furies sur la pauvre Akono.

Cependant, j'avais remarqué que notre père ne s'en prenait à notre sœur qu'à l'absence de Thierry. Comme si c'était fortuit ! Pourtant, il devenait de plus en plus agréable. Il était rentré tard comme à son habitude et avait trouvé Akono en pleurs dans notre chambre. Il n'avait pas réfléchi par deux fois. Le coupable était connu ! Il avait pris son air franchement mauvais. J'avais compris ce jour-là que mon frère n'appréciait pas que notre sœur soit battue par notre père : alcoolique de son état.

Le fait d'imaginer la ceinture frappant sur le dos de notre sœur le mettait hors de lui. Il pensait comme moi que notre père ne pouvait plus se défouler sur lui et avait simplement changé de "punching-ball". Il s'en prenait maintenant à notre sœur aînée. Et ça, il ne le supportait pas. Savoir qu'une femme fragile encaissait des coups de fouets le mettait hors de lui.

Les coups qu'ils encaissaient ne le faisaient plus souffrir outre mesure. Il estimait qu'il était le seul dans la maison à pouvoir supporter cela. Il se revendiquait peut-être même d'être le seul à pouvoir narguer notre père pendant que celui-ci pensait le punir.

Il avait filmé la scène et s'était rendu dans la chambre de nos parents. Il en était ressorti avec la même mauvaise expression au visage. Il n'était visiblement pas soulagé par les paroles d'apaisement de notre mère. Il était donc allé directement se coucher dans le canapé du salon et n'était revenu dans notre chambre que le lendemain matin. Son visage et ses bras étaient boursouflés par les morsures de moustiques.

Notre mère avait passé une partie de la nuit à bavarder avec lui. Et le lendemain ils avaient passé la journée ensemble. Thierry avait décidé de ne pas aller à l'école ce jour-là.

Les nouvelles douleurs que ressentaient Thierry venaient de là. Si l'absence de notre père n'avait pas été confirmée, les choses se seraient certainement mal passées dans notre maison. Notre mère présente ou pas !

Elle avait plusieurs fois essayé de faire comprendre à notre père qu'il frustrait Thierry depuis que celui-ci faisait le lycée. Et en même temps elle lui expliquait qu'il traumatisait Akono.

Il n'en avait cure ! L'alcool ne lui permettait plus de penser à sa famille et l'avait rendu violent.

Oui ! C'était cela la famille Doumoa. Les conséquences sur Akono étaient évidentes. Elle redoublait un peu trop les classes pour une personne qui avait été brillante autrefois.

Cependant, Thierry n'avait pas l'air d'être affecté par les mauvaises humeurs de notre père : soit il s'en fichait éperdument, soit il était fait d'un autre moule. Un moule différent du nôtre ! Mais que dire des conséquences sur notre santé ?

Avant la fin de l'année scolaire ce fut la catastrophe pour Marie et moi : j'avais fait trois crises et elle quatre. Et les trois années suivantes, j'avais eu droit à six crises tandis que Marie avait eu droit à trois.

Cependant, la fin de cette année allait voir évoluer les relations entre notre père et notre frère dans un sens qui ne pouvait qu'être néfaste pour tout le monde dans la famille. Sauf pour Thierry ! Il était le détonateur des nouveaux malheurs qui allaient s'abattre sur notre famille.

Tout cela à cause d'un père qui ne comprenait pas que l'alcool est un fléau pour lui et pour son entourage.

C'était une année des examens scolaires dans la famille. Akono préparait son Certificat d'Aptitude Professionnelle. Thierry préparait son Brevet et Marie le Certificat Étude Primaire et Élémentaire.

Thierry avait constitué un groupe d'étude avec des camarades et s'absentait régulièrement pour étudier. Tous les Samedis, il revenait vers quinze heures et passait quelques minutes devant la télévision. Il allait ensuite s'enfermer dans notre chambre pour continuer ses études.

Contrairement à nous, il était né avec un œil qui voyait les anomalies des membres de notre famille.

Et ce jour-là justement, cet œil lui avait fait voir qu'Akono qui regardait la télévision avait pleuré quelques minutes avant son arrivée. Il l'avait interpellé avec un air farouche qui nous avait inquiétés :

— Eh ! Akono. Qu'est ce qui ne va pas ? Et ne me raconte pas des histoires !

— Rien. Tout va bien.

— Ok ! Ça c'est dans ton monde ! Pas dans le mien, avait-il dit en se dirigeant vers la chambre de nos parents.

Heureusement, une fois de plus notre père était absent. Il avait trouvé notre mère couchée. Elle tenait une bible dans les mains :

— Je suis content de te trouver. Je veux te parler et non t'écouter comme je le fais depuis ma tendre enfance. Pourquoi ton mari ne comprend-il pas que nous avons grandi et qu'il doit arrêter ces manières ? Pourquoi continue-t-il toujours de dire que je suis un voyou et un grand bandit ? Pourquoi ne veut-il pas nous laisser préparer nos examens en paix ? Alors écoute ceci maman : si pour mon père je suis voué à finir ma vie en prison, alors autant que ce soit pour quelque chose que j'aurais fait ! Il est temps pour moi de devenir ce qu'il pense que je suis. Au moins ainsi il pourra se vanter d'avoir fait une prophétie sur son voyou de fils que je suis. Si je t'avertis c'est pour que tu m'évites ! Crois-moi maman… J'en ai marre !

Bien entendu, notre mère n'avait rien dit sur le coup. Ce que notre frère ne savait pas c'est qu'elle le connaissait plus que lui-même. Bien que couchée, elle avait son bras droit sur son ventre. La main gauche était posée sur sa joue.

Elle savait que dans des moments de rage, d'énervement ou de contrariété, il fallait juste lui laisser du temps. Il était comme un pneu qui perd de l'air. Dès que l'air s'est échappé en totalité, le pneu se tasse.

Après des années d'observation, elle avait trouvé que c'était la seule façon de gérer ces rages. Elle l'avait fabriqué ainsi à partir de tout et de rien.

Ce jour-là, j'avais compris pourquoi elle comptait toujours sur le temps avec son premier fils : il avait la particularité de le ramollir. Une heure plus tard, fatigué de ronger son frein, il tombait dans les bras de Morphée.

Le lendemain, il se leva de bonne heure et alla s'installer au salon. Il ne prit pas le petit déjeuner avec nous. Il trépignait d'impatience. Cette fois c'était pour une autre raison. Il était redevenu inoffensif c'était vrai, mais il avait plutôt l'air inquiet.

Et quand Thierry était inquiet, ça ne présageait rien de bon. Quelque chose le rongeait !

* * *

Toute sa vie, notre mère avait rêvé d'une famille unie. Elle s'évertuait de masquer les tares des uns en feignant de ne pas voir les erreurs des autres. Pour elle tout devait être beau dans sa famille. Elle désirait voir ses enfants se venir en aide mutuellement. Et pour cela, je pense qu'elle prenait Thierry pour le pilier central de cette union.

Malgré ses erreurs dues à l'enfance et à la haine qu'il vouait à notre père depuis cette enfance justement, elle n'avait pas changé son opinion sur lui. Elle comptait énormément sur lui. Depuis la découverte de la maladie de Marie.

À cette époque je ne comprenais rien. Mais depuis près de six ans je loue la grande sagesse de notre mère.

Elle avait tout planifié pour le bonheur de ces enfants. Mais des évènements qu'elle ne pouvait pas prévoir devaient venir gripper la machine qu'elle avait minutieusement huilée. Et l'un de ces évènements prenait forme ce matin en la personne de Thierry.

Elle savait que notre frère attendait le départ de notre père pour s'entretenir avec elle. Après le départ de son mari, elle n'avait pas perdu le temps et l'avait rejoint avec son sourire de tous les jours. Elle voulait le rassurer et lui avait demandé :

— Comment as-tu dormi ?

— Je n'ai pas dormi plus d'une heure. Écoute maman, je ne peux plus supporter toute cette pression si je ne me défoule pas. J'ai peur de ce dont je suis capable de faire dans des situations semblables. Je fais des efforts crois-moi ! Il faut que tu trouves une solution sinon c'est en prison que tu viendras me servir mon petit déjeuner.

— Je te comprends très bien mon fils. Mais crois-moi, je me bats tous les jours pour que notre famille aille bien. Ne change jamais la voie que tu as choisie. J'aimerais bien que tu me dises à quoi tu penses. Mais je ne le demanderais pas. Quel que soit ce que tu veux faire, fais-le avec amour. As-tu encore d'autres préoccupations ?

— Non !

Deux mois avant l'examen de Thierry, notre père s'en était pris à lui. Il estimait qu'il abandonnait ses travaux dans la maison sous le prétexte qu'il préparait un examen. Il avait attendu le retour de Thierry pour l'invectiver. Naturellement il était saoul.

Ce jour-là, j'avais vu le rythme cardiaque de mon frère s'accélérer à une vitesse inquiétante. Pendant ce temps, il serrait les dents à se briser les mâchoires. Je voyais pourtant qu'il faisait des efforts pour que ses poings ne se referment pas.

Je pense qu'il avait des envies de meurtre ce jour-là.

Pour l'éviter, il était sorti de la maison précipitamment et était revenu aux environs de dix-huit heures. Il s'était dirigé directement vers notre chambre et était ressorti une trentaine de minutes plus tard. Il avait son sac d'école à l'épaule. Aucun de nous ne trouva anormal qu'il sorte à cette heure-là avec son sac.

Notre mère était installée devant sa machine à coudre. Akono révisait ses leçons tandis que Marie et moi regardions la télévision. Bien entendu notre père était allé se coucher. L'alcool l'avait assommé comme chaque soir.

À l'heure d'aller au lit, c'est Marie qui avait remarqué que certains vêtements de Thierry ne se trouvaient plus dans notre penderie sans porte. Elle avait couru le dire à Akono qui était d'abord venue constater ce que disait Marie. Elle avait ensuite couru le dire à notre mère.

Dans la précipitation aucun de nous n'avait remarqué que Thierry avait fait un paquet avec certain de ses vêtements. Il les avait laissés volontairement sur la place du lit qu'il occupait quand nous nous couchions. Une boîte d'allumettes ouverte était posée dessus.

Quand notre mère était arrivée, elle avait regardé ce tas de vêtements et la boîte d'allumettes avec stupeur pendant près de cinq minutes. Puis elle s'était emparée des allumettes, avait défait le tas de vêtements, les avait soigneusement vérifiés en réfléchissant. Elle avait le visage dur de déception ce soir-là.

C'était la première fois que je voyais ce visage. Le lendemain qui était un jour de classe, elle s'était rendue dans le Lycée de Thierry. Il n'était pas venu à l'école. Elle avait rencontré certains de ces camarades qui lui avaient dit qu'ils ne savaient pas où il se trouvait.

D'ailleurs précisèrent-ils, "les professeurs ne viennent plus régulièrement au lycée". Les jours suivants, elle sortait toujours après la cuisson et se rendait chez toutes les personnes susceptibles d'héberger Thierry.

Au bout d'une semaine, elle stoppa ses recherches et passa deux jours couchée dans son lit.

Le lendemain, nous étions tous surpris de constater que notre mère suivait un traitement. Elle nous avait dit qu'elle ne se sentait pas bien et désirait juste se reposer.

— Ça passera, ajoutait-elle pour nous rassurer.

— Comment allons-nous faire pour retrouver Thierry, avait demandé Akono à brûle-pourpoint.

— Je ne sais pas ma fille ! Je l'ai cherché partout. Je ne sais plus où chercher.

— Papa disait qu'il faut le chercher dans les commissariats.

— Ton frère ne peut pas être dans un commissariat. Il n'est ni voleur, ni impoli, ni belliqueux comme le dit votre père. Il n'est pas un voyou. Sa disparition m'attriste. Elle me montre que j'ai échoué dans ma mission de mère. J'étais sensée vous protéger mais hélas !

À cette époque, nous les enfants de nos parents pensions vraiment que Thierry avait fugué. Notre mère également.

Elle avait eu tort de penser qu'il agissait sans réfléchir. Elle devait le regretter toute sa vie. Thierry avait manœuvré. Elle ne le savait pas !

Malheureusement sa "prétendue fugue" lui avait occasionné une maladie. Elle subissait le cinquième choc de sa vie !

Tout cela à cause d'un fils qu'elle aimait du fond de son cœur. Elle ne savait pas que c'était tout simplement l'une des nombreuses conséquences de l'alcoolisme sur une famille mal barrée dès le départ.

Bien entendu, l'absence de Thierry avait été rapidement remarquée dans le quartier. On le connaissait pour sa serviabilité, sa disponibilité et son amour pour les études. Pour sauvegarder les apparences, notre mère disait qu'il s'était éloigné pour mieux préparer son examen.

C'était la pauvre Akono qui payait maintenant les frais de la mauvaise santé de notre mère. Elle s'occupait dorénavant de la cuisine et devait gérer les humeurs de notre père qui estimait maintenant qu'elle ne savait pas faire la cuisine. Alors que dans sa soûlerie, il s'alimentait rarement. Il avait toujours un reproche à faire. Ces accusations poussèrent notre mère à reprendre les rênes de la maison plutôt que prévu malgré sa maladie.

Au mois Août, le mois des résultats à cette époque, notre famille eut une agréable surprise.

Des camarades de Thierry étaient venus en groupe à la maison en criant depuis l'extérieur le nom de celui-ci. Ils avaient été reçus par Akono qui leur avait dit :

— Il n'est pas là !

Ils avaient été déçus de ne pas le trouver. Le plus heureux d'entre eux, celui qui connaissait notre grande sœur avait dit :

— Ok ! Dès qu'il rentrera, dis—lui qu'il a passé au B.E.P.C.

Akono n'avait pas résisté. Elle était allée en courant dans la chambre de notre mère qui se reposait en criant :

— Maman ! Maman ! Thierry a réussi au B.E.P.C. Ces camarades viennent de me le dire.

— Ah, s'était-elle exclamée.

Apparemment, elle n'était pas surprise. Dis-leur de m'attendre. Elle était venue rencontrer les camarades de notre frère, leur avait demandé respectivement leur résultat. À la fin, elle leur avait remis de l'argent pour qu'ils aillent s'acheter des jus.

Dès qu'ils étaient partis, notre mère qui avait horreur du désordre, avait remarqué que les nappes des chaises et des fauteuils n'étaient pas convenablement disposées. Elle entreprit donc de remettre de l'ordre en chantant des chants religieux en Boulou.

Notre père, fidèle à son habitude, était rentré vers vingt-et-une heures : pour une rare fois il n'était pas saoul. Après son bain, il s'était mis à table et notre mère s'était assise avec lui pendant qu'il prenait son repas du soir. À la fin de son repas elle avait demandé à Akono de débarrasser la table. Elle lui avait dit ensuite qu'elle désirait lui parler en présence des enfants.

— Qu'est ce qui se passe encore ? Tu as appris que ton fils a été retrouvé dans un commissariat pour vol ?

— Non ! Mais il s'agit justement de lui. Il n'est dans aucun commissariat. Il n'a rien fait de répréhensible.

— Ah !

— Je t'ai toujours dit qu'un jour il te surprendra. Il a réussi à son examen.

La surprise se lisait sur le visage de notre père. Il avait toussé deux fois et s'était servi un grand verre d'eau avant de demander :

— Qui a apporté cette nouvelle ?

— Ce sont ses camarades d'école.

Notre père s'était mis à réfléchir à voix basse :

— Donc, il a composé…

— Oui !

— Peux-tu savoir où il se trouve à l'heure qu'il est ?

— Non, je regrette ! Je l'ai cherché partout dans la ville de Douala sans le trouver souviens-toi. Bien entendu je ne suis jamais allée dans les commissariats. Ce n'était pas un endroit où il fallait le chercher.

— Reconnais quand même qu'il a souvent des airs d'agresseurs et qu'il est irrespectueux.

— Justement c'est à cela que nous devons parler. T'es-tu déjà posé la question de savoir pourquoi ton fils et toi avez de mauvaises relations ?

Était-ce une déformation professionnelle ?

Notre père était un instituteur, qui utilisait le fouet comme matériel didactique. Il était de ceux qui disaient : "le noir ne comprend mieux qu'avec la chicotte". Il ne tolérait pas cette manie qu'avait notre grand frère de soutenir son regard. Il confondait volontiers ses enfants avec ses élèves qui baissaient généralement la tête quand un aîné s'adressait à eux.

Certainement qu'à cause de l'alcool, il oubliait tout. Heureusement notre mère se souvenait que son mari avait adopté le fouet à la maison dès la quatrième année de Thierry.

Ce qui était dur pour elle, c'était de se souvenir en même temps du lourd bilan de son fils dans son enfance et dans son adolescence. Comme elle gardait tout ce qui pouvait nuire à ces enfants, elle avait préféré garder tout cela pour elle.

Dans tous les cas, elle concluait qu'un enfant ne méritait pas un dégoût violent de la part de son géniteur. Même si l'alcool s'en mêlait !

Mais depuis il avait grandi et son père ne l'avait jamais remarqué. Elle continuait de parler en disant :

— N'oublions pas que c'est la réussite de Thierry qui nous réunit ici ce soir. C'est donc de la joie que nous devons éprouver malgré son absence. Le peu que je viens d'entendre de toi me fait comprendre que tu as oublié ce qui s'est passé quand cet enfant avait cinq ans.

— Oublier quoi, avait demandé notre père avec impatience.

— Essaye de t'en souvenir. Il avait cinq ans.

— Écoute ! J'ai tout oublié. Rappelle-moi ce qui s'est passé quand il avait cinq ans.

— Il y a cinq ans tu étais rentré très tard dans la nuit et tu t'étais mis à frapper sur la porte avec violence pour que je l'ouvre. Je l'ai fait très rapidement parce que tu réveillais les voisins. Une fois à l'intérieur, tu t'es dirigé vers la chambre des enfants et tu as brutalement réveillé Thierry en le tirant par les oreilles. Sais-tu pourquoi ? Tout simplement parce qu'il avait détruit ton nouveau poste récepteur le matin de cette nuit.

— N'avais-je pas ce droit ?

— Je ne pense pas. Je te rappelle qu'il se faisait tard. Tu aurais pu attendre le lever du jour. Mais ce n'est pas ce qui est important. Après l'avoir copieusement battu tu l'as traîné dehors en le tirant toujours par l'oreille, de la cuisine d'où tu as pris un couteau jusqu'à la véranda avec l'intention de lui couper une oreille. Il te suppliait en pleurant de toutes ses larmes.

— Si tu veux prétendre que j'ai fait du mal à mon enfant cette nuit-là, je te fais remarquer qu'il a toujours ces deux oreilles.

— Tu l'avais mis à genoux en lui faisant tendre les deux mains verticalement. Dans ses mains tu avais placé deux grosses pierres.

— Jusqu'à présent je ne vois pas quel tort j'ai causé à cet enfant pour qu'il me défie sans vergogne chaque fois que je le punis.

Notre mère n'en revenait pas. Elle culpabilisait ! Pendant toutes ces années, elle avait cru que notre père était conscient ce fameux soir tragique qui avait vu son premier fils se braquer d'une façon irréversible contre lui. Elle se rendait maintenant compte que l'alcool avait tellement inhibé son cerveau qu'il ne se souvenait de rien.

Toutes ces années, elle s'était évertuée de demander à notre père de modérer ses colères. Alors qu'il aurait peut-être juste fallu lui rappeler ce souvenir. Cela lui aurait peut-être permis de comprendre tout le mal qui rongeait Thierry. Elle continuait en disant :

— Tu tenais son oreille de la main gauche, et tu avançais le couteau vers celle-ci pour faire ce que tu disais C'est Mama Rosa, notre ancienne voisine qui était apparue et avait arraché le couteau entre tes mains. Je te rappelle que cette même nuit, avant de mettre ta menace en exécution tu t'en étais pris à moi en menaçant de me battre si j'essayais de t'arrêter.

— Ce n'est pas possible, disait-il en se tenant la tête dans les mains.

— Tu vois jusqu'où mène l'alcool ?

— Ce n'est pas croyable ! Ce n'est pas croyable, répétait-il en serrant les dents.

— Ce n'est pas tout !

— Attend quel mal ai-je encore fait à cet enfant ?

— Non seulement tu as continué de le battre et de lui faire du tort alors qu'il avait grandi, plus tard c'était sur sa sœur aînée que tu tapais maintenant.

— Où est le rapport, avait-il demandé avec une curiosité évidente.

— Tu es vraiment absent dans ta propre maison. Thierry cache un si grand amour pour son frère et ses sœurs qu'il ne supporte pas qu'on batte sur l'un d'eux. Chaque fois que tu battais sur Akono, sa haine envers toi augmentait.

— Qu'est ce qui te fait dire cela ?

— Je regarde mes enfants avec les yeux d'une mère. Je les connais tous.

Notre père nous avait demandé pardon et avait pris plusieurs résolutions parmi lesquelles celle de retrouver notre frère. Mais notre mère lui avait déconseillé de le faire. Il avait donc demandé :

— Pourquoi ?

— Il t'avait laissé un message.

— Je ne l'ai jamais lu ce message !

— Ce n'était pas un message écrit. Il était parti en abandonnant tous les vêtements que tu lui avais offerts. Pour moi ça voulait dire qu'il ne voulait plus posséder des objets qui lui rappelaient ton souvenir.

Notre père était ahuri. Il n'en revenait pas. Il reprit sa tête dans ses mains. C'était son habitude quand il était à jeun.

Heureusement notre mère omettait de lui parler des allumettes. Elle savait que son fils avait eu l'idée de brûler les vêtements que lui avait offerts son père. Il s'était ravisé à la dernière minute. Certainement parce qu'il ne les avait jamais portés !

— Peut-être qu'il avait tout simplement peur de les déchirer, avait essayé de plaider notre père sans conviction.

— Non ! C'est un enfant qui n'a peur de rien ni de personne. Il est né comme ça. Je préfère qu'on le laisse là où il est présentement.

— J'ai comme l'impression que son absence ne te dérange pas.

— Tu te trompes. Il nous manque à tous. Mais, il est intelligent. Sa réussite me le démontre. Il a agi en connaissance de cause et ça me suffit !

Ce matin-là, mes sœurs et moi, peut-être notre père aussi, regrettions d'avoir vite fait d'enterrer Doumoa Thierry dans le cimetière des portés disparus.

Par contre, notre mère jubilait sans le montrer. La réussite de notre frère sonnait comme un commencement de victoire dans la réalisation de l'œuvre quasi secrète qu'elle lui avait confiée.

Quelques jours plus tard les résultats d'Akono étaient tombés. Elle allait reprendre le Certificat d'Aptitude Professionnelle. Après avoir repris la classe de troisième année l'année d'avant.

À la fin des vacances, notre mère redistribua les rôles dans la maison. Je devenais le responsable de l'entretien de celle-ci.

À cette époque, c'était notre mère qui faisait notre lessive. Akono lui avait proposé de la délester de cette tâche parce que ses clients devenaient de plus en plus nombreux. Elle avait accepté cette proposition mais avait refusé de laisser sa fille laver ses vêtements et ceux de son mari. Akono n'avait donc droit qu'à nos vêtements.

* * *

J'avais dix ans et je fréquentais la même école qui avait changé de Directeur. Mon père avait été soit disant "promu" à l'inspection primaire. En réalité, c'était à cause de son vice qu'on l'avait envoyé travailler dorénavant à l'inspection primaire à Bonanjo. Ça n'avait rien d'une promotion : il ne gérait plus un budget.

Désormais, j'étais seul maître de mon destin pendant les jours d'école. Jusqu'à cet âge je n'avais pas pris conscience de mon état. Je passais toutes les récréations à courir dans la cour de l'école. Je me nourrissais de tout ce que les vendeuses proposaient dans la cour de l'école.

À Cette époque les inspections sanitaires étaient inconnues dans les établissements. Pourquoi ne devrions-nous pas manger les beignets au sucre qu'on vendait dans des coffres vitrés. Même si nos parents disaient qu'on pétrissait la farine de ces beignets avec les pieds dans des cases en matériaux provisoires.

À quoi cela nous intéressait-il de savoir que le haricot que nous raffolions avait été cuisiné avec de l'eau d'un puits douteux, creusé à quelques petits mètres d'une fosse septique. Et les plantains frits qui les accompagnaient ? Pourquoi ne devrions-nous pas les manger. Même si les vendeuses portaient des vêtements bourrés de crasse et nous servaient avec des ongles noircis par la saleté.

Comment résister à nos "yaourts" que les vendeuses "préparaient" avec le lait tomber des sacs lors de leur transport au port de Douala et mélangés avec la saccharine.

Entre nous, on disait : "La saleté ne tue pas l'homme noir". Ce n'était pas tout !

À cet âge, je trouvais que les potions préventives que notre mère nous faisait boire avaient de plus en plus un arrière-goût amer. Ainsi, à son insu, je versais chaque fois le contenu de mon verre à travers la fenêtre.

La crise qui devait suivre devait m'amener à renouer avec les hôpitaux. Je devais pour la première fois de ma vie passer les fêtes de Noël et de nouvel an sous perfusion. J'avais eu droit à deux poches de sang et ma mère, toujours elle, comme garde—malade.

À la veille de la rentrée scolaire du deuxième trimestre, Marie et moi étions réunis par notre mère qui désirait nous entretenir. J'avais finalement compris qu'elle voulait s'adresser plus à moi qu'à l'exemplaire Marie :

— Je veux vous parler de votre maladie. Mais avant j'aimerais éclaircir quelque chose.

— Que manges-tu à l'école Marie ?

— Du pain et du beurre. Parfois je prends du pain avec un pâté de viande que j'achète à la boutique avant d'aller à l'école.

— C'est tout ce que tu manges à l'école ?

— Oui maman ! C'est tout. Tu nous avais défendu de manger les aliments et de boire les boissons que l'on vend dehors ou à l'école.

— Que bois-tu ?

— De l'eau. Je pars toujours avec ma bouteille que je remplis toujours d'eau ici à la maison.

— T'amuses-tu à l'école ?

Quand notre mère avait posé la troisième question à Marie, j'avais compris sa ruse. Intérieurement, je me posais la question de savoir comment j'allais répondre à ces questions qui ma foi, m'étaient destinées. Mais, immédiatement après j'étais coincé : notre mère avait horreur du mensonge ! Dans ma bataille interne, je n'avais suivi que la fin de la réponse de Marie :

— Mes camarades sont brutaux dans leurs jeux.

C'était tout mon contraire. Je faisais certainement pitié, car ma mère, comme pour me gêner encore plus, avait rapproché son visage du mien et m'avait dit :

— Alors mon fils cadet ! Peux-tu répondre à toutes ces questions ?

J'avais moi-même été surpris par ma réaction qui par ailleurs m'avait sauvée.

J'avais eu subitement envie de faire pipi et je l'avais dit en tenant le bas de mon pantalon. Juste à l'endroit où ça menaçait de s'échapper et j'avais lancé paniqué :

— Ma…ma…ma…maman…je…je…je ve…ve…veux pi…pi… pisser !

— Alors dépêche-toi d'y aller, avait-elle dit en éclatant de rire.

J'étais parti en courant ! À mon retour, notre mère avait repris la parole. Ce n'était plus pour me poser les mêmes questions qu'à Marie mais pour dire :

— Je n'ai pas besoin de te poser des questions pour savoir que tu fais exactement le contraire de ta sœur. Mais il y a une chose que je ne comprends pas : bois-tu toujours les potions que je vous donne souvent ?

— Non maman ! Il verse souvent ces potions dès que tu tournes le dos.

Je n'avais jamais remarqué la douceur de la voix chantante de Marie. Mais ce soir-là, sa voix était vraiment une douce mélodie dans mes oreilles. Ses mots détournaient de moi, bien que ce soit de temps en temps, le regard de ma mère que je trouvais très pesant. Elle reprenait la parole en s'adressant à Marie qui avait répondu à ma place :

— J'espère que l'amour que tu portes pour ton frère ne causera pas sa perte un jour. Ton devoir est de me dire tout ce que ton frère fait de mal. Surtout quand il s'agit de votre santé.

— Ok maman !

— Je comprends maintenant pourquoi ta crise était sévère.

Je l'avais certainement déçu pendant cette crise. Mais elle ne le montra pas. C'était la mère que je connaissais. Elle était tout amour. Et avec amour elle nous avait dit :

— Vous savez mes enfants ! Je pense que vous êtes maintenant assez grands pour que nous parlions enfin de cette maladie. Elle est en vous et le restera aussi longtemps que vous serez en vie !

Elle parlait posément et insistait sur les mots pendant une dizaine de minutes et conclut :

— Si vous suivez mes conseils, vous souffrirez moins et vous ne me ferez pas souffrir.

* * *

Cette année était celle d'Akono qui réussit son C.A.P. malgré les "villes mortes" qui brulaient une partie du pays en général et Douala en particulier.

Marie passait pour aller en classe de cinquième et moi je devais affronter mon premier examen officiel. Le certificat d'Étude Primaire et Élémentaire.

Notre père continuait de boire et le franc CFA avait été dévalué. C'était vrai que tout le monde s'attendait à cette dévaluation, mais la majorité des citoyens ignorait ses conséquences sur la vie de tous les jours. Elle nous fit souffrir financièrement comme tout le monde. Mais dans notre famille la souffrance était double.

La dévaluation fit naître un nouveau genre de personnage sans scrupule qu'on appelle les "feymen" ou les charlatans. Si les "feymen" n'influencèrent pas notre vie, les charlatans quant à eux portèrent un sérieux coup sur notre santé. Ils avaient pris la place des naturopathes sérieux et honnêtes qui étaient rentrés dans leur village natal. C'était l'une des conséquences de la dévaluation.

Ces charlatans, qui avaient pris la place des vrais naturopathes, vendaient les produits de la pharmacopée Africaine en les diluant avec de l'eau. Ils atténuaient ainsi le principe actif de ces médicaments quand cela ne les rendaient pas tout simplement inefficaces. Notre mère l'avait compris et avait cessé de s'en procurer. Ce n'était facile ni pour elle ni pour nous.

À onze ans, bien que lentement par rapport à la moyenne je grandissais. Mais mon corps supportait de moins en moins la canicule de la ville de Douala.

À cause de cette chaleur torride chargée de toutes les particules nocives de la terre, je portais de moins en moins les pull-overs ou les blousons que ma mère m'imposait.

Je détestais imaginer le trajet que suivait une goutte de sueur le long de mon front ou de mon dos. C'était très gênant quand celle-ci skiait sur mon échine. Je ressentais la même désagréable sensation quand une mouche se posait et marchait sur ma peau lors d'une de mes siestes.

C'était la même sensation quand cette sueur suintait le long de mes cuisses à l'intérieur de mon pantalon. J'étais obligé de suivre sa descente quand elle traversait mon genou pour venir mourir dans mes chaussettes quand je les portais.

C'était encore plus gênant quand j'étais forcé d'attendre qu'elle vienne mourir dans mes chaussures quand je ne portais pas les chaussettes.

Bien entendu, c'était hors de la maison que je m'habillais léger. Je reconnais que je faisais la majorité des mauvaises choses à l'insu de ma mère. Elle était tellement occupée par sa couture et se préoccupait du respect strict des commandes qu'elle ne percevait plus vraiment ma présence ou non à ses côtés.

De mon côté, vu que Thierry était "porté disparu" et que mon père était régulièrement absent quand il n'était pas assommé par l'alcool dans sa chambre, je m'écartais volontairement de ma mère. J'estimais que la place d'un homme n'était pas au milieu des femmes.

Était-ce la raison ou était-ce parce que je voulais m'amuser comme les autres enfants de mon âge ? Je n'hésitais pas, pendant la saison des pluies à rejoindre nos voisins en caleçon pour aller me placer juste sous le bord de leur toiture et laisser les grosses gouttes d'eau de pluie froide me tomber sur le crâne. Je riais, je chantais et je dansais avec les enfants de ma génération. C'était des moments de bonheur et de joie. Je m'épanouissais ! Ma mère ne pouvait et ne devait pas empêcher cela. J'étais adolescent et je devais jouir de mon adolescence.

Savait-elle que certains weekends, je m'éclipsais de la maison pour me rendre au petit stade du quartier, où je récupérais ma vielle roue d'automobile que j'appelais affectueusement "ma Ferrari" ?

Je l'enduisais de graisse de moteur dans sa partie intérieure et à l'aide de deux solides bâtons, je la poussais fièrement vers un terrain vague aménagé par nos soins vers l'aéroport de Douala. Juste pour participer au "moto—cross" des jeunes du quartier tous les samedis après—midis.

Savait-elle que cette piste comportait des nids de poules géants qui se succédaient aux monticules de près de trois mètres de haut ? Savait-elle que cette piste se terminait par plus de deux mètres de boue dans des virages à cent-quatre-vingt degrés que nous devrions négocier à quinze pour finir sur une distance de près de soixante mètres ?

Savait-elle que son cher fils drépanocytaire et bègue que j'étais était passé maître dans l'art de s'envoler dans les airs ? Savait-elle que je le faisais avec les deux pieds joints sur une roue de camion pour tourner deux fois à trois-cent-soixante degrés en tapant dans les mains pour me réceptionner au sol deux mètres plus loin toujours les pieds joints ?

Peut-être l'avait-elle su. Mais dans tous les cas, ces moments faisaient partie de mon album photo d'adolescent. Après trente ans de vie, je reconnais que ce fut-là mes seuls moments d'égarement. Ça n'avait pas duré six mois. Six mois de bonheur pour trente ans de vie ! Pour toute une vie de jeunesse.

À trente ans sonnés dois-je regretter ces moments ? À cette époque malheureusement, je fis une crise qui me cloua deux semaines à l'hôpital deux mois après la rentrée des classes.

Heureusement pour moi, mes notes à l'école n'en souffraient que légèrement. Mais au mois de Mai, le mois de l'examen, je refis une deuxième crise une semaine avant l'examen. Cette crise je la fis parce que j'étudiais un peu trop pour la réussite de mon Certificat d'Études Primaires et Élémentaires. Elle avait commencé par de violent maux de tête. Ça n'avait jamais été le cas auparavant. C'était la première fois !

Trois jours après son début, ne voyant aucun changement, ma mère m'avait amené à l'hôpital de la garnison militaire de Bonanjo où j'avais été interné.

Je n'avais jamais imaginé le poids de ma maladie sur le cours de mes études. J'en fis l'amère expérience. J'étais Drépano depuis ma naissance. Mais cette fois-ci, j'étais malade et inquiet !

Intérieurement, je suppliais les médecins de me remettre rapidement sur pied. C'était impossible parce qu'au Cours moyen deuxième année mon corps n'était plus celui d'un enfant. J'avais conscience de la douleur. Je la ressentais donc plus vivement.

Au quatrième jour de mon hospitalisation, mes sœurs me rendirent visite. Mais au lieu d'en être ravi, je m'étais mis à pleurer en disant :

— Je…je…je…ve…ve…veux sortir ! Fu…fu…faites-moi sortir ! Ju…ju Je…dois com…com…composer mon ex…ex… examen !

— Comment veux-tu composer si tu as mal ? Guéris d'abord on verra pour l'examen plus tard.

C'était Akono qui avait parlée. Elle me tenait la main. À sa suite, Marie avait ajouté avec une douce voix :

— Ne pleure pas. Nous sommes avec toi.

Elle aussi me tenait tendrement par une main et me regardait avec pitié. Ma sœur Marie était la seule qui savait ce que j'endurais comme souffrance. Je m'arrêtai de pleurer et j'entendis la voix de ma mère dire :

— Tu sais que nous t'aimons et nous savons que si tu te présentes à cet examen tu réussiras brillamment. Mais accepte ton sort. Nul ne pourra t'en vouloir.

Malgré les efforts des miens pour me soulager et me consoler, je passai tout le mois de Juin calfeutré dans notre chambre. J'étais dépité !

À la mi-juillet notre mère allait nous surprendre. Elle nous avait demandé d'aller chez un enseignant de lycée qui habitait à près de cinq-cents mètres de chez nous, pour lui demander à quelle heure on devait proclamer les résultats du probatoire sur les ondes de la radio nationale.

Akono qui était intriguée me le fit savoir. "Pourquoi notre mère s'intéressait-elle aux résultats du certificat de probation ?"

À vingt-deux heures, elle sortit de sa chambre avec le récepteur de notre père. Elle s'assit avec nous au salon en donnant le dos au téléviseur. Nous savions tous que la télévision ne l'intéressait jamais.

Trente minutes plus tard nous l'avions quitté pour aller nous coucher. Nous étions tout simplement exténués par une journée et une demi—nuit devant le téléviseur.

Chapitre 8

Il est quatre heures du matin. À cette heure, les habitants de la ville de Douala, surtout ceux qui travaillent à Bonabéri se préparent déjà pour aller chacun dans son lieu de travail. Ils doivent traverser le pont sur le Wouri pour espérer être à l'heure. D'autres encore doivent traverser rapidement le carrefour Ndokoti.

Les premiers veulent éviter les embouteillages monstres à l'entrée du pont et même sur ce pont et les deuxièmes veulent traverser le carrefour Ndokoti pour les mêmes raisons.

C'est fou ce que c'est de ne pas avoir sommeil ! Je suis bien obligé de reconnaître que j'accompagne la nuit dans sa marche. Parce que je suis commandé par la douleur. Bientôt, elle pourra aller se reposer. Alors que moi, je ne sais pas si j'aurai droit à un semblant de repos en journée ! D'ailleurs le sommeil de la journée ne remplace pas celui de la nuit.

C'est bien la première fois en trente ans de vie qu'une crise survient, me secoue horriblement et me laisse souffler. Dois-je y lire un signe de plus ?

Ma mère m'avait dit un jour : "Vous les enfants qui venez au monde en ville, vous ne savez pas lire les signes !" Je veux bien réfléchir sur cela mais je dois éviter un mal de crâne qui pourrait faire resurgir mes douleurs. Et puis Basta ! Il y a cette pluie qui n'arrange pas les choses. Je veux bien me coucher pour retrouver le sommeil et m'éviter un surmenage. Mais comment m'endormir alors que je suis en train de revoir ce qu'était ma famille. Aurais-je la volonté de m'interdire de revoir ce matin, qui avait vu notre mère nous réveiller en chantant ?

Elle chantait une chanson religieuse en Boulou que nous ne comprenions pas. Nul n'osait lui poser la question de savoir pourquoi cette joie matinale.

Notre père qui avait été réveillé quinze minutes après nous, alors qu'il avait une gueule de bois, lui avait demandé une fois qu'il s'était installé dans le salon :

— Que t'arrive-t-il ce matin ? Nous sommes quand même en vacances ! On aimerait bien faire la grâce matinée !

— J'ai deux bonnes nouvelles à vous annoncer, avait-elle dit en ignorant la question. Thierry a obtenu son certificat de probation.

— Comment le sais-tu, avait demandé une Akono contente comme un adulte devant sa première voiture.

— Il…il…il a pa…pa…passé, avais-je demandé à la suite d'Akono ?

— J'ai entendu son nom lors de la proclamation des résultats dans la nuit !

— Quelle est la deuxième nouvelle ?

— Je peux maintenant te dire où est ton fils. Je l'ai su deux semaines après son départ de cette maison.

— Pourquoi ne nous l'avoir pas dit tous ces derniers temps ?

— Je devais respecter sa volonté. Il m'avait convaincu en me donnant des arguments que je ne pouvais pas réfuter à l'époque.

— Donc tu le rencontrais souvent ?

— Jamais depuis qu'il est sorti de cette maison nous nous sommes vus.

— Je suppose donc que maintenant tu vas le faire revenir !

— Tout dépend de lui. Mais à mon avis, il ne reviendra pas parce que tu bois toujours.

Un long silence s'était installé dans notre salon. Ce silence avait vite été interrompu par notre père qui avait remarqué alors que tous nos regards accusateurs étaient dirigés vers lui. C'est dans la précipitation qu'il avait dit :

— Je n'ai plus le droit de boire un peu maintenant ? Je vous rappelle que c'est moi qui travaille cet argent.

— L'alcool est vraiment devenu pour toi une deuxième femme. La plus jeune : celle que tous les polygames chérissent toujours. Tu l'aimes tellement que tu passes des journées entières en sa compagnie. Et tu te plais ainsi à délaisser ta famille sur mes frêles épaules de femme. Est-ce cet alcool qui te donne le droit de nuire tes enfants ? Est-ce l'alcool qui te fait oublier que tu as deux enfants malades à vie ? Sais-tu qu'ils ont souvent besoin de ta présence dans cette maison ? Au fait depuis combien d'années n'es-tu plus allé chercher leurs médicaments ? Sais-tu que tu les confonds maintenant ? Oui ! Mon mari : tu ne sais plus qui est Marie ou qui est Gertrude ! Tu ne sais plus qui est Félix ou qui est Thierry ! Sais-tu que tu as traumatisé la pauvre Akono. Ah ! J'allais oublier. Peux-tu me donner l'âge d'Akono ? Sais-tu en quelle année elle a eu ses premières règles ? Non ! Tu ignores tout de ta propre maison au point de blâmer une jeune fille de dix—neuf ans devant ces copines ! Tu me parles de ton argent ! Je te rappelle que ton salaire a tellement diminué depuis la baisse des salaires et la dévaluation que si je ne m'étais pas mise à la couture que tu ne voulais pas entendre, nous serions certainement dans la rue. Sors de cette inconscience éthylique et redeviens l'homme que j'ai connu autrefois. Parlons maintenant de Thierry. Je répète ce que j'ai dit tout à l'heure. Je ne l'ai plus revu depuis qu'à cause de tes agissements, il a quitté la maison. J'ai espéré pendant longtemps et surtout après sa "fugue" que tu changerais parce que d'une certaine manière, c'était le deuxième enfant que nous perdions. Heureusement, c'est ton fils Thierry qui avait tout compris. C'est pour cela qu'il a préféré disparaître. Il avait peur que tu ne le traumatises comme sa sœur. Oui mon mari ! Je sais où il se trouve. Mais je n'essayerai jamais de le faire revenir pour ne pas le contrarier dans sa logique. Et encore, j'ai peur de nuire ses relations avec les personnes qui l'hébergent. Tout simplement parce que jusqu'à présent ils ne m'ont pas écrit pour me signaler sa présence. Pour finir, je souhaite que ce matin, nous retenions une seule chose : il va bien et poursuit ses études.

* * *

À la fin de l'année, je réussis brillamment à mon entrée en sixième. Notre mère voulait me laisser faire la sixième. Mais pour mon père c'était le contraire. Il avait décidé que je devais reprendre le cours moyen deuxième année puisque je ne possédais pas le Certificat d'Étude Primaire et Élémentaire. Il ne savait même pas que je faisais partie des trois premiers de la classe malgré mes absences dues à la maladie.

Marie qui n'avait pas fait de crise cette année scolaire, en fit une pendant les vacances.

Quant à Akono, elle ne sortit plus jamais du traumatisme causé dans son enfance du point de vue scolaire. Elle reprit la classe de seconde.

* * *

Soit c'était parce que ma mère m'avait bourré le crâne de conseils ou parce que la dernière crise m'avait appris ce que c'est que la douleur, j'avais abordé ma deuxième année de Cours Moyen deuxième année avec un comportement neuf. Je m'amusais moins, j'étudiais peu et j'évitais la télévision au maximum.

Grâce à ce mode de vie j'avais fait une seule crise qui ne m'avait pas envoyé à l'hôpital. Marie également en avait fait une.

Au cours de cette année, notre mère ne passait pas une seule semaine sans nous demander de penser à notre frère. Nous étions tous heureux de savoir qu'il allait bientôt revenir. Même notre père demandait souvent de ses nouvelles.

L'attente du retour de Thierry dans la maison familiale nous permettait d'avoir souvent des sujets de débat. L'éventualité de son retour avait mis notre maison dans une euphorie qui incitait notre père à sortir de moins en moins. Je ressentais une sorte de bien être dans la maison. Nous étions toujours presque ensemble.

Akono était la seule qui montrait ouvertement ce désir. Pour moi, C'était surtout sa personnalité qui m'intéressait. Je ne voyais que les éclairs que lançaient ses yeux quand il était en prise avec notre père quand je pensais à lui. C'est pourquoi il me faisait peur à cette époque. J'appréhendais son retour. Pour Marie, c'était très difficile à dire. Le temps n'avait pas changé d'un seul iota sa personnalité. Et en cela elle était un peu comme Thierry. Sauf que Thierry faisait souvent peur. On pouvait le contrer !

De temps en temps, je retrouvais notre père assis sur une chaise traditionnelle à la véranda de notre maison avec le désir avoué de causer. Malheureusement, le dialogue avec lui ne durait que le temps de dix ou quinze phrases. Trop d'absences de sa part pour s'enivrer nous avaient éloignées.

* * *

Un jour, notre mère fut bien obligée de dire à notre père que son fils se trouvait chez son grand—frère qui habitait le village. Elle reconnaissait que ces aînées ne lui avait jamais fait une lettre depuis son arrivée dans sa famille. C'était Thierry qui s'était arrangé pour qu'elle soit informée. Elle supposait sans le dire que Thierry avait inévitablement raconté un gros mensonge à ses oncles. En tout cas pensait-elle, avec le temps on saura.

La tension était montée d'un cran quand contre toute attente, elle nous avait signifié son désir de se rendre au village avant la fin du mois d'Août de cette année.

Suite à cette annonce, j'avais remarqué qu'avant son départ, notre père buvait de plus en plus.

Elle était rentrée deux semaines plus tard sans Thierry. Ce qui déçu franchement Akono.

Elle nous avait expliqué qu'il ne voulait plus venir parce qu'il préférait attendre de composer son baccalauréat avant de revenir définitivement.

Avec son calme habituel, Marie avait demandé :

— Est-il heureux là-bas ?

— Bien sûr ! Il pense à vous !

— Comment peut-il penser à nous si c'est lui et lui seul qui avait pris la décision de partir et de passer tout ce temps loin de nous et de ne pas revenir même pour les vacances ?

— Marie dois-je comprendre par-là que tous les événements de cette maison te sont indifférents, avait demandé notre mère avec perplexité.

— Qu'est-ce que tu crois maman ? Je suis au courant de tout ce qui se passe chez nous. Seulement je pense que tu aurais pu changer les choses si tu l'avais voulu. Je n'apprécie pas qu'il ait passé tout ce temps sans nous donner des nouvelles de lui, ce qui nous aurait permis de lui donner de nos nouvelles. Maintenant, que tu nous donnes des nouvelles de Thierry, pour moi ça n'a pas de sens.

— Tu me renvoies donc la faute ?

— Non maman ! Tu as voulu jouer les arbitres. Mais tu ne pouvais pas parce que tu es la femme d'un homme qui s'est écarté du chemin et la mère d'un fils sur qui tu as bâti tes espoirs. Maman, on ne se comprend pas : si tu avais voulu faire revenir ton fils, il serait rentré depuis longtemps. Tu es la seule dans cette maison qu'il n'aimerait pas décevoir. Maintenant permets-moi de te dire ceci : je sais que c'est le départ non programmé et subit de Thierry qui t'a rendu malade. Prions seulement pour que les conséquences de cet acte s'arrêtent-là.

Elle avait raison pour notre père en tout cas. Une chose était certaine. Il ne changeait pas en tout et pour tout. Il s'enfonçait plutôt. Mais pour notre frère, je devais grandir encore un peu plus pour comprendre.

Notre mère quant à elle n'avait pas remarqué que nous étions des enfants d'une autre génération qui évoluaient dans un quartier mal famé. Elle avait pris à tort une option qui cadrait avec son éducation quand elle s'était rendue compte qu'elle risquait de perdre ses enfants. Pour rattraper le coup, elle s'était efforcée de nous inculquer des notions d'amour et de pardon qui ne marchaient pas avec le caractère versatile de Thierry et son éducation acquise dans la rue.

Heureusement, elle s'était arrangée pour qu'elle soit la seule personne que notre frère écoute dans la maison.

C'est vrai que maintenant que je suis adulte, je comprends qu'en plus des mêmes discours que nous avons eu, Thierry avait eu droit à plus que cela.

Bien avant sa fugue, elle le bourrait de conseils qu'il n'arrivait pas à assimiler. L'action de notre père alcoolique sur Akono l'avait radicalisé. Mais elle n'avait aucune solution. Pire pour elle, elle craignait qu'il subisse un coup irréversible sur sa scolarité comme sa première fille. Il fallait trouver une solution pour tirer son fils non malade de là.

C'est Thierry qui lui avait donné un coup de pouce. C'était quand il était entré dans leur chambre gonflé à bloc pour en découdre avec notre père et avait trouvé notre mère avec une bible entre les mains.

Puisqu'il n'aimait pas s'expliquer par nature, il lui avait juste lancé :

— Trouve une solution pour que je puisse étudier dans cette maison en paix sinon tu me perdras à jamais !

Elle avait compris qu'il ne parlait ni de suicide, ni de tout abandonner. Mais il s'agissait de son fils. Celui sur lequel elle avait fondé ses espoirs. Elle devait urgemment trouver une solution.

C'est ainsi que ce même jour et les jours suivants, sans lui donner ses raisons, elle s'était mise à lui parler de ses parents et de ses deux frères restés au village. Elle n'avait pas omis de lui donner des indications pour arriver seul et pour la première fois au village.

Thierry qui n'était pas bête, avait compris le jeu de notre mère. Malheureusement pour elle ! Un malheureux concours de circonstance allait l'empêcher de rencontrer la seule personne capable de lui dire où notre frère séjournait après sa disparition : c'était la femme qui avait sauvé son oreille. Mama Rosa !

Quand il avait fait son cinéma dans notre chambre, il s'était rendu dans notre ancien quartier et s'était réfugié chez celle-ci. Il lui avait expliqué qu'il devait se rendre au village de notre mère pour achever de préparer son examen. Il lui avait également dit que les relations avec son père étaient toujours celles qu'elle connaissait quand ils étaient voisins. Enfin, il avait conclu en lui demandant l'argent de transport pour son voyage. Notre mère devait lui rembourser cet argent dans son comptoir au marché central les jours suivants. Il n'avait passé qu'une seule nuit dans la demeure de celle-ci et avait voyagé très tôt le lendemain matin.

Malheureusement, notre mère l'avait cherché chez ses amis et même dans notre ancien quartier. Elle n'avait jamais pensé à cette femme qui avait sauvé l'oreille de son fils.

C'est pendant ces jours de recherches vaines qu'elle était tombée malade.

Elle avait attendu malgré elle deux semaines avant de rencontrer mamy Rosa. Mais le mal était déjà fait. Elle était déjà tombée malade.

* * *

Nos vacances étaient passées de moitié quand notre tante maternelle était venue passer un mois avec nous. Elle nous avait confirmé que Thierry ne pouvait pas venir cette année et avait ajouté qu'il était très occupé à aider nos grands—parents dans les travaux champêtres.

* * *

Il passa l'année scolaire suivante au village.

Deux semaines avant les résultats du baccalauréat, notre mère avait installé sa machine à coudre sur la véranda. Elle fuyait la chaleur étouffante des après-midis de Douala et cousait allégrement en face de notre père qui s'était installé sur un fauteuil traditionnel.

Vers dix-sept heures, elle avait crié :

— Akono, Marie, Félix, Thierry est arrivé !

De notre chambre, j'avais entendu Akono lancé un cri de joie et se diriger vers la sortie en courant.

En même temps, Marie et moi faisions des efforts pour maitriser nos émotions et courions aussi vers cette même et unique sortie. Dans notre course désordonnée nous nous sommes retrouvés tous les trois coincés sur l'axe de la porte.

Je ne peux pas expliquer comment Akono avait fait pour être plus rapide que nos parents : elle était la première à lui sauter au cou et à s'accrocher à celui-ci. Il ne nous restait plus qu'à l'étreindre tous les quatre au risque de l'étouffer.

Marie était restée près de la porte. L'accident de tout à l'heure avait émoussé ses désirs.

Dès qu'il avait réussi à se tirer de nos étreintes désordonnées, il avait marché vers Marie et avait remarqué :

— Décidément tu n'as pas changé toi ! Comment vas-tu ? »

En guise de réponse elle avait soulevé les épaules et avait plié la bouche comme pour dire : "Comme si comme ça !".

Le retour de notre frère dans la maison familiale avait procuré un réel plaisir à notre famille. C'était évident ! Ça se lisait sur tous les visages. Même notre père le bombardait de questions.

Trois années d'absence donnaient envie à tout le monde d'être heureux ! À nous voir, on aurait dit que nous formions la famille la plus soudée du monde.

Cependant, je constatais qu'il avait beaucoup changé physiquement. Il était plus costaud et j'avais eu une sensation de dureté dans ses mains. Comme s'il avait fait beaucoup de travaux champêtres.

Les jours suivants, j'avais constaté qu'il dialoguait, bien que très peu avec notre père. Tous les deux me donnaient pourtant l'impression de n'avoir jamais été opposés. Ils se parlaient brièvement : sans fioriture.

Notre mère lui avait demandé :

— Pourquoi ne causes-tu pas un peu plus longuement avec ton père ?

— Je ne sais pas ! Peut-être que nous n'avons aucun sujet de commentaire.

— Je ne te crois pas mon fils ! Fais un effort.

— Je vais essayer. Mais ne t'attends à rien, concluait-il en sortant de la maison.

* * *

À la fin de l'année scolaire, j'avais réussi au concours d'entrée en sixième toujours au Lycée de New Bell. C'était le seul établissement public proche de notre maison. Ma joie et celle de la famille furent totale quand j'obtins mon Certificat d'Études Primaires et Élémentaires.

Thierry, qui n'avait pas attendu les résultats au village, réussit tout naturellement à son baccalauréat. Il allait s'inscrire à l'Université de Douala et résider chez l'un de ces amis au rond-point Deïdo, pour se rapprocher de l'Université. C'était bien ainsi pour limiter ses rencontres avec notre père.

Il déménagea deux années plus tard du rond-point Deïdo pour le quartier Ndogbong après la délocalisation du site de l'Université de Douala.

* * *

Le premier jour de ma huitième rentrée scolaire, la première hors d'une école primaire était pour moi un jour ordinaire. Je retrouvais pour la plupart les camarades qui avaient pris une année d'avance sur moi. Bien entendu, il y avait aussi ceux de mon école avec qui j'avais réussi le concours cette même année scolaire.

À treize ans je ne percevais plus les choses de la même façon. De par ma morphologie, je constatais que mon crâne était plus gros et ma nuque plus allongée vers l'arrière. Même si je reconnaissais que je n'étais pas l'unique enfant ou adulte qui possède une tête pareille. J'avais la fâcheuse manie de tout ramener à ma maladie. Je n'avais pas tort !

Ces enfants ne présentaient pas en plus un ventre proéminent comme celui d'une primipare de quatre mois.

Pour couronner le tout, j'avais des bras longs et chétifs aux bouts desquels pendaient des mains énormes. Tout mon corps était soutenu par de frêles jambes qui eux-mêmes étaient soutenus par de gros pieds. À treize ans, je chaussais le quarante-deux.

Voilà ce que j'étais quand je commençais mon cycle secondaire. Cette découverte m'avait poussé à me recroqueviller sur moi-même.

Malgré la présence de mes anciens camarades, je passais une bonne partie de mes journées scolaires dans la salle de classe. Je ne voulais pas me faire remarquer de ceux qui ne me connaissaient pas.

Oh bien sûr ! Je ne pouvais pas toujours me cacher de tous. Quelquefois, je surprenais le regard pesant d'un camarade sur mon ventre et instantanément, je fuyais ce regard en jetant le mien au loin. La sensation que j'éprouvais la seconde suivante me taraudait l'esprit pendant une bonne partie de la journée. C'était dur !

Certains de mes détracteurs n'hésitaient pas à rire sous cape lors de mon passage. Ils me traitaient tout simplement de "mongolien". J'étais tellement aigri le premier mois de la rentrée que je n'osais pas lever la main pour répondre à une question posée par un professeur. Je connaissais le plus souvent les réponses. Mais j'avais honte de présenter mon "infirmité" après avoir présenté ma maladie. Mon doigt était toujours bien collé sur mon cahier. J'avais vraiment tort. À cet âge. C'était m'enfoncer !

Heureusement pour moi, certains professeurs devaient me venir en aide. Involontairement d'abord, puis volontairement par la suite. Comme à la section d'initialisation au langage, ce fut une dame, mon professeur de Mathématiques qui me vint en aide la première fois.

Elle nous avait donné un devoir à faire à la maison. Et lors de la remise des copies, puisque j'avais eu la première note et qu'elle remettait les copies par ordre de mérite, elle avait gardé la mienne pour la fin.

Tous mes voisins avaient les yeux rivés vers moi tandis que les camarades les plus éloignés tordaient le cou pour voir à qui le professeur remettrait la dernière copie.

Elle garda le suspense pendant un certain temps et finalement elle dit :

— La dernière copie revient à Mr Doumoa Félix qui a eu dix-neuf sur vingt.

Je m'étais déplacé vers elle dès que j'avais entendu mon nom. J'avais tendu la main pour récupérer ma copie quand elle m'avait dit :

— Félicitations !

Puisqu'il fallait rendre la politesse, j'avais répondu en disant :

— Me…me…merci, ma…ma… !

Je n'avais pas achevé ces deux mots qu'un éclat de rire moqueur qui venait du fond de la salle me glaça sur place. Entre-temps, certains d'entre eux tapaient sur leur table.

Je donnais le dos à la maîtresse. Mes yeux étaient fixés sur mes chaussures. J'avais la sensation d'être une souris qui cherche une issue de secours alors qu'elle est enfermée dans un bocal de verre rempli de serpents venimeux.

Je n'avais pas eu le temps de m'apitoyer sur mon sort. Toujours la tête baissée, je constatai que le silence s'était fait dans la salle de classe. C'était un silence de mort !

Malgré l'incongruité de ma situation je pensai à une phrase que nous disions souvent dans une situation pareille quand nous étions à l'école primaire : "Le diable passe !"

Ce souvenir de mon école primaire m'avait donné du courage. J'avais affronté mes moqueurs de camarades en face. Cela n'avait servi à rien.

Ce que j'avais vu sur leur visage m'avait fait peur cette fois. Je ne comprenais pas. Tous les élèves avaient l'air d'avoir été pétrifiés sur place. Ils étaient apeurés !

En quelques secondes, j'étais passé du ravissement à la stupeur en passant par le complexe, l'orgueil et l'émoi.

J'avais ressentis la stupeur quand en me retournant pour trouver une explication, j'avais aperçu notre professeur. Elle se tenait debout, les mains aux hanches et le visage défiguré par l'énervement. Elle avait ordonné en serrant les dents :

— Tout le monde à genoux. Doumoa allez m'attendre en salle des professeurs !

J'étais sorti rapidement de la classe avec un sentiment de pitié pour tous mes camarades : parmi eux, certains étaient innocents.

Une fois à l'extérieur de la salle de classe j'avais constaté que je ne connaissais pas où se trouvait cette fameuse salle des professeurs. J'étais donc resté debout à près de dix mètres devant ma salle de classe. J'avais décidé d'attendre le professeur à cet endroit.

Le lendemain je constatais que mes camarades avaient changé de comportement à mon égard. Je n'étais plus la risée de la classe. Au contraire j'étais devenu le camarade avec lequel il faut marcher. Certains le voulaient parce que j'étais brillant en mathématiques. Pour les autres, c'était parce que le remord les torturait. La nature allait tout naturellement éloigner le deuxième groupe de moi.

Les jours suivants, c'est avec fierté que je me baladais dans la cours du lycée avec mes nouveaux vrais camarades. Et la semaine qui suivit allait m'amener à comprendre et à accepter ce que j'étais. Ce fut par la voix de mon professeur d'éducation physique et sportive. Il m'avait expliqué avec des mots simples que je ne devais pas pratiquer le sport.

J'étais donc dispensé de sport. Pour me faire participer, il me prenait toujours pour son "assistant". J'aimais cela parce que ça me permettait de rester avec mes camarades. J'en profitais pour faire tout genre de blagues polies sur leurs performances sportives.

Au mois de novembre, je fis ma première crise en tant que lycéen. Cette crise m'envoya séjourner à l'hôpital de la garnison militaire de Bonanjo pendant une douzaine de jours. J'eus en prime deux poches de sang et une prise de conscience.

D'abord, la crise m'avait permis de jauger la douleur cruellement atroce de cette maladie qui faisait partie intégrante de mon corps. Ensuite, elle m'avait permis de redouter la prochaine crise. Enfin, elle m'avait montré que c'est une maladie qui coûtait énormément cher à ma famille.

Pour une énième fois, c'était ma mère qui avait joué le rôle de garde-malade.

Ma première année de lycéen, celle qui me vit faire deux crises, celle qui nous fit entrer dans la "journée continue" fut une triste année pour notre mère !

À la maison, parce que nous la voyions faire ses travaux ménagers, nous n'avions pas remarqué qu'elle souffrait dans sa chair. Et cela depuis la pseudo—disparition de notre frère. Son cas aurait été géré au mieux pour elle si l'homme avec qui elle partageait sa chambre n'était pas saoul tous les soirs. Il aurait forcément su que la disparition de l'un de leurs enfants la ferait souffrir ! Il aurait remarqué le choc subi suite à la disparition de son pilier de fils… Même si ce n'était pas une disparition proprement dite.

À cause de ce choc qu'elle nous cachait, elle avait commencé la descente aux enfers. Pourtant Akono soupçonnait le mal qui germait en elle et voulait l'aider dans ses travaux. Elle répondait toujours :

— Que dis-tu ma fille je vais bien. Occupe-toi plutôt de tes études !

Et c'est en cela que je pouvais regretter les trois années d'absence de Thierry : Akono suppliait notre mère pour l'aider alors que Thierry lui imposait sa volonté à lui.

Quand il était revenu, il ne connaissait plus rien de nous. D'autant plus qu'il ne vivait pas avec nous. Le mal frappa notre mère sournoisement un jour qu'elle s'était rendue au marché.

Elle avait eu une insolation alors que le soleil n'avait pas encore atteint son zénith. Elle nous aurait caché ce malaise si certains amis d'enfance de Thierry, qui appréciaient le comportement de notre mère dans le quartier ne l'avaient pas appelé pour l'alarmer. Il était arrivé l'après-midi même et avait interpellé notre mère sans prendre des gants :

— Comment se fait-il que tu es malade et c'est plutôt des étrangers qui doivent me le faire savoir ?

— Calme-toi mon fils ! J'ai juste eu une insolation. Demain j'irai à l'hôpital.

— Tu as intérêt maman ! Ça ne me plait pas de te savoir malade.

Elle fit deux hôpitaux qui ne lui apprirent rien sur son mal. Au troisième hôpital, on lui apprit qu'elle souffrait de troubles gastriques. Elle payait là toute une jeune vie de souffrances psychosomatiques !

L'ulcère gastrique se signale essentiellement par la douleur et fait souffrir énormément le malade ! Elle se mit à suivre un traitement auquel il fallait associer des régimes. Sans le vouloir, elle vivait dorénavant comme nous !

Mais voilà ! Elle nous avait montré ses médicaments sans nous parler du régime qu'elle devait suivre. Il fallait être l'un de ses proches pour savoir qu'elle souffrait. Hormis notre père bien sûr ! Sa douleur se ressentait sur son visage et il fallait être très vigilant pour percevoir ses mimiques.

Parce que j'étais très proche d'elle, j'avais remarqué qu'elle plissait souvent le front et serrait les dents sans aucune explication. Un étranger qui voyait l'expression de la douleur sur le visage de notre mère aurait cru qu'elle le méprisait.

Que ressentais-je au début de la maladie de ma mère à treize ans ? Rien ! Je ne savais pas qu'à l'exception de Marie, les autres pouvaient souffrir. J'espérais seulement que ma mère se rétablirait le plutôt possible.

Était-ce, ce qu'elle méritait au début de sa maladie ? Ou était-ce le prix à payer pour une éducation axée sur la solidité de la famille ou le perpétuel refoulement des tares d'une famille dont elle se savait la co—fondatrice ?

Notre mère menait sa vie comme une personne qui allait bien alors qu'elle souffrait depuis des années.

Cette année scolaire s'était achevée avec la maladie de notre mère qui avait été obligé d'arrêter la couture. Cet arrêt de travail ouvrit les portes de la misère dans la famille Doumoa.

Désormais, il y avait trois malades permanents dans la famille, un frère égocentrique et mystérieux, une sœur dévouée et un père alcoolique. Le tableau n'était vraiment pas reluisant !

* * *

Et cette pluie qui n'en finit pas de tomber ! Elle tombe maintenant à grosses gouttes. De ma chambre, j'entends le bruit horrible des assiettes en aluminium quand elles sont frottées contre un sol cimenté. Les voisins se sont certainement réveillés plus tôt et ont constaté qu'ils avaient de l'eau dans leur maison. J'aurais dû le remarquer mais, j'étais tellement absorbé par mes souvenirs que je n'avais rien entendu.

De ma chambre, j'imagine le film des évènements : le chef de famille s'était certainement réveillé aux environs de deux heures. Il avait constaté que la maison prenait de l'eau. Très naturellement, il avait réveillé les autres membres de la famille.

Après avoir installé certains objets et documents le plus haut possible, chacun d'eux s'était armé d'une assiette. Tout en causant de tout et de rien, ils s'étaient tous mis à chasser l'eau comme des pécheurs qui vident l'eau de leur pirogue en pleine mer. Leur nuit était consommée ! À l'heure du travail ou de l'école, ils seront tous sortis.

Je devine de ma chambre les autres habitants de la ville de Douala. Ceux qui ne sont pas éloignés de leur lieu de travail et qui doivent se rendre au bureau soit à pieds, soit en taxi, soit en mototaxi. Je pense à ces élèves qui doivent se rendre à l'école malgré la pluie.

Pour les hommes je sais qu'ils tiendront d'une main leurs chaussures et leur parapluie vers le haut pour se couvrir.

Et de l'autre main, ils tiendront leur attaché—case ou leur sac au niveau des genoux. Et en même temps, ils soutiendront le bas du pantalon qu'ils auront plié à mi—hauteur. Tous les cinq ou six pas, ils seront obligés de faire passer la main qui soutient le pantalon d'un pied à l'autre pour le réajuster avant qu'il ne reprenne sa position initiale le long du pied qui j'en suis sûr sera nu.

Quant aux femmes, celles qui ne sont pas scolarisées, elles auront les pieds bien calés dans des sandales, des ballerines ou des chaussures en matière plastique. Elles tiendront également d'une main, l'éternel parapluie des habitants de Douala qu'on ne jette jamais même quand il est cassé.

Et de l'autre main, elles soutiendront deux sacs : l'un en plastique qui contient les chaussures qu'elles chausseront dès qu'elles seront arrivées à destination.

Le deuxième sac quant à lui contient tout ce qu'on retrouve invariablement dans le sac à main des femmes : un téléphone portable qu'elle décroche toujours après une bonne dizaine de minutes : une poudrière : une petite boîte de maquillage : un peigne : un petit miroir : quelques jetons : un paquet de mouchoirs jetables : un stylo : un calepin : un nouveau testament qu'elles ne lisent jamais.

Quant à celles qui sont scolarisées, elles auront sur leur dos leur sac d'école qui sera couvert par un manteau et immanquablement un parapluie dans une main. Ils arriveront tous mouillés !

Mais à Douala, le fait de venir au bureau ou à l'école trempé ne surprend personne. Dans cette ville, les orages, les inondations, la chaleur, les souris et les moustiques ne surprennent plus personne !

Tous ces éléments et ces animaux font partir de notre quotidien à Douala !

Chapitre 9

Il est cinq heures quand j'entends l'alarme de mon téléphone. Elle est programmée à cette heure pour me rappeler que je dois faire ma prière. Je dois d'abord oublier les voisins et leurs problèmes qui ne les surprennent plus. C'est le moment du Seigneur. Je dois le louer comme me l'a appris ma mère. Elle me disait :

— Tu dois oublier ta douleur pour faire ta prière. Car vois-tu mon fils, quand tu es en présence du Seigneur apprends que tu es sauvé. Alors pose tes genoux au sol et commence par des chants d'adoration et après implore son pardon. Il t'écoutera.

Je dois avouer que ce n'est pas facile.

Au début, je me demandais comment être cohérent dans une prière quand on souffre dans sa chair ? Ce n'était pas aisé certes, mais avec le temps, c'était devenu pour moi une sorte de passion qui me permettait de rester maître de mon esprit pendant mes prières.

Avec le temps justement et avec *"l'expérience de la douleur"*, j'avais appris à refouler ces douleurs. Je restais souvent à causer avec des gens pendant mes crises sans qu'ils ne s'en rendent compte.

Ce soir exceptionnellement, au lieu de trois chants d'adoration avant la prière, je vais chanter un chant : celui qui convient le mieux dans ma situation :

N'oublie jamais.

Toi qui souffres dans ta chair,

N'oublie pas que Dieu est avec toi.

N'oublie jamais.

Toi qui souffres dans ton âme,

N'oublie pas que Dieu est avec toi.

Refrain :

Il est avec toi le jour,

Il est avec toi la nuit.

Il panse tes plaies,

Il purifie ton âme.

Aucun océan ne te noyera

N'oublie pas que Dieu est avec toi.

Aucun abîme ne te recouvrira

N'oublie pas que Dieu est avec toi.

Avec lui, point de misère

À son côté, point de larmes.

Refrain

— Eternel Dieu, créateur des cieux et de la terre ! Ô Père miséricordieux reçoit ce matin la prière de ton humble serviteur. Par ta volonté, tu as voulu que je voie ce jour nouveau se lever. Je t'en suis éternellement reconnaissant. Ô Eternel Dieu des armées ! Je te remercie pour tous les combats que tu me permets de gagner et le chemin droit et juste que tu as tracé devant moi. Fortifie ma foi afin que jamais je ne perde ce glorieux chemin. Ô Eternel ! Je te remercie également pour mon frère, l'unique que tu as bien voulu laisser auprès de moi et je te demande de lui montrer le bon chemin : celui de la foi que tu me montres à moi afin qu'il accomplisse ce qui est bon à tes yeux. Je te remercie également pour cette famille que tu as placée sur mon chemin. Donne-leur au centuple toute l'affection et tout l'amour qu'ils me donnent comme témoignage de toi, afin qu'ils puissent toujours venir en aide à ceux qui sont dans le besoin et témoigne de toi. Pense Eternel à tous ceux qui sont dans les hôpitaux, à tous ceux qui sont dans le besoin et viens-leur en aide, afin que ton nom soit toujours glorifié. Reçois cette prière au nom de Jésus-Christ notre sauveur, Amen !

Je dois avouer que les douleurs que je supportais étaient celles du commencement de la crise. Ma mère me disait encore : "Un jour, Il te guérira ! Souviens-toi de Job, cet homme qui avait perdu tous ses biens, toute sa famille et surtout qui souffrait dans sa chair. Il avait été guéri par Le Seigneur, grâce à sa foi et avait été rétabli dans ses biens".

Je voudrais bien que cela soit possible et vérifiable avec moi ! Alors, j'y croyais et j'y crois toujours fermement. Et avec le temps, dans l'attente et l'espoir d'une guérison divine, je continue d'y croire. Je m'accroche même. D'ailleurs qu'ai-je à perdre ?

L'avantage avec la foi et la croyance en Dieu, c'est qu'au finish, on ne perd rien.

Enfin ! Sauf quand on tombe sur ces escrocs ou ces charlatans qui vous font liquider tous vos biens pour une hypothétique place à la droite de Dieu.

Ainsi donc, une fois de plus j'ai loué le Seigneur pendant une crise. Mais à propos de crise, était-ce une proprement dite tout à l'heure ?

* * *

L'année suivante m'amenait en cinquième alors que Marie passait en seconde avec son brevet en poche. Akono attaquait pour la seconde fois la classe de première, après avoir obtenu son C.A.P. en seconde, deux ans auparavant. Cette année-là me montra la précarité de notre famille, dès la rentrée des classes.

Pour la première fois, nous allions à l'école avec nos anciens sacs, un minimum de livres et de cahiers. Aucun d'entre nous n'avait eu de nouvelles tenues.

À seize ans, Marie était devenue une femme. Elle n'avait pas changé ses manières. Elle subissait les affres de la vie avec un stoïcisme qui ne me surprenait pas. Elle gardait toujours son masque imperturbable et indéchiffrable.

Akono par contre avait changé. Elle était devenue sans le vouloir véritablement la mère de la maison à cause de la maladie de notre mère. C'est ainsi qu'elle abandonnait souvent ses études malgré les reproches de celle-ci.

Finalement, elle avait abandonné ses études pour un stage d'emploi et avait été recrutée après trois mois d'essai : elle payait le prix d'une responsabilité précoce et d'un père alcoolique !

Dans la famille personne n'avait su qu'elle avait abandonné ses études. Comme tous les Doumoa, elle aussi avait un côté qu'elle dissimulait aux yeux de tous.

Notre mère avait été attristée quand elle avait su que son premier enfant avait suspendu sa scolarité.

"Après tous mes échecs scolaires je n'avais plus la tête à l'école. Commencer cet emploi avait plutôt été salutaire pour moi. Notre père ne pouvait plus supporter la charge financière de la famille" m'avait-elle dit un jour.

Elle n'avait aucun reproche pour notre alcoolique de père !

* * *

C'était vraiment une année difficile pour nous. J'avais battu le record de mes crises. J'en avais fait trois. Les deux premières avaient été gérées à la maison. C'est la troisième qui avait été compliquée.

Elle était survenue alors que notre mère était malade et incapable de se déplacer. Elle m'avait donné l'occasion de voir mon père m'amener à l'hôpital et jouer les garde—malades. C'était la première fois !

Il jouait bien le rôle de garde—malade en journée. Il montait et descendait très rapidement pour satisfaire la demande en médecin ou en médicament. Mais chaque tour qu'il effectuait correspondait à une bouteille de bière bien glacée qu'il ingurgitait à la hâte. Mais alors, tous les soirs j'étais gêné de le voir se coucher près de moi parce qu'il était naturellement saoul. À mon âge à cette époque, il ne me venait pas à l'esprit que je pouvais faire entendre raison à mon géniteur de père.

C'est avec lui à l'hôpital, que j'avais compris la souffrance de ma mère et de toutes celles ou ceux qui sont obligés de dormir près d'une personne qui est ivre.

Non seulement j'étais obligé de supporter l'odeur nauséabonde de l'alcool qui sortait de sa bouche ouverte et ses ronflements, mais en plus je devais jouer des coudes pour ne pas être éjecté du lit. Il restait presque inconscient toute une nuit. Pour le réveiller il fallait souvent sonner le tocsin.

Après plusieurs mois de dissimulation et de médicaments qui ne la soulageaient pas, notre mère avait pris une décision pour l'amélioration de sa santé.

Nous étions au mois de Mai quand elle nous avait annoncé qu'elle allait se rendre dans la région de l'Est. Plus précisément dans un petit village situé à l'entrée de la ville de Bertoua et appelé Bonis. C'était dans l'espoir d'y trouver la guérison.

Elle suivait les recommandations de sa sœur aînée. Celle-ci l'appelait régulièrement par le biais du téléphone portable pour s'enquérir de l'évolution de sa santé. Notre mère avait longtemps tergiversé mais finalement elle avait pris la bonne décision.

Elle nous avait donc quittés au milieu du mois de Mai pour une absence qui allait durée deux semaines. Elle était plutôt revenue dix semaines plus tard.

Entre-temps, Thierry était revenu vivre à la maison sur la demande d'Akono après sa mutation à Ngotto. C'était un village situé à près de six cent kilomètres de Douala dans la région de l'Est.

Pendant l'absence de notre mère qui coïncidait avec celle d'Akono, les relations entre mon père et mon frère (autant le dire comme ça pour faire simple), s'étaient une fois de plus dégradées.

Je finissais déjà par m'y habituer. Même si je ne voyais pas d'un bon œil leur dispute. J'avoue que j'en voulais à mon frère. Tout simplement parce qu'il ne le respectait pas comme le prescrit la Sainte Bible. Pour moi c'était contre nature.

* * *

Notre mère était revenue à la fin du mois de Juillet. Elle était devenue une nouvelle femme. Elle avait changé. On le voyait par sa mine radieuse. On voyait qu'elle était une autre femme.

Quand je l'avais aperçue, j'avais éprouvé un peu de jalousie. Elle avait été guérie en moins de trois mois alors que moi je traînais ma carcasse de Drépano depuis ma naissance.

Depuis quatorze ans à cette époque.

"Quelle injustice !"

Que ma mère me pardonne !

Que Dieu me pardonne ! Je ne savais pas à cet âge que c'était injuste de ma part de penser ainsi.

Je ne sais pas si notre père était habitué à des élans d'affection ou d'amour de la part de notre mère. Mais toujours est-il que j'avais remarqué sa surprise quand notre mère l'avait salué en disant :

— Bonsoir mon chéri !

Il avait balbutié une réponse que je n'avais pas saisie parce que j'étais occupé à embrasser notre mère qui me disait :

— J'espère que mon absence ne t'a pas fait souffrir. Marie... Ma fille vient m'embrasser, avait-elle dit à ma sœur qui se tenait derrière moi. Akono, qui s'est arrêtée à Bertoua m'a dit que c'était toi la cuisinière pendant mon absence. Félicitations ! Mais... Je ne vois pas votre frère...

— Je suis là ! Comment as-tu voyagé, avait-il demandé en sortant de la chambre.

— Bien merci ! Pourquoi ne m'embrasses-tu pas ?

— Je ne t'ai pas entendu arriver plutôt. J'écoutais la musique avec les écouteurs aux oreilles. Et encore, depuis quand est-ce je le fais ? C'est bien que tu sois revenue. Ça veut dire pour moi que je dois déménager maintenant. Ça ne va pas ici, dit-il d'un trait et sans hypocrisie.

— Est-ce pour cette raison que tu ne me téléphonais pas ? Si tu veux mon avis je préfère que tu restes ici. Je veux avoir toute ma famille autour de moi maintenant qu'Akono est mutée ailleurs. Mon fils ! Jusqu'à quand est-ce que tu ne pardonneras pas ? Jusqu'à quand est-ce tu t'opposeras à ton père ? Il a déjà fait sa vie mon fils ! Fais la tienne. Ce n'est pas en t'enfuyant toujours que tu exorciseras le mal qui te ronge.

— Tu as raison maman ! Mais mon problème est que je ne veux pas me faire traumatiser comme Akono.

Pendant leur échange, notre père était allé dans leur chambre. On l'avait retrouvé un peu plus tard sans Thierry et la conversation était passée au patati et au patata.

À un moment de la conversation, la calme Marie, celle qui ne parlait presque jamais pour ne rien dire et qui remarquait ce que nous les autres Doumoa ne remarquions pas, avait demandé en s'adressant à notre mère :

— Pourquoi chantais-tu tout à l'heure alors que tu venais de faire un long et pénible voyage ?

— Je te reconnais-là ma fille. Je vais te répondre : j'ai rencontré le Seigneur. Je me suis fait "baptiser de nouveau !".

— Pourquoi l'as-tu fais une nouvelle fois ?

— Parce que le Seigneur m'a guéri.

— Nous sommes tous ravis pour toi, conclu Marie.

La soirée s'était achevée ainsi et nous étions allés nous coucher très tard dans la nuit.

* * *

L'année scolaire suivante me voyait reprendre la classe de cinquième. Marie quant à elle allait affronter le certificat de probation.

Notre mère avait repris la couture. Mais ce qu'elle gagnait et le salaire de notre père ne suffisaient plus pour gérer les multiples besoins de la famille.

Même l'aide financière d'Akono n'arrivait pas à nous permettre de joindre les deux bouts.

Je ressentais cette misère dans la qualité des sauces qui devenaient de plus en plus légères. Elles avaient cinq fois sur sept du poisson fumé en très petite quantité. Et nous accompagnions ces sauces non nourrissantes avec du riz de mauvaise qualité. On n'avait presque jamais de la viande au menu.

Pourtant nous aurions pu être heureux si notre père ne levait pas un peu trop le coude. C'est vrai ce que l'on dit sur l'alcoolisme !

Non seulement il détruit le consommateur, mais en plus il détruit son entourage !

À quinze ans je pouvais le comprendre.

Il m'arrivait souvent de croiser mon père dans un bar en train de boire alors qu'il était déjà saoul. Bien entendu il n'était jamais seul. Même si on lui offrait une ou deux bières, lui aussi faisait une ou plusieurs tournées. Ce qui bien évidemment amenuisait son argent : c'est-à-dire celui de la famille.

À l'école primaire, on nous avait fait des leçons sur l'alcoolisme dans le but de nous permettre d'éviter ce fléau.

Mais seulement, comment parler de lutter contre l'alcool quand votre maître ou votre enseignant, celui chargé de vous expliquer les méfaits de ces horreurs a les lèvres rongées par cet alcool et les doigts bouffés par la cigarette ?

Autant écouter les prêcheurs qui disent à tort et à travers : "faites ce que je dis et non ce que je fais."

D'ailleurs, se plaint-on encore des nobles concitoyens qui passent leur journée à s'enivrer ?

Je suis né dans le quartier New Bell à Douala. Tout au long de ma vie j'ai vu des maisons sortir de terre dans ce quartier. Bizarrement, chaque fois qu'une maison était achevée, c'est deux nouveaux débits de boissons qui ouvraient leurs portes. C'est d'ailleurs le cas dans tous les quartiers de la ville de Douala. À mon âge, j'ai l'impression que pendant que les habitations augmentent d'une façon géométrique, les débits de boissons augmentent d'une façon exponentielle.

À tous les âges les gens boivent et sont heureux. Le comble c'est que l'alcool a perdu son côté immoral et est devenu un facteur de bien-être. Les gens boivent maintenant pour se sentir bien c'est-à-dire pour s'enivrer. Qu'ils soient Jeunes ou vieux : hommes ou femmes : contents ou mécontents : riches ou pauvres : sains ou malades.

* * *

À la fin de l'année scolaire, je fis deux crises dont l'une m'envoya à l'hôpital avec deux poches de sang en urgence. Heureusement, j'étais admis en classe de seconde. Marie qui n'avait pas fait de crise durant deux ans avait renoué avec la douleur. Elle avait fait également deux crises sans transfusion sanguine et avait obtenu son certificat de probation.

Heureusement pour nous, ces crises avaient coïncidées avec la stabilité d'Akono. Elle nous était venue en aide financièrement.

Une semaine après ses résultats, Marie prit la décision de se faire baptiser par le pasteur de notre mère. Et la semaine suivante, Akono nous rendit visite. Elle était venue pour passer une semaine avec nous et se proposait de rentrer avec Marie à Ngotto. "Vous me manquez tous" avait-elle dit.

Notre frère qui avait été mis au courant du projet d'Akono de partir avec Marie s'était opposé mordicus à ce projet. Sa réaction avait poussé notre père à le traiter une fois de plus de mauvais enfant !

Le problème avec mon grand frère c'est qu'il ne se croyait jamais obligé de se justifier ou de s'expliquer. Il était franchement exaspérant dans ses manières. Mais c'est avec le temps que j'allais le comprendre et même le connaître.

À la veille de leur départ, notre père nous avait réunis au salon pour dire au revoir à Akono et à Marie. Thierry, qui avait été informé par mes soins ne se gênait pas pour nous retrouver au salon. Il écoutait Michael Jackson dans la chambre.

Notre père voulait ignorer son absence avant de donner sa bénédiction aux voyageuses. Mais Akono lui avait demandé la permission d'aller chercher notre frère et il la lui avait accordée.

Elle n'avait pas mis long pour le convaincre et ils étaient revenus nous retrouver au salon. Notre père avait commencé en disant :

— Bien, maintenant que nous sommes réunis tous pour dire au revoir à Akono et à Marie, je... »

Il avait été interrompu poliment par notre mère qui lui avait demandé :

— S'il te plait, pouvons-nous commencer par une prière ? Et puisque c'est toi le chef de famille, c'est à toi de nous diriger dans cette prière. Tu es notre berger !

Notre père avait certainement été flatté par cette phrase. Entre-temps, un regard furtif lancé vers Thierry m'avait permis de lire le mépris dans l'expression de son visage. Il n'avait pas tort : notre père était saoul.

Une seconde avant qu'il ne commence de faire le signe de croix, j'avais eu le temps de voir notre mère et Marie se couvrir la tête avec un foulard qu'elles avaient certainement gardé pour la circonstance.

Notre père avait commencé le : "Notre père qui est aux cieux..." et avait achevé par : "pour des siècles et des siècles... Amen !" Et il avait refait le signe de croix.

Pendant la prière dite par notre père, j'avais remarqué quatre choses qui me faisaient réfléchir :

Outre que notre mère et Marie s'étaient couvertes d'un foulard, elle n'avait pas fait le signe de croix.

De plus, leurs lèvres montraient qu'elles ne faisaient pas la même prière que nous trois autres : puisque Thierry ne priait pas ! D'ailleurs, il ne fermait même pas les yeux.

De même, à la fin de la prière dite par notre père, j'avais remarqué que ma mère et Marie avaient terminé leur prière bien après lui.

Et enfin, tout au long de la prière, Thierry était resté dans sa position initiale : le regard faussement perdu au loin. Notre frère réfléchissait ! Mais à quoi ?

Notre père s'était adressé à Akono en lui réitérant les conseils de sa première prise de service et de sa première affectation. Tout en évitant le regard de notre frère, il parlait de tout et de rien : il subissait les effets de l'alcool !

On aurait dit que la présence de Thierry l'indisposait et le désorientait. Il n'avait pas tort. Le regard impatient et haineux de notre frère avait l'air de dire : "dépêche-toi ce n'est pas cela le plus important". Son visage s'illumina quand notre père dit :

— Bien Akono ! Tu nous as proposé de partir avec ta sœur pour lui permettre d'achever son cycle secondaire à tes côtés. C'est une bonne idée et…

Sa limite de patience était dépassée ! Il arracha littéralement la parole à notre père pour dire :

— Pour commencer, je ne pense pas que c'est par un souci de permettre à Marie d'achever son cycle secondaire. Dis-le franchement Akono ! Tu veux nous aider en allégeant les charges de nos parents. J'apprécie cet acte. Alors je m'adresse à Marie ! Il ne faut pas que tu partes à Ngotto.

— Pourquoi cela te gène-t-il, avait demandé notre père en haussant la voix et en ajoutant : est-ce la jalousie de savoir que tu es incapable de nous venir en aide comme Akono qui te fait parler ainsi ?

— Avant de te répondre, permets-moi de te poser une question. Connais-tu tes enfants ?

— Je vais te rappeler une chose : je suis ton père ! Et je n'ai pas à répondre à tes questions idiotes.

— La réponse est la suivante : tu ne nous connais pas ! Tu n'as jamais eu le temps de nous étudier. Une chose est certaine : je ne t'achèterai jamais une bouteille de bière comme le fait Akono parce que j'estime qu'à cause de l'alcool, tu nous fais souffrir sur tous les plans. Sinon là n'est pas le problème. Marie je pense que tu ne dois pas faire ce voyage. (Il s'était tourné vers elle). De nous tous ici, tu es la plus posée et même je dirais la plus intelligente. J'ai vécu toute ma vie avec toi : je peux me tromper, mais s'il te plait ne fait pas ce voyage. Pourquoi ne dis-tu rien maman, avait-il demandé avec exaspération en se tournant cette fois vers notre mère.

— Ta mère n'a rien à décider ici. C'est moi le chef de cette famille. J'ai dit qu'elle voyagera et elle voyagera. Un point c'est tout !

— Thierry ! Je pense que tu exagères un peu. Et si tu nous expliquais pourquoi tu es contre ce voyage, avait demandé Akono sans conviction.

— Vous expliquer quoi ? Pourquoi ? Vous avez déjà une idée arrêtée de moi. Alors à quoi cela me servirait-il de m'expliquer ! Mais au moins je sais une chose : Marie tu sais pourquoi je m'oppose à ton voyage. On ne devient pas bête en un jour.

— Je te comprends très bien Thierry. Mais crois bien que je prendrai mes dispositions, dit-elle de son ton calme et posé.

— Enfin ! Une personne qui parle le même chinois que moi, avait lancé Thierry avant de se séparer de nous sans s'excuser.

Après son départ, notre mère nous avait expliqué pourquoi notre frère s'opposait au départ de Marie.

Mais notre père, peut-être parce que c'était Thierry qui le demandait, ou parce que son amour-propre avait été touché ou tout bêtement à cause de l'alcool, n'avait pas changé sa position. Et cela malgré l'étalage des raisons évoquées par notre mère. Elle se contentait de les étaler sans donner son avis.

Le lendemain matin, puisque notre frère n'était pas présent à la véranda, Marie était allée le retrouver dans notre chambre et s'était entretenue avec lui.

C'était la dernière fois qu'ils s'entretenaient tous les deux. Ils étaient sortis ensemble de la chambre. Thierry s'était dirigé vers notre mère et lui avait demandé des excuses pour son comportement de la veille : "On en reparlera" lui avait-elle dit.

Il avait présenté également ses excuses à Akono. Heureusement notre père était resté couché.

Cependant, j'avais remarqué que Thierry avait une tête sombre. Comme s'il avait passé la nuit à réfléchir dans l'obscurité.

* * *

Deux jours plus tard, Akono appelait Thierry à partir de son gros téléphone portable pour nous dire qu'elles étaient bien arrivées. Il avait annoncé la nouvelle à notre mère et avait fait un commentaire comme quoi il s'était peut-être trompé.

Deux semaines après leur arrivée, Akono appelait de nouveau notre frère et lui demandait de passer le téléphone à notre mère : elle avait une importante nouvelle à lui communiquer.

Après le coup de fil, notre mère avait entonné des chants religieux et nous avait dit qu'Akono allait se baptiser le dimanche suivant. Elle avait retrouvé les membres de l'église de notre mère à Ngotto et avait décidé de se "baptiser de nouveau".

"Finalement, cette affaire-là devient contagieuse" avait lancé Thierry avant de disparaître. Mais deux mois après leur départ, notre frère recevait un coup de fil depuis sa chambre. Il avait raccroché et était venu se placer devant notre mère qui était installée devant sa machine à coudre. Il avait le regard triste et j'avais l'impression qu'il faisait des efforts pour maitriser le tremblement de ses mains.

Notre mère qui le connaissait mieux que nous n'avait pas mis long pour lui demander.

— Qu'est ce qui ne va pas ?

— Je viens de recevoir un coup de fil…

— Et qui t'appelait donc ?

— Akono…

— Il y a un problème ? »

Notre mère était devenue sérieuse. Elle avait arrêté de coudre. Elle s'était juste contentée de plier son bras droit sur son ventre en ramenant la main gauche qui venait se poser sur la joue.

Je trouvais que mon frère exagérait un peu.

— Oui, répondait-il en continuant son jeu de torture. C'est Marie !

— C'est grave ?

— Elle n'est plus, avait-il dit en baissant la voix et en prenant sa tête dans ses mains qui tremblaient.

Sans le savoir, j'avais laissé tomber la télécommande de mes mains et je l'avais écrasée quand je m'étais dirigé vers eux. Notre mère était restée assise. Elle avait le regard dirigé vers mon frère.

Lentement, très lentement, des larmes avaient coulé de mes yeux. Je m'étais mis à pleurer en silence puis mes pleurs s'étaient accompagnés de cris. Pendant ce temps, notre frère arpentait le salon de long en large avec son gros téléphone à la main.

Notre mère gardait une dignité qui m'impressionnait. Elle s'était adressée à mon frère avec une voix cassée :

— Appelle ton père par le numéro de son ami. Je pense qu'ils sont ensemble.

Notre frère s'était exécuté. Il avait demandé poliment à l'ami de notre père de dire à celui-ci de rentrer le plus tôt possible. Il venait de se passer un évènement malheureux dans sa famille.

Une quinzaine de minutes plus tard, j'entendais la voix de mon père qui pleurait le long de la route. Il était accompagné d'une dizaine de ses amis d'alcool. Et au fur et à mesure qu'ils avançaient vers la maison, leur nombre augmentait. Bien entendu, ils étaient tous saouls.

En quelques secondes notre maison était envahie de monde qui demandait de savoir de qui il s'agissait exactement ?

J'étais le seul dans notre maison capable de leur donner une réponse. Notre mère s'était retirée dans sa chambre et avait été rejointe par notre frère qui à mon avis veillait sur elle.

Trente minutes après son arrivée, notre père qui devenait lucide demanda à Thierry de téléphoner à Akono pour en savoir plus.

— Il nous est impossible de l'avoir. Il n'y a pas de réseau dans la zone. Elle est en train de se déplacer. C'est à Batouri qu'elle nous contactera : dès qu'elle aura mis le corps à la morgue. C'est à nous d'attendre son appel, avait-il conclu.

À cinq heures du matin la sonnerie du téléphone n'eut pas le temps de sonner. Thierry avait déjà décroché :

— Comment vas-tu ?

— …

— Elle est près de moi, je te la passe ? »

Il avait remis le combiné à notre mère qui avait écouté Akono. Elle ne répondait que par des "oui" et des "d'accord". À la fin elle avait dit :

— C'est la volonté de Dieu. C'est lui qui donne et c'est lui qui reprend !

Le téléphone était passé entre les mains de mon père qui avait insisté pour avoir les détails et avait demandé le programme des obsèques. Il s'était mis apparemment d'accord avec Akono et m'avait passé le téléphone.

Elle avait entrepris de me consoler en me demandant de tenir le coup. Je n'avais ni la force, ni le courage de poser une question. J'écoutais seulement ! Mon esprit était loin vers les derniers faits et gestes de celle qui me comprenait le mieux dans la famille. Celle avec laquelle je partageais les mêmes combats. Celle avec qui je pouvais parler de mes douleurs sans avoir à m'expliquer. Celle qui m'avait toujours aimé en silence.

Je connaissais la douleur qu'un être humain qui souffre peut endurer ! Mais le choc qu'on reçoit quand une personne qui vous a été proche disparait est plus dur. Plus compliqué. Plus horrible !

J'avais l'impression de perdre une partie de moi.

Quelques minutes après le choc, mes pensées étaient allées vers Thierry. Au fond de moi, je faisais un lien entre Thierry et la défunte Marie. Mais, mon esprit perturbé m'empêchait d'analyser et même de comprendre.

Plus tard, l'esprit reposé, je me posais cyniquement une question : était-ce un prix à payer ?

Fallait-il faire moins de crises de drépanocytose pour mourir jeune ou fallait-il plusieurs crises pour vivre longtemps ?

Le téléphone était passé entre les mains de Thierry :

— Pour le moment elle tient le coup. (Il s'était tourné vers notre mère pour qu'elle soit au courant de tout ce qu'il disait). Mais la connaissant bien je sais qu'elle cache un immense chagrin et une grande déception au fond de son cœur. Toute la dignité qu'elle affiche a pour but d'éloigner les curieux loin d'elle. Tu sais qu'elle n'a jamais voulu exposer notre famille. Nous regrettons tous le décès de Marie mais trois semaines c'est un peu long. Elle est morte ! Que la terre de nos ancêtres lui soit légère. Je préfère penser à ceux qui pourraient nous abandonner à cause d'un évènement aussi tragique. Je propose que les obsèques prennent fin dans deux semaines. Maman n'est pas aussi solide que tu le crois !

J'étais ravi de constater qu'il se souciait de l'état de santé de notre mère et voulait lui éviter un choc après le décès de Marie. Prolonger le deuil pourrait lui être fatal.

Le lendemain qui tombait un dimanche, après l'heure supposée du culte, j'avais vu pour la première fois le pasteur de ma mère. Il était accompagné d'une forte délégation de fidèles qui animèrent la maison de chants religieux. Les fidèles nous avaient assistés ainsi pendant les dix nuits qui précédaient les obsèques de Marie.

Le onzième jour au petit matin, j'avais vu pour la première fois arriver les frères de notre mère. Ils venaient assister leur sœur.

Le soir de ce même jour qui était le dernier à Douala avant le départ pour la ville de Ngotto, notre père avait tenu un conseil de famille élargi à sa belle-famille. Les frères de notre mère allaient voyager avec eux. Leur sœur les attendait à Bonis.

Chapitre 10

Ouf ! Enfin le petit matin. Il est six heures. Un coup d'œil jeté à travers la fenêtre me fait comprendre que le jour s'est déjà levé.

Les noctambules d'Akwa, ceux qui n'iront pas au travail ce matin sont encore dans la fête. Certains cherchent un bouillon de poisson fumé ou de patte de bœuf pour faire passer l'alcool de la nuit. Tandis que les autres cherchent certainement un taxi pour aller soit au point kilométrique quatorze, soit à Japoma pour continuer leurs ambiances avec quelques litres de vin blanc.

C'est cela la ville de Douala. On ne passe pas seulement la nuit à ressasser ses souvenirs comme moi. On la passe aussi en s'amusant. Enfin ! Chacun fait à sa manière. Pourvu qu'on trouve son compte.

Pour une fois que je peux passer une nuit d'insomnie, même si c'est à cause d'une crise de drépanocytose, autant la passer utile. En tout cas moi, j'avais utilisé mon laptop à bon escient. J'avais fait une bonne gymnastique intellectuelle.

La pluie a diminué d'intensité. Et jusqu'à treize ou quinze heures elle tombera finement sur la ville et n'empêchera pas les autres "Sawa" de vaquer à leurs occupations.

Un léger coup frappé sur la porte m'annonce que mon nouveau frère Evoutou va bientôt la traverser. Je n'ai pas le temps de dire entrez qu'il a déjà traversé la chambre et est assis sur l'unique chaise.

Je dois avouer que son intrusion dans la chambre juste après ma souffrance me revigore. Il sait arriver quand j'ai besoin de lui !

— Comment vas-tu ce matin mon gars, me lance-t-il.

Les yeux à peine ouverts, j'hésite à lui répondre. En fait j'ai peur de faire ressurgir la douleur. Je dois éviter de penser à elle !

Pendant quelques secondes, je passe mentalement en revue les différentes parties de mon corps. Je décide de commencer par les orteils. Mais j'hésite à les plier vers l'intérieur. Et si la douleur ne m'a pas quitté ?

En tout cas, pour le savoir je dois y aller. Je n'ai pas le choix ! Je les plie et je ne ressens rien. Ok ! Tout est normal de ce côté. Au tour des genoux maintenant ! Je les étire et je ne reçois toujours aucune réponse douloureuse. C'est idem pour le ventre et la tête.

C'est vraiment bizarre ! En trente ans de vie de souffrance, je n'ai jamais eu une crise aussi violente et brève. Enfin ! Jusqu'à maintenant.

— Alors mon vieux, tu es enfin réveillé ?

— Excuse-moi Evoutou ! J'ai passé une nuit bizarre.

— Quand je te regarde, tu as l'air en forme. En quoi est-ce que cette nuit était-elle bizarre ?

— Toute cette nuit je n'ai pas pu fermer l'œil.

— Tu as fait une crise ?

— Oui ! Cette nuit. Elle a commencé à vingt-et-une heures.

— Attends ! Arrête de me faire marcher. On s'est vu hier et tu allais bien. Ce matin tu me dis que tu as souffert. Mais moi qui te connais depuis sept ans, je t'avoue que tu ne ressembles en rien à ce que tu es souvent quand ça ne va pas. Alors raconte !

— Bien volontiers ! Mais avant, s'il te plait fais-moi plaisir ! Regarde dans le tiroir de la table et sors mon porte-monnaie. Dépêche-toi d'aller à la pharmacie de l'amie de votre famille me procurer un paquet de Diclofenac forte 100 mg, de l'acide folique et du Trabar.

Le Trabar faisait partie des nouveaux médicaments qui devaient dorénavant faire partie de ma trousse médicale.

— Tu as remarqué qu'il n'est que six heures mon vieux ?

— Je l'ai remarqué. Mais n'empêche ! Je suis sûr qu'elle ouvrira pour te servir parce qu'elle n'aimerait pas affronter les foudres de ta mère. Vas-y et sors le grand jeu. À ton retour, je serai bien réveillé et on pourra causer. Je n'ai pas oublié qu'on doit aller à Bonabéri. Il y a encore assez de temps pour y aller.

Il me regarde droit dans les yeux et se pose visiblement une et mille questions.

Je ne me soucie pas de savoir si la pluie l'empêchera de me ramener les médicaments. Je sais que quelques soient les intempéries, il me les apportera.

Finalement, il sort de la chambre et je me replonge dans mes souvenirs. Sans sortir de mon lit.

Toute ma vie, j'avais toujours trouvé les pluies matinales déconcertantes. Tout simplement parce qu'elles me poussaient à réfléchir au lever du jour.

La question était la même à chaque fois : sortir sous la pluie ou pas ?

Quand je décidais de sortir, dans ma petite tête j'entendais une voix qui me culpabilisait en me disant : "ne vois-tu pas que ce temps n'est pas favorable à un Drépano ? En tout cas, tu seras le seul responsable des douleurs à venir !"

Et quand je décidais du contraire, elle me disait : " voyons mon vieux ! Tu ne vas quand même pas sécher les cours pour une si petite pluie !

Ce matin, je ne suis pas soumis à ce dilemme. Je trouve cette matinée belle avec ces gouttes d'eau qui continuent de tomber sur la ville. En réalité, après la violente crise de la nuit, c'est la joie de voir un nouveau jour qui me plait. Je n'ai jamais autant souffert de ma vie dans un laps de temps aussi court.

* * *

Dans mon esprit ce matin, ce qui s'était passé lors de la veille du départ au lieu du décès de ma tendre sœur Marie remonte dans mes souvenirs.

Les choses avaient pourtant bien commencé quand l'aîné des frères de notre mère avait dit péremptoirement :

— Bien mon beau puisque nous devons tous voyager, je propose que Félix reste garder la maison.

Notre père commençait à peine de mimer un signe d'acquiescement de la tête quand Thierry, l'immuable Thierry, l'homme de notre famille qui avait le propre pour exaspérer tout le

169

monde sauf notre mère, ouvrit sa grande gueule pour dire nonchalamment avec la tête inclinée vers la droite :

— Non ! Je resterai garder la maison. Félix voyagera avec vous.

Je ne peux pas expliquer ce qui avait poussé notre père de prendre les choses sur ce ton. Nous étions pourtant en plein dans un malheur. Il avait pris un air courroucé et avait dit :

— Tu vois mon beau ! Voilà comment se comporte ton fils quand ses pères parlent. Il leur impose carrément sa volonté. Voilà ce que j'endure dans cette maison !

— Ok mon beau ! Écoute Thierry ! Nous sommes venus pour le deuil de ta sœur. Mais je vais en profiter pour te dire que ton comportement vis-à-vis de ton père est indigne. Mon frère et moi sommes arrivés ici depuis ce matin. À part ton petit frère qui fait tout pour se rapprocher de nous, toi tu passes tout ton temps à te pavaner avec je ne sais qui toute la journée. Ton père nous a dit que tu lui manques de respect et nous venons de le constater. J'ajoute même que tu le méprises et tu menaces souvent de le battre. Ce n'est pas bon ce genre de comportement. Ce n'est pas ce que nous attendons de toi. Change mon fils. Je ne veux plus entendre que ça ne va pas entre ton père et toi ! Si tu as des oreilles, entends. Nous avons pris une décision et tu dois te plier. C'est compris ?

— Enfin cher oncle ! Puisque tu me demandes mon avis, je réitère ce que j'ai dit autrement : je ne ferai pas ce voyage et j'insiste pour que Félix prenne ma place. Je n'ai plus rien à dire !

C'était à croire que mon frère ne savait que faire ça. Énerver les gens ! Et en plus il raffolait d'avoir sa position à lui tout seul. Sans oublier qu'il avait en horreur les explications.

Notre père était presque ravi. Pour une fois que des membres de la famille pouvaient vérifier par eux-mêmes ce qu'il disait depuis des années.

Nos oncles quant à eux étaient sidérés. Notre mère restait calme et silencieuse. Son bras droit était plié sur son ventre et sa main gauche enlaçait la joue du même côté.

Je savais qu'elle était habituée à son fils et qu'il ne la surprenait plus. Mais cette nuit-là, j'avais eu l'impression qu'elle pensait à quelque chose de précis. Elle n'était pas avec nous ce soir-là. Elle était ailleurs en esprit et regrettait de n'avoir pas écouté son fils à un moment précis.

Tout s'était passé très vite dans ma tête et l'instant d'une seconde, j'avais compris pourquoi notre mère ne réagissait pas contre son fils devant ses frères.

En même temps, je compris qu'elle ne ferait rien contre Thierry. Elle ne s'opposerait pas à son fils aîné ce soir. Ils se retrouvaient tous ici parce que personne n'avait voulu l'écouter. Elle particulièrement !

Il avait été le seul à s'opposer au départ de Marie pour Ngotto. Personne ne l'avait écouté !

C'était à Ngotto que Marie avait trouvé la mort !

Je me posais la question de savoir pourquoi il voulait que je fasse partie du voyage. À sa place en plus !

Heureusement pour moi son comportement me soulageait. Sans être cynique, la perspective de voyager m'enchantait : après tout, elle et moi avions souffert du même mal. Elle verrait de là-haut que j'étais présent avec elle jusqu'à son dernier jour.

La question posée par notre oncle m'avait fait sortir de mes pensées :

— Tu nous imposes ton point de vue maintenant ?

— Non ! D'ailleurs, je préfère m'en aller parce que je sais qu'on ne s'entendra jamais.

Nos oncles étaient dépassés !

Certainement à cause de l'évènement qui les avait fait venir à Douala, ils avaient préféré arrêter les débats. Thierry avait gagné. Je devais être du voyage.

Pendant qu'il se déplaçait pour se diriger vers l'extérieur de la maison, le plus jeune de nos oncles avait demandé la parole à son ainé et avait dit à l'adresse de notre père :

— Mon beau ! Puisque notre fils vient de nous décevoir, mon grand frère et moi te présentons nos sincères excuses. Nous avons hébergé ton fils pendant trois années sans jamais t'informer. Figure-toi que quand il est arrivé au village, il nous avait dit que tu voulais le tuer. Pardonne-nous mon beau !

Thierry qui avait entendu cette nouvelle accusation avait pris un air franchement déçu. Il s'était arrêté au seuil de la porte et était revenu sur ses pas. Il avait la tête inclinée.

Je dois reconnaître qu'à certains moments, cette façon qu'il avait d'incliner sa tête vers son épaule droite faisait qu'on avait l'impression qu'il affichait un mépris évident vers ses interlocuteurs. Je sais que non ! Mais devant des personnes qui ne le connaissaient pas, ça présentait mal. Je l'avais découvert quand je m'étais mis mentalement à la place de mes oncles pour le regarder et l'entendre dire :

— En d'autres circonstances, je vous aurais présenté mes excuses. Je sais que c'est bientôt l'enterrement de notre sœur, votre fille. Donnez-moi juste le droit de m'expliquer sur ce que vous venez de dire. Je veux le faire tout simplement par respect pour vous mes oncles et pour tout ce dont j'ai bénéficié étant chez vous. Ma mère, votre sœur m'a appris tout petit à éviter le mensonge. Je me suis efforcé de suivre ce chemin. Oui je vous avais dit au village : "Mon père veut me tuer !" Je ne retire rien de ce que j'avais dit. Mais seulement, souvenez-vous. Vous étiez tellement surpris de me voir arriver chez vous et vous m'aimiez tellement que vous vous êtes contentés de m'écouter sans me poser les questions essentielles : pourquoi et comment ? Si vous m'aviez demandé : "comment", je vous aurais répondu en disant : "En tuant mon intelligence". Et si vous m'aviez demandé : "Pourquoi" Je vous aurais dit : " Avec son alcoolisme avancé." Sur ce, permettez que je me retire !

Il parlait rarement fort. Mais quand il proposait pour ne pas dire imposer quelque chose, il le voulait vraiment et l'obtenait ! Il était sorti quand il avait fini de parler.

À l'heure d'aller nous coucher c'est-à-dire vers deux heures du matin, je me posais toujours la question de savoir pourquoi mon frère voulait que je fasse partie du voyage. Mais une chose taraudait mon esprit.

Notre père avait accusé mon frère devant sa belle-famille. L'alcool avait vraiment déréglé son esprit ! Je ne reconnaissais pas mon aîné dans ces accusations.

Je redoutais les conséquences à long terme de la réaction de nos oncles sur les relations entre mon père et mon fils.

Au lever du jour, puisqu'il n'avait pas passé la nuit avec nous, il était venu me trouver dans la chambre de nos parents. Pendant que je conversais avec notre mère et toujours énigmatiquement, il m'avait dit :

— Je compte sur toi pour me raconter fidèlement ce qui se passera là-bas.

Après, il était calmement allé s'excuser auprès de notre mère au sujet de son malentendu avec ses frères à la veille. Elle avait accepté ses excuses !

J'en étais arrivé à me demander si notre mère lui faisait souvent des reproches ? Était-elle souvent choquée par ses manières ? Cautionnait-elle tous ses écarts ? Qu'est-ce qui la poussait à lui faire confiance ? Je ne l'avais jamais vu le blâmer !

Je n'avais jamais vu Thierry la contrarier. Du moins elle ne le montrait jamais.

Ils s'entendaient sans se parler. Comme deux vieux complices !

* **

Nous avions quitté Akono une semaine après l'enterrement et nous étions rentrés à Douala.

Une semaine après notre retour, j'avais eu droit à la visite de mon frère dans notre chambre :

— Comment vas-tu, avait-il commencé.

— Bien et toi ! Tu aurais dû assister aux obsèques. Akono était déçue de ne pas te voir.

— On s'appelait souvent. Quand elle faisait un tour à Batouri. Sinon à quoi est-ce que je devais servir ? À porter le cercueil ou à la ressusciter ?

— Tu vois ! Ce sont tes mots-là qui énervent tout le monde. Même Marie t'avait demandé de changer avant sa mort.

Sans tenir compte de mes remarques et pour fuir ce débat, il m'avait presque ordonné en changeant de sujet :

— Raconte—moi le deuil.

— Que veux-tu savoir ?

173

— Tout !

— Alors là ! J'espère que tu as le temps sinon tu dois m'aider parce que c'est long.

— Comment est-ce que l'on a raconté sa crise ?

— Elle n'a pas fait de crise.

— C'est ce que tu crois ! As-tu récupéré ses médicaments après ?

— Maman et Akono me l'ont conseillé. Il y avait du foldine, la Pervencamine, le Torental, l'Hydergine, du Diclofenac, de l'aspirine et du paracétamol.

— Normal que tu aies tout pris ! À qui est-ce-que ça pouvait encore servir ? Donc elle avait tout pour les douleurs. Tu n'as rien remarqué d'autre ? »

Il commençait franchement à m'exaspérer. J'avais l'impression d'être interrogé par "le Lieutenant Colombo" sans l'imperméable râpé et le cigare mouillé mais en blue-jean et en basquet.

— Écoute tu…

— Calme-toi frangin ! Je ne suis pas en train de te faire perdre ton temps. Je veux qu'on raisonne ensemble. Tu connaissais Marie autant que moi : elle ne commettait pratiquement jamais d'erreur. Le climat ? »

J'avais répondu avec exaspération :

— Quoi le climat ?

— Tu as tort de te méprendre sur mes manières. Ne me juge pas sur celles-ci sinon tu ne comprendras rien ! Alors quel climat faisait-il ?

— Très froid ! Tiens ! Il avait beaucoup plu ce jour-là.

— Ah ! Donc la température avait baissé. Connaissant celle-ci elle s'était certainement mise au chaud. J'en mettrais ma main au feu !

— C'est ta bouche que moi je mettrais volontairement au feu !

— Ah enfin ! Mon frère a de l'humour. Qui l'a amené à l'hôpital ?

— Les voisins.

— Ah ! Et qui a alerté ces voisins ?

— Elle-même ! Avant de s'évanouir.

— Elle s'est évanouie ? Il fait froid. Malgré la couverture, elle ressent ce froid et va dire aux voisins qu'elle ne se sent pas bien. Non ! Ça ne colle pas avec la Marie que je connais ! Surtout quand tu dis qu'elle s'est évanouie ! Est-ce que ça ne serait pas plutôt : il fait très froid. Marie, paix à son âme, qui ressent cruellement le froid s'en va chez les voisins et leur demande de la conduire à l'hôpital de toute urgence ? »

Il avait d'abord interrompu ce que je pensais être de sombres élucubrations en me braquant du regard. Puisque je voulais me débarrasser de lui, j'avais approuvé. Il avait continué :

— Dois-je conclure que la timidité naturelle de notre feue sœur, mélangée à l'art de la dissimulation de notre mère quelle a copié et à un zeste de confiance d'Akono, puisqu'elle l'a abandonné toute seule dans la maison, ont entrainé la mort de cette pauvre Marie ? Je suis perdu !

J'étais tout simplement sidéré. Je m'étais exclamé pour lancer :

— Tu es cynique.

— Non ! J'analyse seulement froidement les évènements.

— Dans quel but ?

— Pour que tu comprennes. Pour que tu évites ces erreurs !

À cet instant, j'avais cru apercevoir l'image de Marie passer quelques secondes devant moi et aller se placer derrière Thierry. Comme pour confirmer ses dires !

Je voulais maintenant l'entendre. Je voulais qu'il continu.

Heureusement il continuait tout seul :

— Mais je ne suis pas satisfait !

— Qu'est ce qui ne va pas encore, demandai-je avec une curiosité non voilée.

— Notre défunte sœur savait analyser. Elle savait également juger et surtout elle savait évaluer… Pour ma bouche que tu voulais mettre au feu, tu repasseras plus tard ! Donc je disais, elle savait évaluer le temps. En allant chez les voisins, elle savait qu'elle avait encore le temps. Même si l'évanouissement allait la surprendre. Là, c'est moi même qui mettrais ma main au feu !

— Et alors ?

— Ne leur a-t-elle pas dit autre chose, demandait-il en ignorant ma question.

— Je ne vois pas quoi !

— Cherche dans ta tête bon sang !

Son visage était devenu dur. Il faisait visiblement un effort pour comprendre. C'est alors qu'un souvenir m'était revenu :

— Attends ! Elle avait dit aux voisins qui l'avaient amené à l'hôpital avant son évanouissement : "pas de perfusion" à deux ou trois reprises.

— C'est bon ! J'ai tout compris ! Elle n'est plus ! Toi, tu es encore vivant ! On ne l'a pas cru ! Ils ignoraient son statut. Pour la réanimer, ils lui ont fait une perfusion qui a certainement diluée son sang. Anémie sévère ! Fin de l'histoire. J'espère que tu devras toujours éviter de commencer une crise loin des personnes qui ne connaissent pas ton statut. Tu devras donc toujours avoir ton résultat de l'électrophorèse avec toi ! Près de ta carte nationale d'identité !

Et il était sorti ! Je commençais pourtant à apprécier ses manières. Et surtout sa conclusion !

À la fin de l'année scolaire, je passais pour aller en classe de troisième alors que Thierry en finissait avec son cycle de Licence.

L'année suivante, je me faisais baptiser par le pasteur de ma mère.

Après mon baptême, il me fallut trois ans pour obtenir mon certificat de probation.

Une fois de plus Thierry était allé vivre loin de nous.

Je vivais donc seul avec nos parents à la maison, quand la santé de notre mère commença sérieusement à m'inquiéter. J'étais désespéré !

Chaque fois que j'appelais Akono par le téléphone d'un camarade nanti pour lui faire part de mes inquiétudes, elle appelait notre mère en se servant du téléphone de notre père. Elle disait le plus souvent en présence de mon père qui approuvait :

— Non ma fille ! Ne t'inquiète pas. Ton frère exagère un peu. Je vais bien. Merci !

Thierry qui à mon avis connaissait notre mère mieux que quiconque était également dupe.

Lors de ses visites, elle s'efforçait toujours pour qu'il la trouve soit au salon, soit dans la cuisine. Étais-je exempt de tout reproche ?

J'aurais dû expliquer à mon frère la situation. Mais nos relations à l'époque étaient plutôt distantes. Non seulement je ne savais pas comment l'aborder, mais en plus il me faisait peur.

Une fois l'idée de me confier à notre pasteur pour requérir son aide sur l'état de santé de ma mère me traversa l'esprit. Mais je ne le fis jamais ! C'était aller contre ces convictions. Elle nous avait enseigné à ne jamais mêler un étranger aux problèmes de notre famille. Elle me disait toujours : "La famille est sacrée !" Pour son cas également, j'avais suivis son conseil.

Heureusement pour moi la vérité se dévoila contre sa volonté. C'était au mois de Janvier : mois d'extrême chaleur suffocante à Douala. J'étais au lycée ! Ma chère mère revenait d'une courte visite qu'elle avait faite à une voisine qui habitait à près de quatre-cents mètres de notre maison. Il était douze heures dix minutes et le soleil était à son zénith.

Elle était sur le chemin du retour quand l'action conjuguée du soleil ardent et de l'air chaud l'avait l'obligé à s'allonger par terre, contre sa volonté ! C'était la deuxième fois dans sa vie !

Je n'étais pas surpris de voir mon frère en veste et en cravate à la maison quand j'étais revenu après mes cours. C'était la présence de notre père qui me surprenait !

Thierry allait et venait en parlant au téléphone avec un correspondant que je n'avais pas eu du mal à identifier.

Notre mère n'avait vraiment pas bonne mine et au téléphone Thierry disait :

— Je suis désolé de constater que depuis que tu as quitté la maison, tu as oublié qui sont tes parents. En ce qui concerne notre mère elle souffre énormément.

— …

— Je suis d'accord avec toi ! Je te rappelle qu'avec un téléphone portable, je suis capable de te faire croire que je suis en Chine alors que je me trouve juste dans le salon de ton voisin.

— ...

— Je suppose qu'elle le fait parce qu'elle s'imagine que nous ne devons pas beaucoup souffrir pour elle. J'espère que tu comprends ce que je veux dire !

— ...

— Je l'amène demain à l'hôpital. Ce n'est pas le moment de parler de mon école. Oui il est là ! Je te le passe.

Il m'avait passé le téléphone et j'avais confirmé ce qu'il disait, sans rappeler que depuis un certain temps, je le criais, mais personne ne voulait me prendre au sérieux.

Normal ! Je n'avais ni le caractère, ni la force de persuasion de Thierry. En disant à Akono : "qu'avec un téléphone, je suis capable de te faire croire que je suis en Chine alors que je me trouve juste dans le salon de ton voisin", j'étais sûr qu'il lui avait fait tout comprendre.

Le lendemain je passai toute la journée à l'école à penser à ma mère. Tous mes professeurs de la journée étaient intervenus dans ma classe mais je n'avais rien retenu. C'était un jour triste !

Plusieurs questions trottaient dans ma tête. "De quoi souffrait-elle ? Était-ce grave ? La reverrais-je aujourd'hui ?" "Pouvait-elle me quitter définitivement ce jour ?"

Je n'avais d'yeux que pour ma montre bracelet. Mais bizarrement, je n'entendis pas la dernière sonnerie de la journée retentir.

De retour à la maison, je me dirigeai d'abord vers la chambre de ma mère et je ressenti une sensation désagréable. Mon sang ne fit qu'un tour et j'eus l'impression que mes pieds n'arrivaient plus à me transporter. Je restai planté là en me faisant tous les scénarios possibles. Après quelques secondes d'indécision, un bruit de vaisselle dans la cuisine me ramena sur terre. Sans réfléchir je sus qu'il s'agissait de ma mère ! Cela ne me procura aucune joie alors que la seconde d'avant, j'avais pensé au pire. "Elle était censée être malade. Que faisait-elle dans la cuisine ?"

Dès que je la retrouvai, je répondis machinalement à la question qu'elle me posait et je m'emparai du plat de nourriture qu'elle me tendait. Le fait de la voir s'activer dans la cuisine m'avait coupé l'appétit. Elle avait un masque de la maladie qui ne me plaisait pas du tout. J'étais déboussolé cette fois !

Pour engager la conversation, je lui avais posé maladroitement la question de savoir si elle n'était pas satisfaite de son passage à l'hôpital. Elle me répondait en refoulant une grimace de douleur :

— Je suis revenue avec les médicaments que ton frère a achetés et j'ai subi des examens.

— Tu devrais donc y percevoir le signe d'une prochaine guérison. Pourquoi fais-tu donc cette mine ?

— Oh mon fils ! Toi aussi tu ne comprends rien. Avec tout l'argent que ton frère et ta sœur ont dépensé pour ma santé, maintenant je me demande ce qui se passera si tu tombais malade entre-temps.

Là c'était le comble ! Mais elle avait raison mon adorable maman qui ne pensait toujours qu'à moi !

Je fis ma deuxième crise de l'année au mois d'Avril. Comme à chacune de celles-ci, j'étais obligé de rester allongé. C'est ma mère qui me servait mes repas. Malgré l'hypertension qu'on lui avait détectée. Elle m'assistait toujours comme dans ma tendre enfance.

Heureusement, pendant cette crise je fus témoin du mal qui évoluait en elle. La première fois c'était allé tellement vite que j'avais douté de ce que j'avais vu. Dans ma situation, je n'étais pas loin de penser que mes yeux me jouaient des tours à cause de ma vieille et fidèle compagne : ma drépanocytose !

J'aimais tellement ma mère que j'avais pris la décision d'en avoir le cœur net avant de tirer la sonnette d'alarme.

Le lendemain matin je décidai de faire des efforts pour être près d'elle afin de la voir dans sa souffrance. Peine perdue ! Soit elle était passée maîtresse dans l'art de la dissimulation, soit sa douleur était au bas de l'échelle. Par amour pour ma mère et confiant dans la réaction de Thierry, j'avais décidé de changer de stratagème.

Le cinquième jour de ma crise me permit de confirmer ce que je pensais.

Elle savait que mes crises duraient en moyenne une dizaine de jours. Et elle savait que le cinquième jour était généralement le plus douloureux. Elle ne manquait donc jamais de m'assister. Pour la réussite de mon plan, je devais laisser ma fenêtre fermée pour qu'il règne une semi obscurité dans la chambre. Mais seulement, ce plan avait un côté doublement douloureux. Je devais d'abord souffrir pour porter l'oreiller et le placer au sommet de mon lit en bois. Et enfin, je devais souffrir pour porter et déplacer mon corps entier à l'aide de mes mains en prenant appui sur le matelas et feindre de dormir.

"Je devrais quand même souffrir un peu pour ma mère. Ne serait-ce qu'une fois dans ma vie" avais-je pensé ce jour-là !

Après plusieurs Aïe ! Aïe ! Aïe ! Je fermai les yeux. Je n'avais plus qu'à attendre. Comme à son habitude, elle était arrivée pour mon petit déjeuner et était entrée sans frapper pour ne pas me réveiller. Elle savait qu'au cours de certaines crises, je passais toute la nuit sans trouver le sommeil. Et dans ce cas, je me rattrapais dès le lever du jour et je m'endormais jusqu'à la prochaine douleur. Une fois dans la chambre, elle avait posé le plateau qui portait mon petit déjeuner sur un guéridon placé à ma droite. Elle était venue s'asseoir au fond du lit en pliant une main sur le ventre. Machinalement l'autre main était venue soutenir le menton. Généralement, elle dirigeait son regard vers le sol. Sans expression aucune !

Après quelques minutes, j'avais ouvert légèrement les yeux de telle sorte que je voyais à travers mes cils. Trente minutes plus tard nous étions ainsi à nous regarder. Chacun avait ses raisons ! À un certain moment, je l'avais vu rapidement fermer les yeux et serrer les dents. Je ne m'étais pas trompé !

Je connaissais tellement la douleur dans ses manifestations, son expression et ses mimiques pour l'atténuer quand on ne pouvait pas l'éviter. J'étais à coup sûr certain d'obtenir le prix Nobel si un jour on songeait à le décerner aux personnes qui souffrent dans leur corps.

Malheureusement, ce jeu qui consistait à espionner ma mère me choqua et je ressenti une sorte de pincement au cœur. Honteusement, j'ouvris les yeux en donnant l'impression de sortir d'un long sommeil réparateur.

À son retour j'avais mis mon père au courant. Mais il m'avait déçu en disant :

— Pourquoi t'inquiètes-tu ? Elle a ses médicaments.

Cette réponse m'avait frustré. C'était celle de mon "faussement candide père" quand il était à jeun. Pour rester zen, j'avais gardé le silence en faisant confiance à Dieu.

La troisième crise de l'année m'avais prise de cours. Celle-là, peut-être même comme certaines autres, je l'avais cherchée.

Pour me donner toutes les chances de réussir à mon certificat de probation, j'étudiais sans relâche, de jour comme de nuit.

À la veille de l'examen et malgré les prières de mon pasteur, j'avais été interné. J'avais l'impression qu'on avait installé plusieurs cloches d'église dans ma tête. Et pour me faire souffrir, on les faisait cogner toutes dans un désordre indescriptible.

Je ne pouvais ni baisser la tête, ni la soulever parce que le moindre de ces mouvements étaient très douloureux.

Mes nerfs également me faisaient souffrir. Ils étaient à fleur de peau. Quant aux veines du cou et de la tête, elles étaient tellement tendues qu'on les voyait à un kilomètre de distance.

Je jour de l'examen, il m'était impossible de me présenter au centre d'examen parce que j'étais couché à l'hôpital.

Heureusement l'année suivante, comme j'étais un "tome deux", je réussis à mon examen sans forcer. Malgré les deux crises que je fis.

C'était en l'an deux-mille-un ! L'année des attentats du World Trade Center. L'année qui obligea mon père pour la deuxième fois de devenir mon garde-malade.

Je commençais à peine à célébrer mon certificat de probation que je fis ma troisième crise de l'année. En elle-même, elle ne me surprenait pas. Même si c'était mon père qui m'assistait à l'hôpital. La surprise était venue de ma mère.

J'étais tranquillement couché dans mon lit de malade attendant que mon père revienne avec notre repas. Au lieu de lui, c'est ma mère que je vis traverser la salle d'hospitalisation commune. Elle était venue s'asseoir sur le bord de mon lit d'hôpital. Elle voulait forcer un sourire mais ne put le faire. Elle devait vraiment avoir mal puisqu'elle ne parvenait même pas à saluer.

Mon frère avait traversé la porte d'entrée juste quand je voulais lui dire quelque chose de rassurant. Il n'avait pas pris de gants pour lui dire que son médecin traitant voulait qu'elle reste internée. Il était d'accord et ne voulait entendre aucun commentaire de sa part.

Pendant qu'il semblait réfléchir, notre père était entré dans la même pièce avec notre ration.

Thierry avait demandé à notre mère :

— Depuis quand est-ce que ton mal a-t-il reprit ?

— Depuis peu mon fils.

— Depuis quand est-ce que tu t'intéresses à l'état de santé des membres de cette famille, lui avait demandé notre père.

— Je n'ai pas à le faire puisque tu es encore là, avait répondu celui-ci avec nonchalance.

— En tout cas, j'ai toujours su qu'on ne pouvait pas compter sur toi. D'ailleurs tu peux t'en aller !

— C'était dans mes intentions, lançait-il en se mettant en marche vers la sortie.

Notre mère avait suivi cet échange sans s'émouvoir une seule seconde. À croire qu'elle maitrisait son monde. Elle les connaissait vraiment tous les deux !

— Est-ce vrai que tu n'éprouves aucun sentiment pour ceux qui souffrent, avais-je lancé maladroitement.

— Ça dépend de quel côté on se place pour voir les choses. Si c'est ce que tu penses et que ça te soulage, alors je te réponds : oui ! Mais si ça ne te soulage pas, alors tu as eu tort de me poser cette question. En ce qui me concerne, j'ai été habitué à entendre que je suis mauvais. Alors qu'une personne de plus s'ajoute à la liste qui ne compte qu'un seul nom ne me dérange pas.

J'avais compris qu'il parlait de notre père dans sa liste. En même temps, il me disait que cela ne le gênait pas du tout d'ajouter mon nom.

— Tu as dit que tu partais ! S'il te plait pars, avait supplié notre mère.

Chapitre 11

Il est sept heures du matin ! Dans quinze minutes j'aurai droit à mon petit déjeuner au lit. Mon ami Evoutou aime dire : "Comme un petit blanc". Chez eux, le petit déjeuner se prend à cette heure-là. Mais en entendant, je veux profiter des quelques minutes qui me restent pour continuer avec mes souvenirs.

Dès que Thierry était sorti de ma chambre d'hospitalisation, notre mère avait pris la parole. Elle s'adressait plus à moi qu'à mon père :

— Si ton frère doit rentrer, c'est pour garder la maison et surtout pour chercher de quoi s'occuper de nous. Si ta sœur et lui ne s'occupaient pas de nous depuis un certain temps, je ne sais pas ce nous serions devenus !

Après avoir entendu ça, je n'avais plus qu'à gérer ma honte. Le lendemain matin, il était revenu à l'hôpital à onze heures trente minutes. Il était entré dans ma salle d'hospitalisation en saluant tout le monde poliment. Il avait déposé le panier qui contenait notre ration et était allé chercher notre mère dans sa salle d'hospitalisation.

Pendant que nous reprenions des forces, il était allé s'adosser au mur derrière la tête de mon lit et s'était mis à réfléchir.

À la fin de notre repas, il nous avait débarrassé de nos plats qu'il était allé nettoyer hors de la salle. À son retour, il avait pris sa position dans mon dos. S'adressant à notre mère il avait dit :

— J'ai vu ton médecin traitant et il m'a dit que tu dois subir une opération chirurgicale.

Notre mère s'était contentée de plier son bras droit et de ramener la main gauche au niveau du menton. Son regard était dirigé vers le sol alors que mon frère avait la tête inclinée vers l'épaule droite. Ce jour-là, j'avais pensé que chacun d'eux exprimait la lourdeur de la situation par son tic. Je n'étais pas surpris de constater que notre mère ne réagissait pas. Mon frère continuait :

— J'ai appelé Akono et nous nous sommes mis d'accord pour supporter chacun la moitié des frais d'opération. Le salaire de ton mari devra vous servir pour autre chose.

— Comment vas-tu faire pour te procurer cette somme d'argent ?

— Maman ! C'est drôle de le dire dans ta situation mais franchement, tu es intraitable ! Au lieu d'être ravi de savoir que tu seras bientôt sauvée, tu te fais plutôt du souci sur la provenance de l'argent qui va te sauver. Écoute maman ! Pose-moi cette question après ton opération.

— S'il te plait mon fils ! Tu n'as même pas encore un emploi et tu passes tout ton temps à t'endetter ?

— Tu préfères donc que je te laisse mourir ? Sinon rappelle-toi que c'est le devoir d'un fils.

Elle avait préféré se taire devant l'ironie et la justesse de ses paroles.

Ce que j'aimais chez mon grand frère, c'était cette façon tranchante qu'il avait pour mettre un terme aux débats qui pouvaient gêner.

Au bout de huit jours je sortais de l'hôpital. J'avais eu droit à deux poches de sang et un sac plastique plein de médicaments.

Cependant en sortant, un nouveau médicament s'ajoutait à ceux que j'avais déjà. Celui-là je devais le prendre tous les jours. C'était l'acide folique. Il avait la particularité de permettre la formation des globules rouges du sang.

Ma mère m'avait rejoint à la maison deux semaines plus tard. L'opération qui consistait à lui extraire un kyste ovarien s'était bien déroulée. Elle avait besoin de repos. Akono qui avait eu une promotion dans sa société, l'avait assistée pendant sa convalescence.

Quand j'étais retourné dans la maison familiale, j'avais eu droit à deux surprises : Thierry était revenu dans celle-ci et c'est lui qui avait cuisiné tous les repas que nous mangions pendant notre séjour à l'hôpital.

Le séjour de ma mère à l'hôpital avait eu un aspect positif du point de vue religieux : le pasteur et les fidèles nous rendaient régulièrement visite. Quand ils trouvaient mon père, ils ne manquaient pas de l'exhorter. Chacune de leur visite nous amenait à louer le Seigneur !

Pour cela, je l'aimais bien notre pasteur ! Quand je l'avais connu, il ne ressemblait à rien. Sans vouloir blasphémer, c'était un débris humain. Il habitait un taudis qui était notre première église et possédait à cette époque deux ou trois vestes mal cousues et usées. Il se déplaçait toujours avec une seule paire de chaussures qui auraient fait le bonheur d'un collectionneur et pour finir, il était sans emploi.

Alléluia ! Le Seigneur était entré dans sa vie.

En très peu de temps, les fidèles avaient construit une nouvelle jolie et grande église qui faisait le plein tous les dimanches et les soirs de culte.

Le pasteur roulait maintenant en Mercédès. Un dimanche de culte, il nous avait annoncé que le Seigneur avait posé son regard sur sa servante qui était sa femme. Il lui avait permis de lui acheter une voiture avec l'argent de ses poches. Il avait dit cela pendant son prêche. Ce jour-là tous les fidèles, riches comme pauvres, personnes saines comme personnes atteintes de maladie incurables avaient dit : "amen !". Cela avait duré près de dix minutes et la toiture de la nouvelle église avait failli sauter. On avait entonné des chants pour remercier le Seigneur. Il avait tiré le pasteur de la misère.

Alléluia !

Un coup frappé à la porte me ramène à la réalité. Evoutou, mon ami, mon frère, vient de la pousser. Il a dans sa main gauche un sachet plastique blanc qui contient certainement mes médicaments. Il arbore un air faussement surpris qui me rappelle que je lui dois des explications. Mais avant, je lui demande :

— Quelle heure est-il s'il te plait ?

— Six heures quarante-cinq. J'ai l'impression que tu n'es pas chaud pour Bonabéri !

— Tu as vu le temps qu'il fait dehors ?

— Oui ! Il pleut de moins en moins. Mais je te rappelle que nous ne marchons pas à pied. J'ai une voiture des fois que tu l'aurais oublié.

— Écoute grand frère ! Voiture ou pas voiture et connaissant les pluies de Douala, elle reprendra bientôt. Alors dans ce cas, un drépanocytaire a intérêt de rester sous la couverture.

Il avait éclaté de rire et mon sourire franc s'était changé en rire. Il m'aimait bien celui-là ! Surtout il me comprenait à merveille. J'avais vraiment de la chance.

— Ok petit salaud ! Je passerai un coup de fil à mon pote pour lui dire que le mauvais temps nous empêche de sortir. Aïe ! C'est mal trouvé un mensonge pareil. Il sait que je suis véhiculé. Tient ! Et si je lui disais que le moteur a pris l'eau au niveau du marché central et qu'on ne peut plus venir ? Ça peut marcher non ? Je suis sûr qu'avec cette pluie qui dure depuis la nuit, c'est normal que ce soit inondé à cet endroit.

J'ai toujours détesté le mensonge mais quand c'est pour la bonne cause je m'y mets un peu :

— Puisque tu dois passer par-là pour aller au bureau, la voiture peut prendre l'eau. Ok ! Mais ne peux-tu pas prendre une mototaxi ?

— Aïe ! Je n'y avais pas pensé. En tout cas ne t'inquiète pas. Je trouverais bien un mensonge qui tiendra la route. N'oublie pas que "mentir" est le prénom que mes parents ont oublié de mettre sur mon extrait d'acte de naissance. Il parle en se déplaçant vers la porte. Au fait, ajoute-il en faisant mine d'avoir oublié quelque chose : maintenant, je confirme que tu n'as vraiment pas envie de sortir. Libre à toi ! Je dirai à notre mère de servir ton déjeuner au lit comme un petit blanc. Sacré veinard ! Allez ciao !

De la veine j'en avais ! Je le regarde s'en aller et dès qu'il est sorti, je m'empare de mon laptop. Je l'ai posé près de moi à son entrée. En même temps je me saisis du deuxième oreiller de mon lit que j'installe sur mes cuisses. Et sur cet oreiller, je pose mon appareil.

Après la douleur de tout à l'heure, il n'est pas question que la chaleur dégagée par un laptop vienne me brûler les cuisses.

Pendant que je m'installe confortablement sur le lit, mes pensées reviennent vers ma mère biologique.

Quand j'entamais ma première année de terminale, les choses allaient presque bien à la maison. Thierry et Akono nous soutenaient financièrement.

Notre mère avait cessé de coudre. C'était sur insistance pour ne pas dire sur ordre de Thierry.

Notre père acceptait les visites de notre pasteur et des fidèles de notre église qui devenaient plus en plus régulières à la maison. Malgré leur grande exhortation, il n'arrêtait pas de boire.

L'immuable Thierry qui vivait à la maison mais était rare, foutait une paix royale à tout le monde. Akono l'avait sermonné au sujet de notre père et lui avait demandé de revoir ses relations avec celui-ci. C'est vrai qu'il se fichait pas mal des sermons de notre grande sœur. Mais c'était au moins cela de fait ! Bien entendu, ce jour-là, il avait incliné sa tête vers la droite de son épaule et lui avait dit au revoir deux jours avant son départ.

Jusqu'en terminale je ne comprenais toujours pas que le surmenage faisait aussi partir des facteurs déclenchant de la drépanocytose.

Je vais finir par le croire. J'avais un côté idiot !

Elle était vraiment vicieuse. Elle attendait toujours le mois de Juin. Mois des examens pour me porter l'estocade.

Deux jours avant que la crise ne se déclare, j'avais entendu notre mère téléphoner à mon frère en lui demandant de venir instamment à la maison.

J'avais pensé ce jour-là qu'elle l'appelait pour lui dire que je couvais une crise. Thierry était arrivé en trompe et s'était dirigé vers la chambre de nos parents en disant :

— Comment vas-tu maman ? »

Je n'avais pas entendu la réponse parce que notre mère ne parlait jamais en élevant la voix.

Après cinq minutes, quand je confirmai que personne ne venait dans notre chambre, je pris la direction de celle de nos parents.

Certainement parce que j'imaginais à tort que notre mère se portait bien et que notre père dormait paisiblement grâce aux effets des vapeurs d'alcool, je m'énervai sans le faire remarquer. J'étais frustré !

Mais je devais revenir à des sentiments meilleurs quand j'entendis mon frère dire :

— Ce n'est qu'un coma éthylique. Mais par mesure de précaution, je vais le conduire dans le centre de santé du quartier pour qu'on le sorte de ce coma.

Je me dirigeai vers notre père qui dormait et je fus pris d'un mélange de pitié et de remords qui me poussa à voiler d'abord ma future crise.

J'avais passé toute ma vie à voir mon père toujours sur ses deux jambes. Il m'était toujours apparu solide malgré les litres d'alcool qu'il ingurgitait à longueur de journées. Je n'en revenais pas de l'imaginer dans un état d'inconscience totale. J'allai me placer à la droite de Thierry pour éviter qu'il s'intéresse à moi. En même temps, cette position me permettait d'éviter le regard de notre mère qui était assise au sommet de leur lit à hauteur de mon père.

Heureusement elle n'avait d'yeux que pour lui !

Je me tournai lentement vers ma droite pour me diriger vers ma chambre. Toujours dans le but de ne pas me faire remarquer. J'avais pris la décision d'aller attendre que la crise se déclenche et me fasse souffrir tout le temps que ça prendra. Le cas de mon père était plus urgent !

Je sentais un frisson traverser mon échine rien que de penser à mon père. J'étais ainsi plongé dans mes pensées quand la voix de Thierry sonna dans ma tête. Elle ajoutait un plus dans ma souffrance. Il m'ordonnait en se retournant de moitié :

— Va chercher un taxi !

J'avais fait trois pas et de nouveau je l'avais entendu m'interpeller. Il était venu se planter devant moi :

— Eh ! Une seconde Félix, lança-t-il en venant se planter devant moi. Je pense que tu sais que tu es en début de crise.

Devant une telle vérité déconcertante, sans un mot je m'étais retourné comme un robot. J'étais allé me faire une petite place dans le lit de mes parents. Juste après le corps inerte de mon père. J'avais dirigé mon regard vers le mur. Je ne voulais pas le regarder dans cet état.

Je ne pensais plus à ma mère. Ni à mon père… Mais à mon grand frère !

Il était souvent chiant ce grand frère !

Combien de fois depuis ma naissance avais-je pensé que j'avais un frère invivable ! Combien de fois avant mes trente ans avais-je sérieusement pensé qu'il était tout simplement énervant ! Combien de fois avais-je voulu lui dire :

— Pour bien vivre avec toi il faut que tu partes très loin d'ici. Peut-être sur la planète mars et qu'on se communique à l'aide d'un téléphone qui transporte de la matière en plus du son.

À coup sûr, il serait parti d'un sourire narquois qui m'aurait fait perdre la face. Et ça, je devais l'éviter !

Il était sorti prendre un taxi.

Il avait porté notre père dans le véhicule avec l'aide d'un voisin. Notre mère lui avait remis deux draps blancs qu'elle réservait toujours pour les cas d'hospitalisation. J'avais tant bien que mal remarqué qu'elle n'était pas sortie pour voir comment on transportait son mari.

Ce n'était pas normal !

Mais dans ma situation j'évitais de réfléchir.

Thierry était revenu ce jour-là trois heures après son départ et s'était dirigé vers la penderie de mes parents.

— Maman ! Dis-moi où tu gardes tes draps. Il m'en faut encore quatre.

— Que veux-tu faire avec autant de draps avait-elle demandé surprise.

— Félix a droit à deux draps. Les deux autres sont pour toi. Prouve-moi que tu vas bien et je te dirai que je ne mérite plus d'être ton fils parce que je ne te connais plus. Au centre de santé de quartier, ils m'ont avoué que le cas de ton mari n'était pas à leur niveau. J'ai donc préféré l'amener à l'hôpital de la garnison militaire de Bonanjo. Il doit y subir des examens demain. Rassure-toi ils l'ont sorti de son coma. Tu peux marcher Félix ? Maman nous allons sortir pour te laisser le temps de te changer.

Sacrée Thierry !

Comment avait-il deviné ?

J'étais vraiment nul !

— Je peux marcher avais-je répondu en mentant.

— Ok on y va ! Maman ! Nous t'attentons à la véranda.

Sur le chemin de l'hôpital, je pensais plus à mon frère qu'à notre père ou à notre mère. Je me demandais sans cesse comment il s'était pris pour savoir parler à notre mère. Combien de temps avait-il mit pour le comprendre ? Il avait compris qu'avec elle, il ne fallait pas négocier quand il s'agissait de sa santé.

Une fois de plus il m'avait désaxé. Il avait transporté notre père à l'hôpital sans lui poser de question et se préparait même à jouer son garde-malade.

Et maintenant, comment allait-il nous gérer puisqu'il avait donné la direction de l'hôpital Laquintinie au chauffeur. Une fois de plus je devais poser une question idiote :

— Comment vas-tu faire avec papa puisque tu nous amènes à Laquintinie ? »

J'avais parlé doucement pour éviter que ma tête ne résonne comme un tambour.

— La réponse à cette question vous incombe à maman et à toi me répondit-il calmement.

Il était vraiment cruel ! En quoi est-ce la réponse nous incombait-elle ? Ne savait-il pas que je faisais une crise qui risquait de me faire louper mon examen ?

Au lieu de me réponde tout simplement comme l'aurait fait n'importe qui, il exigeait de moi que je mette mes nerfs à contribution. Et pour quelle raison ?

Heureusement c'est notre mère, son alter ego qui vint à mon secours en disant :

— Dès qu'on arrivera à l'hôpital, j'expliquerai la situation au pasteur quand je lui téléphonerai.

Donc, dans l'esprit de mon aîné qui corroborait avec celui de notre mère, notre garde-malade viendrait de notre église.

Et rebelote !

Nous revoilà à Laquintinie ma mère et moi.

Thierry nous avait quittés vers dix-huit heures pour aller rejoindre notre père.

Quand il revint le lendemain aux environs de huit heures, il était courroucé. Il s'était chamaillé avec notre père au sujet de l'argent que notre sœur avait envoyé. Il avait retiré cet argent avant de venir nous chercher manu militari et avait refusé de le remettre à notre père.

Au lieu de me sentir agacé par cette guerre qui n'avait aucune trêve, c'est avec le sourire que je considérai la situation. Je m'imaginai un peu leur conversation pour passer le temps. Je m'imaginai un peu leur conversation :

— Akono m'a appelé pour me dire qu'elle t'a envoyé l'argent pour mon traitement avait certainement commencé notre père.

— Oui et alors, avait certainement lancé Thierry avec cette désinvolture qui le caractérise.

— Remets-le-moi. Il m'appartient !

— Il n'en est pas question !

— Tu es un mauvais enfant !

— Depuis le temps que tu le sais ! Je suis plutôt surpris de t'entendre me le redire pour la énième fois.

À quatre-vingt-dix-neuf pour cent, j'étais sûr que telle avait été leur conversation.

Chapitre 12

Il est sept heures quinze minutes. Dans quelque seconde, la maman d'Evoutou traversera la porte pour mon petit déjeuner. Je le sais parce que c'est une femme qui est ponctuelle.

— Bonjour mon fils comment as-tu dormi ? Ton frère m'a demandé de te servir ton petit déjeuner dans ta chambre. Il m'a dit que tu étais très occupé. Pour ne pas l'inquiéter, je lui dis un mensonge :

— Euh ! J'ai bien dormi ! Pour ce qui est du travail, je veux juste passer le temps.

— Bien ! Ne force pas trop. Je repasserai tout à l'heure reprendre le plateau.

— Ok ! Maman.

Son "tout à l'heure" veut dire dans quinze minutes !

Mon père était sorti de l'hôpital une semaine après son admission. Ma mère quant à elle le suivit cinq jours après moi.

À la fin de l'année scolaire, je ratai "naturellement" mon baccalauréat. Devais-je crier sur tous les toits que je n'étais pas de ceux qui échouent parce qu'ils sont nuls à l'école ? Devais-je crier partout que je n'avais pas les mêmes chances que les autres ? Étais-ce de ma faute si je trimbalais une maladie qui n'affecte que ma famille et moi ? Devais-je dire à tout le monde que j'étais Drépano et que j'avais un père alcoolique ? Devais-je rappeler à tout le monde les conséquences de l'alcoolisme ?

Mon échec me faisait de la peine ! La maladie me pesait sur les épaules et ma famille était de plus en plus démunie et malade.

Le bilan n'avait rien d'élogieux. Il n'y avait pas de quoi en être fier ! À mon âge je voulais participer à quelque chose dans notre famille. Je voulais être utile !

Juste après les résultats, je rédigeai des demandes de stage et allai les déposer en personne dans les sociétés que j'avais ciblées.

Je ne fus jamais convoqué… Même pour un simple entretien ! Sur le coup je ne trouvai pas cela surprenant. Les stages à cette époque étaient réservés aux enfants nantis.

Plus tard, je devais comprendre qu'avoir les yeux jaunis par une consommation excessive de médicaments et le ventre ballonné par la maladie n'avait aucun avantage du point de vue insertion sociale.

Au mois d'Août, Akono nous rendait visite. Et comme à son habitude elle s'évertuait pour réconcilier notre père et Thierry. C'était devenu son deuxième travail. Cette fois-ci, elle pensait avoir deux arguments de taille. Mais elle eut droit à une réponse "made in Thierry".

— Je te rappelle qu'il a cessé de boire à cause et non grâce au diabète qu'on lui a diagnostiqué. Donc ce n'était pas par sa propre volonté. Pour ce qui est de son désir de se baptiser de nouveau, je préfère qu'il s'islamise à défaut de rester dans le catholicisme et enfin, s'il te plait tu ferais mieux de t'occuper de tes affaires au lieu de t'occuper des miennes.

J'avais remarqué que les paroles de Thierry ne la choquaient pas comme elles ne choquaient pas notre mère. Ce qui me plaisait c'était de savoir qu'elle n'abandonnera jamais.

Chacun des éléments constitutifs de la famille Doumoa avait ses particularités. Et bizarrement, d'une certaine manière tout tournait toujours autour de Thierry.

Il avait vingt-sept ans quand je ratai mon baccalauréat et avait re-décidé de ne plus déménager de la maison.

Il avait un mètre quatre-vingt pour quatre-vingt-dix kilogrammes. Alors que la moyenne de nos tailles dans la famille avoisinait un mètre soixante-cinq. Ses cheveux étaient toujours coupés courts. Je ne sais pas s'il le savait mais il avait les yeux de notre père. Son nez et sa bouche venait de notre mère.

Il prenait toujours un soin particulier pour soigner ses vêtements et astiquer ses chaussures : comme notre père ! D'ailleurs il marchait exactement comme lui. Il avait soixante-quinze pour cent de notre père mais bizarrement ils ne s'entendaient pas tous les deux.

La nature a vraiment "ses façons" de nous faire !

Il est sept heures trente minutes. Je le sais parce que mon ouïe vient de percevoir les deux coups sourds frappés à ma porte.

C'est la maman d'Evoutou qui vient certainement reprendre le plateau qui contenait mon petit déjeuner. Je sais qu'elle prendra encore deux à trois minutes pour entrer. Ça me laisse le temps de poser mon laptop, de placer l'oreiller sous ma tête et de prendre la position du dormeur.

Le problème pour moi c'est que depuis la veille, je n'ai pas envie d'être dérangé. Je veux rester seul malgré le pincement que j'ai au cœur. Avec le temps, j'avais fini par prendre d'affection la maman de mon ami. D'ailleurs, c'était pour faire affectif que je l'appelais "maman !"

C'était une femme de près d'un mètre quatre-vingt. Elle déplaçait avec souplesse ses quatre-vingt-huit kilogrammes à la manière d'une miss monde de dix-neuf ans alors qu'elle avoisinait les soixante ans. Elle avait toujours la coiffure bien faite et aucune ride ne ternissait son front. Une fois par semaine, elle se rendait dans l'un des salons huppés du quartier chic de Bonanjo pour se faire une manucure et une pédicure.

Elle pouvait se le permettre. Son mari, qui avait quinze ans de plus qu'elle et qui était avocat international lui avait légué une très grande somme d'argent et des biens immobiliers à sa mort. Elle s'en était servie pour payer les meilleures écoles catholiques et les meilleurs répétiteurs pour ses enfants qu'elle envoyait en Europe dès qu'ils obtenaient chacun son baccalauréat.

Son seul souci venait de mon ami Evoutou.

Il était le benjamin de la famille. Pour l'aider à s'insérer dans la société après de multiples échecs scolaires, elle n'avait pas hésité à se servir de cet argent pour diminuer son âge à trois reprises et lui acheter des diplômes.

Mais seulement elle avait pris conscience et avait arrêté de l'aider.

Au lieu de prendre conscience, son rejeton de fils était devenu nerveux et épicurien. Il avait mis cinq ans pour obtenir son certificat de probation et son baccalauréat.

Quand il avait obtenu son baccalauréat, elle avait décidé de le garder avec elle.

Avec le temps, l'absence de ses autres enfants avait créé un vide dans la maison que la présence de nombreux oncles et tantes de sa famille et de sa belle-famille n'arrivait pas à combler.

Elle avait fait un deal avec celui-ci : il restait avec elle au Cameroun. Mais tous les deux ans, il passait ses vacances en Europe.

J'avais un profond respect pour cette femme qui refusait l'aide financière de la part de ces enfants qui s'étaient fait une vie en Europe. Elle estimait et à juste titre, qu'ils devaient rapidement se faire de l'argent ou créer des richesses afin que, si le malheur survenait brusquement, leurs progénitures n'en souffriraient pas au moins financièrement. Elle n'avait jamais oublié son mari. Surtout ce qu'il avait laissé à sa progéniture.

C'est en trainant le pas sur le tapis pour ne pas me réveiller qu'elle s'en va reprendre le plateau : comme si le tapis n'a pas le pouvoir d'étouffer les bruits !

Quelques secondes plus tard c'est le "clic" de la serrure qui me confirme qu'elle est sortie. J'espère qu'elle n'a pas remarqué mon petit cinéma. Je n'aimerais vraiment pas qu'elle découvre que je l'ai trompée. Mais c'est plus fort que moi. Je dois récupérer mon laptop et me remettre au travail.

Au préalable je dois vérifier que tout va bien. À première vu tout est OK ! Ce n'est vraiment pas normal tout ce qui se passe depuis hier nuit !

Mon corps veut-il me dire quelque chose ? Comment suis-je sensé interpréter cette crise ? Pour la première fois en trente ans elle a décidé de commencer brusquement. Puis elle m'a horriblement fait souffrir bien que brièvement dans les parties de mon corps qui jusqu'à lors avaient été épargnées. Pour finir, elle me laisse maintenant un moment de répit plus ou moins long.

* * *

À ma deuxième année de baccalauréat, au mois d'Octobre exactement, mon père prit la décision de se baptiser "de nouveau".

Il le fit à la fin du même mois en présence de notre sœur restante qui avait pris une permission d'absence pour l'occasion. Notre mère était aux anges !

Il croyait vraiment en Dieu. Peut-être un peu trop !

Quand il n'était pas en train de chanter des louanges, il lisait les brochures du prophète John Hopper. D'ailleurs il prêchait à tous ceux qu'ils croisaient. Même ses anciens amis alcooliques qui préféraient l'éviter.

Tout l'intérieur de notre modeste maison avait changé : sur les quatre murs du salon et de leur chambre, il avait affiché tout ce qu'il possédait comme photos ou images du prophète.

Six mois après son baptême, il eut des responsabilités dans l'église. Il évoluait vite dans la foi !

Il était tout le contraire de notre mère que je préférais copier. Dans sa foi et sa croyance, elle était d'une noblesse et d'une sobriété qui la poussait toujours à s'asseoir au fond de l'église. Elle ne lançait jamais des "Amen" à tort et à travers et ne se confiait jamais auprès du pasteur. D'ailleurs, elle ne se confiait à personne. Sauf peut-être à Dieu ! J'avais remarqué qu'elle évitait même de se retrouver avec une ou deux sœurs : c'était pour éviter de dire du mal des autres.

J'avais remarqué la surprise de notre mère un dimanche de culte qui avait commencé à sept heures trente minutes et avait pris fin à quinze de l'après-midi. C'était quand le pasteur nous avait proposé de nous raccompagner chez nous : mon père, elle et moi. Il le faisait souvent avec certains fidèles.

Nous avions trouvé Thierry qui travaillait avec son laptop. Dès qu'il nous avait aperçus, il avait soulevé son appareil et se préparait à libérer le salon. C'était notre pasteur qui l'avait interpellé avec douceur et avec le sourire pour lui dire :

— S'il te plait frère reste ! Nous désirons nous entretenir avec toi.

Il avait longuement réfléchi puis avait décidé de s'asseoir. Il avait joint ses dix doigts sur son ventre et avait croisé ses pieds. Bien entendu, sa tête était inclinée vers la droite et il avait son regard d'hypocrite sincère !

D'ailleurs, je ne présageais rien de bon puisqu'il avait commencé en annonçant la couleur :

— Je ne vous ai pas permis de me tutoyer.

— Je vous prie de m'excuser ! Je suis le pasteur Goffack Jean et voici notre diacre, le frère Koulan Jérémie. Nous aimerions nous entretenir avec vous au sujet du Seigneur Jésus-Christ.

Puisqu'il ne réagissait pas, le pasteur continuait :

— J'aimerais d'abord vous entretenir au sujet d'un homme comme vous et moi, un prophète que Dieu nous a suscité en ces temps de la fin. Il s'appelle John Hopper.

Le pasteur avait prêché à Thierry pendant près de quinze minutes, quand celui toussa une fois pour lui faire comprendre qu'il désirait s'exprimer à son tour.

— Vous venez de parler pendant une quinzaine de minutes. Si j'ai bien compté, vous avez prononcé douze fois le nom de votre prophète. Et votre diacre a dit : "amen" seize fois et "Alléluia" quatorze fois. En en aucun moment je n'ai entendu le nom de Jésus. Pour finir, vous n'avez jamais ouvert cette Bible que vous tenez pourtant dans votre main depuis que vous êtes entrés dans cette maison. Tout votre prêche était bourré de citation de votre prophète que vous tirez de sa brochure et que vous n'avez cessé de me sortir. Vous l'avez ouverte exactement onze fois pour le citer. Alors cher monsieur, ce n'est pas la peine de me prêcher. Apprenez que je sais déjà me tromper tout seul. Bien ! Je vais me retirer !

— Attendez frère !

— Ah j'oubliais ! Je ne suis pas votre frère.

— Je veux te parler de ta famille !

— Me parler de ma famille, répétait Thierry avec un air mauvais.

Le pasteur voulut dire quelque chose. Mais devant le mauvais regard de Thierry, il préféra se taire.

D'ailleurs celui-ci continuait en disant :

— Je sais que ma mère ne s'est jamais confiée à personne. Pour ce qui est de se confesser, elle ne le ferait pas même sur la demande du fameux prophète John Hopper. J'en déduis donc que c'est le propriétaire de cette maison qui vous a parlé de notre famille. Félicitations ! Je constate que mes déductions n'étaient pas mauvaises. Je savais que vous n'auriez pas beaucoup de temps pour achever son lavage de cerveau. Enfin ! Ce qu'il en restait. Retenez ceci : ne parler plus jamais de cette famille ! Elle est sacrée ma famille !

— Mais frère ne vois-tu pas que le Seigneur est entré dans votre maison ?

— Je croyais vous avoir demandé de ne plus jamais m'appeler frère et de ne pas me tutoyer. Je ne suis pas votre camarade de classe. Vous dites que le Seigneur est entré dans cette maison ? Vous me prenez pour un con ou quoi ? Mais non ! Il n'est jamais entré dans cette maison ! Mais au contraire je pense qu'il s'est trompé de porte ! Bizarrement ce Dieu ne sait qu'entrer chez vous. Sincèrement, j'aimerais qu'il entre dans cette maison comme il est entré chez vous. En très peu de temps vous avez changé de condition de vie. Je vous félicite ! Car voyez-vous, tous les moyens sont bons quand les résultats vous permettent de tutoyer les hommes d'affaires de ce pays. Alors qu'il faut reconnaître qu'il y a quelques mois vous viviez dans un taudis. Oui mon vieux ! Il y a quelques mois, "misère" était le deuxième prénom que votre père avait oublié d'inscrire sur votre extrait d'acte de naissance. Autre chose ! Je vous prie de demander à vos fidèles d'être plus respectueux de la liberté des autres. Qu'ils arrêtent de m'importuner avec leurs longues prières qu'ils récitent à haute voix au risque de faire sauter la toiture de cette pauvre maison. Il en est de même de leurs chants. Apprenez-leur que la foi est personnelle. De même dites-leur que la nation dans laquelle ils vivent est régie par des lois qui sont calquées sur la Sainte Bible qu'il ignore royalement. Pour finir cesser d'accompagner vos fidèles dans leurs banques. Ah ! J'allais oublier ! D'homme à homme. Faites gaffe à moi ! J'espère que vous savez que sur cette terre, il existe des hommes qui font plus de mal que les prétendus démons que vous chassez dans vos prétendues églises. Je suis de ceux qui font plus de mal ! Maintenant, je vais me retirer dans ma chambre. Si vous voulez prier et chanter, faites-le dans le respect strict de mes droits. Ne réveillez pas le démon qui sommeille en moi !

Après son départ, notre père avait présenté ses excuses à notre pasteur.

C'est lui qui avait organisé cette rencontre dans l'espoir que le pasteur chasserait le "démon" qui animait Thierry depuis sa naissance.

199

Le pasteur l'avait rassuré en lui racontant comment dans sa vie, il avait dompté des démons pires que ceux qui animaient mon grand frère. Il avait fait une courte prière et était reparti avec le diacre qui n'avait pas pu placer un chant depuis leur arrivée. Tout avait été dit à voix très basse.

Il ne fallait pas réveiller un certain démon appelé Doumoa Thierry ! Il avait dit des choses justes, vraies et vérifiables.

Je commençais bien que péniblement, à comprendre les comportements de notre mère et de Thierry. J'avais grandis !

Malgré mon échec scolaire, l'année fut très bonne pour moi. Je ne fis qu'une seule crise et je devais reprendre le baccalauréat.

Dans la vie il faut savoir choisir son centre d'intérêt !

Par rapport à la douleur, le baccalauréat était un moindre mal !

Les relations entre mon frère et mon père, qui n'avaient jamais été bonnes continuèrent de l'être après l'entretien avec le pasteur. Mais cette fois-ci elles avaient pour fond de toile la religion.

À cause de cette religion, notre père avait demandé à Thierry pour la première fois de quitter la maison.

"Ta présence dans cette maison nous empêche d'avoir les bénédictions du ciel" lui avait-il dit.

Heureusement Thierry n'entrait jamais dans les débats religieux et ne retenait jamais ce que notre père disait.

Tous les dimanches matins, il se rendait au "deux-zéro" pour entretenir sa forme et revenait généralement vers midi. Pendant ce temps notre père, notre mère et moi allions au culte pour louer le Seigneur.

Mais un dimanche qu'il était rentré de son "deux-zéro", il avait trouvé notre mère seule à la maison et alitée. Elle avait eu un malaise avant notre départ et avait préféré rester à la maison !

Quand mon père et moi étions rentrés vers seize heures, nous l'avions trouvé assis près d'elle. Il nous avait demandé :

— Est-ce votre prophète qui vous enseigne qu'il faut abandonner les malades sans assistance pendant toute une journée pour aller crier son nom toutes les deux minutes ?

— Ne sais-tu pas que c'est Dieu qui guérit, lui avait répondu notre père.

— Ô Seigneur ! Descend sur terre et viens voir ce que font tes fidèles, s'était-il exclamé en secouant la tête.

Dès lors, il prenait toujours l'état de santé de notre mère avant de sortir.

J'étais à ma deuxième année de terminale.

Je décrochai mon diplôme malgré les deux crises que je fis et les quatre poches de sang qui passèrent dans mes veines.

Mon grand frère ne m'avait jamais dit qu'outre les cent mille franc CFA qu'il avait dépensés pour ces poches de sang, il avait aussi donné le sien une fois avec trois autres inconnus en remplacement de ceux qu'il avait acheté. Notre père prit sa retraite cette même année. J'avais passé vingt-deux ans sur terre !

Chapitre 13

Il est huit heures du matin. Il pleut finement sur la ville de Douala. À cette heure dans les établissements scolaires du pays, les apprenants sont dans leur salle de classe. J'ai toujours aimé les débuts d'années scolaires. Elles permettent de fuir la monotonie de trois mois de vacances et en même temps elle vous plonge dans une nouvelle tâche.

Mais pour toute la famille Doumoa, le début de l'année scolaire suivante, celle qui m'amenait en faculté allait être cruelle. Elle fut pire pour Thierry !

J'étais à ma première année de licence à l'Université de Douala quand nous étions tombés tous les trois malades. C'est notre père qui avait été le premier sur la liste.

Il avait été transporté d'urgence à l'hôpital de la garnison avec la vessie gonflée comme un ballon de baudruche. Il avait été soulagé grâce à une sonde qu'on lui avait posée juste à son arrivée. Il attendait d'être opéré de la prostate.

Deux jours plus tard, Thierry venait me prendre en urgence pour m'amener à l'hôpital Laquintinie. Notre mère redevenait une fois de plus mon garde-malade.

À croire que ma mère et moi étions liés depuis ma naissance dans la douleur et dans la maladie.

Trois jours après mon internement, elle s'était sentie mal et avait été obligé de se faire interner pour observation. Très sérieux, Thierry lui avait dit :

— Puisque tu es déjà dans l'enceinte de l'hôpital depuis trois nuits, autant que tu fasses des examens approfondis.

Elle avait fait la moue comme à son habitude et avait demandé :

— Où vas-tu prendre tout l'argent pour t'occuper de nous ?

— Ton problème n'est pas de savoir d'où viendra l'argent. Contente-toi de savoir que tu seras suivie par un spécialiste.

Toute ma vie j'avais été suivi par mes parents, mon frère et ma sœur. Jamais je n'avais contribué de quelque manière que ce soit au bien être de cette famille. J'avais été ce qu'on appelle un "enfant gâté !" :

Ma mère m'avait toujours suivi et s'assurait toujours que je ne manquais de rien.

Quand à mon père, je dois reconnaître qu'à cause des dépenses qu'il faisait pour maintenir son alcoolisme au top, il avait réduit nos chances d'être heureux. Lui non plus ne m'avait jamais tourné le dos malgré l'alcool qui inhibait ses esprits et malgré son comportement brutal qui plombait la stabilité de notre famille. À sa façon, il avait contribué à mon bien-être.

Akono, mon unique sœur restante se sacrifiait pour mon école et naturellement pour ma santé.

Thierry quant à lui prenait ses responsabilités. Notre mère l'avait formé pour cela et il lui donnait satisfaction. Même si la vie allait la frapper là où elle ne s'attendait pas.

Certainement à cause de ces réflexions, un désir indescriptible d'aider à quelque chose m'avait poussé à dire à Thierry que je pouvais sortir de l'hôpital parce que j'allais déjà mieux. Je m'étais présenté à lui avec un air fier et hautain pour donner le change. Mais il n'avait pas été dupe. Comme à son habitude il m'avait dit :

— Ton désir de quitter cet hôpital n'a rien à voir avec ta santé qui à mon avis est passable. Je ne suis pas ton père sinon je t'aurais dit : "félicitations !". Parce que je sais que tu veux nous venir en aide à ta façon. Puisque moi je m'appelle Doumoa Thierry, je te dis ceci : tu es le seul à connaître ton corps. Tu es libre de te suicider si tu en a envie. Mais seulement ne me demande pas de te donner la corde.

Il ne m'avait pas choqué ce jour-là parce que tout ce qui m'intéressait c'était de me retrouver à l'extérieur. Ses sarcasmes ne m'affectaient pas en ce moment. Je voulais réduire les frais médicaux.

À ma sortie de l'hôpital contre l'avis du médecin, il me remit assez d'argent pour vivre pendant une semaine. Il prit l'engagement de convaincre notre mère de ma sortie. Il voulait lui éviter un quelconque malaise !

Elle avait fait la moue comme d'habitude et je l'avais embrassé en refoulant mes larmes. Elle faisait également des efforts pour ne pas fondre en larmes.

De la maison, j'appris que notre mère allait se faire opérer pour la seconde fois de sa vie.

J'appelai notre père qui était assisté à Bonanjo par les frères en christ pour l'informer de la situation de notre mère. Je m'attendais à sa réponse. Je ne fus donc pas surpris quand il me dit :

— Remettons tout entre les mains du Seigneur !

Depuis qu'il avait cru en Dieu, toutes les solutions à nos multiples problèmes passaient par le Seigneur.

Il ignorait que mes ainés étaient torturés par un choix difficile. "Lequel des deux devait-on opérer en premier ?"

L'argent qu'ils possédaient ne suffisait pas pour l'opération de l'un ou de l'autre. La situation était vraiment compliquée.

Mais après concertation, mes ainés décidèrent de faire d'abord opérer notre père. Son cas était plus urgent à première vue. Ils se battirent tant bien que mal pour trouver l'argent nécessaire.

Il ne mit pas long à l'hôpital après son opération et me retrouva à la maison d'où il commença sa convalescence.

La situation de notre mère devenait critique. Mes ainés ne parvenaient pas à trouver tous les fonds nécessaires pour son opération.

Le salut était venu de l'église.

Le pasteur avait fait une quête à l'église pour le cas de ma mère.

Deux jours avant l'opération, Thierry m'appelait pour me dire que notre mère n'allait plus se faire opérer à l'hôpital Laquintinie. Son opération devait se faire dans une clinique privée située au centre de Ndokoti.

Je le dis à notre père. Je m'attendais à ce qu'il remette tout entre les mains du Seigneur. Mais, soit c'est son ego qui avait pris le dessus, soit c'est qu'il n'avait toujours pas Thierry à la bonne.

Il avait appelé mon frère et lui avait demandé sans ménagement :

— Pourquoi as-tu changé d'hôpital sans m'en informer ? »

C'était à croire que le père avait mis au monde le fils pour avoir son opposé. Comme le yin et le yang pour éviter de dire le bon et le mauvais !

Fidèle à lui-même, Thierry avait répondu :

— La question n'est pas de savoir pourquoi j'ai changé d'hôpital ou pourquoi je n'ai pas demandé ton avis. Contente-toi de savoir qu'elle sera bientôt délivrée.

Il allait regretter ces quelques mots plus tard.

Il ignorait que dans les églises réveillées, le terme "délivrer" ou "délivrance" s'employait pour les personnes vivantes possédées par des "démons" et qui étaient soignées voire même guéries après des séances de prières.

Dans d'autres cas on utilisait ce terme au cours des deuils ou des obsèques. C'était pour dire que la personne qui est décédée vivra dorénavant dans un monde dans lequel tous les maux de la terre sont inexistants.

Puisque le malheur n'avait pas encore frappé, tout était bon dans le meilleur des mondes.

Thierry n'avait pas jugé utile de nous donner des explications sur le changement de dernière minute. Il n'avait pas trouvé nécessaire de nous dire que c'était sur insistance de notre mère qu'ils avaient changé de chirurgien. Il ne dit même pas qu'elle suivait les recommandations d'une sœur en Christ. Pour lui, ça ne servait à rien de dire que celle-ci avait subi avec succès la même opération deux ans auparavant dans le centre médical privé qu'elle conseillait à notre mère.

Il faisait tout comme à son habitude. Pauvre de nous !

C'était la première fois qu'il se laissait convaincre par notre mère. Il devait le regretter cette faiblesse amèrement par la suite !

À la veille de l'opération, je me rendis avec mes sœurs et mes frères en Christ auprès de notre mère pour lui remonter le moral. On avait passé tout l'après-midi et une partie de la nuit à chanter et à louer le Seigneur.

Je devais la quitter à vingt-et-une heures.

Le lendemain, je passai la journée avec elle à louer le Seigneur pour que l'opération se déroule bien. Mon père et moi restâmes avec elle jusqu'à la fin de l'opération.

L'opération s'était bien déroulée et nous avions eu l'occasion de voir notre mère encore inconsciente dans sa chambre.

C'était la dernière fois que nous la voyions à son insu !

Il était quatre heures du matin quand je fus réveillé par un coup léger donné à notre porte centrale. J'avais l'impression d'avoir rêvé quand le coup sur la porte se fit entendre de nouveau.

Pour éviter de réveiller mon père avec qui je dormais, je descendis du lit et je me dirigeai vers la porte avec une sensation bizarre. J'étais certain qu'il y avait une personne de l'autre côté de la porte. Puisqu'il y avait une forte odeur de cigarette qui flottait dans l'air.

Je n'eus pas le temps d'avoir peur. Depuis l'extérieur j'entendis la voix étouffée de Thierry qui m'appelait.

J'hésitai une seconde pour essayer de mettre de l'ordre dans mon esprit.

"Depuis quand est-ce que Thierry fumait-il ? Avec qui avait-il laissé notre mère ? Que faisait-il ici à pareille heure ?".

Je mis beaucoup de temps pour ouvrir la porte. J'avais les mains moites. Il n'y avait rien de normal dans le comportement de mon frère. Je le confirmai quand je parvins enfin à ouvrir la porte.

Thierry était assis par terre un mégot de cigarette dans la main, le regard vide dirigé vers l'avant. Il puait l'alcool et près de lui, se trouvait les effets de notre mère.

Son esprit était ailleurs !

Je lui demandai avec une très grande inquiétude :

— A…a…avec qu…qu…qui a…a…as-tu laissé ma…ma… maman ? »

— Avec personne ! Elle est à la morgue ! Elle a fait une crise cardiaque !

Je m'écriai :

— Non !

Et je fondis en larmes.

Mon père, que mon crie avait réveillé nous retrouva au seuil de la porte. Je me noyais dans mes larmes quand il me demanda :

— Que se passe-t-il ? »

Thierry avait adopté un air impassible et était prostré.

— Thierry dit que maman a fait une crise cardiaque et qu'elle en est morte !

Le cri qui sortit de la gorge de notre père, un cri d'horreur, réveilla les voisins qui envahirent la maison quelques secondes plus tard.

À l'arrivée des premiers voisins, Thierry avait quitté sa position et était allé se réfugier dans notre chambre.

Connaissant mon frère, j'étais certain qu'il n'avait pas appelé Akono. Je pris mon téléphone et je lui annonçai la mauvaise nouvelle. Sa réaction me surprit :

— Depuis que j'ai constaté que vous tombez malades en cascade, je m'attends à tout !

Cette réponse eut l'avantage de m'inciter à calmer mes ardeurs. Dans une famille où les trois cinquièmes des membres souffrent de maladies compliquées, franchement il faut s'attendre à tout.

Ça n'avait rien de cynique !

C'était humain pour une personne qui avait compris les problèmes Doumoa.

Notre mère n'avait que quarante-neuf ans !

Oui ! C'est moi Doumoa Félix. Drépanocytaire, bègue et dorénavant orphelin de mère qui pianote avec anxiété les touches de mon laptop ce matin !

Pendant deux jours, Thierry ne sortit de la chambre que pour les besoins essentiels. Il renvoyait tous les plats de nourriture et recevait ses amis dans notre chambre.

Cependant, j'avais remarqué la présence d'une très jolie fille qui m'appelait par mon prénom. Elle venait toujours avec de grosses assiettes de victuailles.

Au troisième jour, il sortit de la chambre, se rasa et s'habilla convenablement.

J'avais l'impression à le voir que son deuil était terminé.

Akono vint au cinquième jour. Quand je l'aperçus, je me dirigeai vers elle en pleurant. Elle ne supporta pas de me voir pleurer et se mit à pleurer avec moi. Nous pleurâmes ainsi pendant près de dix minutes quand notre père vint se joindre à nous. Nos pleurs se mélangèrent et se prolongèrent encore pendant une bonne dizaine de minutes.

Pendant que les trois quarts de la famille s'étaient regroupés pour pleurer leur défunte mère, le quart restant était resté tranquillement assis à l'extérieur en compagnie de la très jolie fille.

À une heure du matin, tous ceux qui étaient venus nous assister prirent congés de nous. Je suppose qu'Akono attendait ce moment. Elle me prit par la main et je me retrouvai assis en face de Thierry et de la très jolie fille. Il devait nous la présenter comme sa copine. Sans façon ! Celle-ci appelait notre grande sœur par son prénom.

Akono l'avait embrassée tendrement et lui avait demandé, elle aussi sans façon :

— Peux-tu supporter mon petit frère ?

— Mes condoléances Chantal ! Bonsoir Thierry ! Ça fait trois ans que nous sommes ensemble. Pour le moment ça va, avait-elle dit en souriant.

— Que fais-tu dehors à une heure pareille, allons causer dans la chambre.

Pendant tout cet échange Thierry était resté de marbre. Son regard, sans animosité était plongé dans celui d'Akono. Comme s'il voulait entrer dans son esprit.

Pendant près de deux heures de temps, nous nous sommes entretenus avec la copine de notre frère que je trouvai intéressante du point de vue intelligence. J'espérais seulement que la locution proverbiale qui disait : "qui se ressemble s'assemble" ne se vérifie pas dans son cas.

Le lendemain notre père nous réunit en conseil de famille pour établir le programme des obsèques. Ensemble nous décidâmes de la somme d'argent dont nous avions besoin pour l'organisation des obsèques. Notre père nous fit savoir que le pasteur s'occuperait du côté religieux et avait demandé à l'église de faire une quête pour l'occasion. C'était la deuxième fois pour notre mère.

Thierry ne disait rien et ne proposait rien. C'était à croire qu'il avait fait vœu de parole.

Notre famille devait recevoir énormément d'argent provenant des multiples amis de notre feue mère et des amis de notre famille.

Personne dans la famille Doumoa ne faisait des tontines. Selon le pasteur : "La Bible interdisait cette pratique".

Deux jours avant la levée du corps, nos oncles et notre tante, les seuls que nous possédions, arrivèrent du village. Ils proposèrent que nous nous réunissions une dernière fois le soir de ce même jour.

Nous étions déjà installés quand notre pasteur nous rejoignit et lança un : "Que le Seigneur soit avec vous !", prit une chaise et vint asseoir avec nous. Dès qu'il s'était installé, notre père le présenta à sa belle-famille.

Était-ce un coup du sort ? Son intrusion coïncidait malheureusement avec la fin du vœu de parole de Thierry. Nonchalamment depuis sa chaise où il avait croisé les bras et maintenait sa tête inclinée sur le côté droit, il avait demandé :

— N'avez-vous pas remarqué que c'est une réunion de famille que nous devons tenir ?

— C'est moi, en tant que le chef de cette famille, qui lui ai demandé de nous assister, lui avait rappelé notre père.

— Alors je m'en vais parce que ce n'est plus une réunion de famille, dit-il en se levant de son siège.

— Assieds-toi avait ordonné notre oncle aîné. Mon beau je pense que ton fils a raison, ajoutait-il le plus simplement du monde à notre père.

Le pasteur fut obligé de se séparer de nous.

Sans le savoir, Thierry venait de raviver la vieille flamme du conflit qui l'opposait à notre père.

Après le conseil de famille qui se déroula sans que les voix ne s'élèvent, Thierry avait recommencé avec son vœu de parole. Notre oncle ainé avait proposé de nous offrir à boire.

Pour l'occasion, notre père avait demandé une bouteille d'eau minérale et Thierry une bière.

Pendant les commentaires, Thierry était resté silencieux et ne répondait que par un "oui" ou par un "non".

Akono était allée chercher la copine de Thierry et nous étions allés nous serrer sur un matelas qui par chance, était libre au centre du salon.

Elle se prénommait Rebecca comme notre défunte mère !

Dix minutes après que soyons installés, nos oncles me firent venir auprès d'eux et me posèrent une question. Une seule : "Est-ce vrai, que ton frère dérange toujours ton père ?"

Je ne pouvais que répondre par l'affirmative, parce que j'entendais par-là : "Est-ce vrai que ton frère se chamaille toujours avec ton père ?".

Sans le savoir, je venais d'attacher mon frère sur une croix.

Le comble c'est que c'est lui qui devait apporter les clous pour le crucifier.

À la levée du corps, il s'était tenu à l'écart des membres de la famille alors qu'Akono et moi étions toujours prés de notre père. Même Rebecca allait partout avec nous !

À l'installation du corps sur l'espace réservé à cet effet dans notre maison, il n'était visible nulle part. Il n'était pas non plus avec nous quand notre père, Akono et moi, nous tenant par la main, avions entouré le cercueil de notre mère pendant plus d'une heure pour pleurer et chanter.

Lors du culte dit par notre pasteur dans la soirée, le fauteuil qui lui était réservé près de nous en face de la chaire serait resté vide si Akono n'y avait pas installé Rebecca.

Lors du départ pour le cimetière même sa copine ignorait où il se trouvait !

Mais c'est vrai qu'on devait le retrouver au cimetière à notre arrivée.

Pour finir, il n'était pas avec nous devant le cercueil au cimetière pour, comme la tradition le demande à la famille, lancer les premiers la terre au fond de la tombe.

Il s'était contenté de rester en face de nous devant la fosse. Il avait le regard fixé sur le cercueil comme s'il voulait que tout se termine le plus tôt.

En aucun moment je n'avais vu ses larmes. À croire qu'il les avait épuisées dans son adolescence !

Nous étions au mois de Mars deux-mille-quatorze.

Le lendemain matin, nos oncles nous convoquèrent pour s'entretenir avec nous et nous dire au revoir. Il nous fallut dix minutes pour commencer.

Thierry qui avait dormi saoul, avait une sacrée gueule de bois.

L'aîné de nos oncles avait pris la parole pour d'abord féliciter notre père d'avoir arrêté de boire et l'encourager pour qu'il continue de croire en Dieu. Il avait ajouté :

— Mais j'ai le cœur lourd de tristesse quand je sais que je dois rentrer. La dernière fois que nous sommes venus ici, c'était pour enterrer une personne ! Hier encore, c'était pour un autre enterrement que je suis à Douala. Que cela s'arrête-là ! Oui… J'ai le cœur lourd quand je sais que je vais partir et laisser cette famille pleine de haine et de désarroi. Oui ! Akono, tu vas partir et laisser ton père et ton cadet malade alors que…celui qui te suit directement veut la destruction de cette famille. Je m'adresse à toi Doumoa Thierry ! Pourquoi veux-tu la fin de cette famille ? Pourquoi traites-tu ton père avec autant de mépris ? Pourquoi penses-tu que tu es le roi dans cette famille ?

Puisque le concerné ne réagissait pas, je suppose que cette absence de réaction l'avait énervé. Dépassé par un Thierry qui le fixait comme il le faisait avec notre père, il s'était tourné vers son petit-frère et lui avait dit en Boulou :

— Je te dis que cet enfant a la sorcellerie ! Tu vois comment il me regarde ?

Effectivement, Thierry était nonchalamment assis avec les pieds allongés et les bras pliés sur son ventre. Il balançait la tête de la droite vers la gauche et maintenait ses yeux ouverts. Il dirigeait ce regard négligemment vers notre oncle aîné. On aurait dit qu'il mimait une chanson dont il avait le texte en face de lui. Juste sur la face de notre oncle.

Dès que notre oncle avait fait allusion à lui, il avait ramené sa tête un peu plus vers l'avant. Il avait "un air de celui qui veut comprendre ce que l'autre veut dire avant qu'il ne le dise !".

Son regard ne présagerait plus rien de bon pour moi qui commençait à le comprendre.

Thierry comprenait le Boulou mais il ne réagit pas. Et ça ne me plut pas du tout. Je savais que notre oncle n'avait pas encore touché un point sensible de mon frère. Les injures ne l'affectaient outre mesure. J'avais longtemps vécu avec lui pour savoir qu'il savait se maîtriser.

Intérieurement je priais pour qu'on n'en arrive pas là.

Mais dans la vie, quand certaines personnes sont lancées, elles sont vraiment lancées !

Notre oncle continuait :

— J'ai entendu des choses pendant ce deuil. Ton nous a prouvé tout ce que nous avons entendu... Le pasteur de ta mère ne t'avait-il pas donné assez d'argent pour faire opérer ta mère à Laquintinie ? »

Dès que notre oncle avait fait allusion au pasteur, le visage de Thierry avait changé d'expression. Il ne réfléchissait plus, il attendait le mauvais mot !

Le mot qui devait l'accuser de ce qu'il ignore. Je savais qu'on était au bord de l'implosion.

— Et maintenant tu bois et tu fumes ! Décidément, chaque fois que nous allons venir dans cette maison, il y aura toujours quelque chose à dire sur ta personne. Tu n'es plus un enfant ! La première fois que tu es venu au village tu nous as menti au sujet de ton père.

Maintenant, on nous dit que tu es responsable de la mort de ta mère... Par cupidité !

* **

Plongé dans mes souvenirs, je n'ai pas remarqué que mon téléphone vibrait au pied du lit. Le temps de déposer mon appareil et d'allonger le bras, je décrochais :

— Allo !

— Comment vas-tu ce matin, jeune homme ?

— Bien !

— Tu es sûr ? Pourquoi réfléchis-tu avant de me répondre ?

— C'est que... Je viens de passer une nuit bizarre.

— Ça veut dire quoi une "nuit bizarre" ?

— Je viens de faire une crise. Elle était très violente et très douloureuse mais brève, et...

— Reviens à la maison rapidement !

Après trente-six années sur cette terre de nos ancêtres, mon grand frère n'avait pas changé. Il avait conservé sa façon autoritaire de s'exprimer avec notre mère quand il s'agissait de la santé d'un membre de la famille. J'avais bien envie de le rappeler pour lui dire que j'avais tous mes médicaments quand mon téléphone se remettait à sonner.

Cette fois, c'était Evoutou :

— Premièrement frangin, j'ai une bonne nouvelle pour toi. Tu te souviens que je t'ai dit tout à l'heure que tu es un sacré veinard ! Eh Bien ! Bonne nouvelle : mon pote de Bonabéri a accepté de t'embaucher... Tu ne connais pas la meilleure ! J'ai obtenu de lui que tu travailles dans leur succursale d'Akwa... C'est comment... Tu ne dis rien ?

— J'attendais que tu finisses. Je te remercie de tout cœur.

— Tu sais que tu es vraiment bizarre ce matin ? Tu ne veux pas que j'appelle Thierry ?

— Il vient de m'appeler. Écoute : ne te fais pas de souci. La situation est sous contrôle. Et merci encore pour m'avoir sorti du chômage. Sans toi je ne sais pas ce que je serais devenu.

— Bof laisse tomber ! On doit s'entraider dans la vie… Au fait raconte-moi ta "fameuse nuit bizarre !". Je t'écoute. Je suis au bureau. J'ai tout mon temps. Allez top départ !

— Ok mon frère ! Avant de te raconter ma nuit, je vais d'abord te dire que j'ai passé la nuit à écrire. J'ai dû tromper la mère pendant qu'elle reprenait le plateau vide de mon petit déjeuner ce matin. Ça me tracasse de l'avoir fait et j'espère lui présenter mes excuses tout à l'heure.

J'avais pris tout mon temps pour lui raconter toute ma nuit. Je n'avais omis aucun détail. À peine j'avais terminé de tout lui raconter que mon téléphone se remettait à sonner une nouvelle de fois. Et cette fois-ci, c'était ma chère belle-sœur. Rien que de la savoir à l'autre bout de la ligne, me faisait énormément plaisir et je m'étais empressé de décrocher.

— Bonjour mon deuxième mari ! Comment vas-tu ?

— Bien et toi ? Comment les enfants ?

— Ils vont bien. Comment va ta santé ? Quand ton frère t'appelait j'étais à côté de lui et je veux te dire qu'il est vraiment inquiet. Alors mon cher mari dis-moi la vérité !

— J'apprécie que tu m'appelles et ça me fait beaucoup plaisir. Je te promets de revenir à la maison dès que j'aurais achevé la tâche que j'ai entreprise. Sinon rassure-toi ! Je vais bien.

— Je regrette mais je ne te crois pas. Quand Thierry s'inquiète il faut le prendre au sérieux. Surtout quand il s'agit de toi. Sa seule préoccupation est que tu sois près de lui lors de tes crises. N'oublie pas que nous traversons tous un mauvais moment. Alors parle-moi franchement de la nuit que tu viens de passer.

Elle s'exprimait avec une belle voix suave qui pouvait donner le change. Je savais qu'elle attendait de moi que je rentre immédiatement dans leur demeure. Il était évident pour moi que mon aîné l'avait formaté. Je devais donc jouer serrer pour ne pas la décevoir.

Je lui avais d'abord tout raconté de ma crise en insistant sur les douleurs pour être franc.

Ensuite je lui avais fait remarquer qu'il m'arrivait souvent de passer des nuits blanches à la suite de certaines crises. J'avais conclu en lui rappelant il n'y a rien de nouveau sous le soleil.

Et enfin, j'avais tiré sur la fibre sentimentale pour qu'elle m'accorde encore quelques petites heures pour me permette d'achever la première œuvre de ma vie. Je l'avais convaincu à mon avis.

Elle ne m'avait pas dit combien de temps elle m'accordait. Elle me mettait la pression à sa manière :

— Ok ! Je vais appeler ton frère pour le calmer. Je t'attends et s'il te plait ne me déçois pas !

— Ok ! Embrasse les enfants pour moi. Bye !

C'est à penser que tout le monde ignore que j'ai trente ans.

Je l'aime vraiment comme belle-sœur. Elle était d'une sobriété qui me rappelait ma feue mère. Tout en elle était douceur et attention. Comme ma feue mère !

Elle avait fait trois magnifiques enfants, un garçon et deux filles à mon frère, et s'occupait d'eux avec amour. Comme ma feue mère !

À cette heure, Thierry était déjà à l'université pour ses vacations. Je le rappellerai plus tard.

En pensant à mon frère, mes souvenirs me ramènent au dernier conseil de famille avec nos oncles.

Je reconnaissais l'avoir attaché, inconsciemment sur une croix. Mais je me souviens, et c'est ce qui me fait de la peine ce matin que c'est lui qui avait apporté les clous pour finir le travail.

Pour réagir à l'accusation directe de notre oncle, il s'était levé de sa chaise à la vitesse de l'éclair. Ses yeux, rougis en une fraction de seconde étaient hors de leurs orbites et la bave lui sortait de la bouche.

Il serrait les poings et avait adopté la position d'attaque d'un boxeur qui en avait marre d'encaisser les coups de poing de son adversaire. En même temps, il respirait avec force et on entendait le bruit horrible de l'air s'échapper de ses narines largement ouvertes : il se préparait pour se jeter sur notre oncle.

Sa réaction brusque et vive nous avait fait tressaillir sur nos chaises respectives. Notre père se serait retrouvé au sol si notre oncle aîné ne l'avait pas soutenu d'une main de planteur aguerri.

Mais ce n'étais pas fini !

Cette fois Thierry tremblait de rage. Puisque personne ne réagissait pour s'opposer à lui de quelque façon que ce soit, il s'était retourné : avait saisi la chaise en bois sur laquelle il était assis auparavant, l'avait soulevé et s'était acharné sur elle.

Pendant qu'il s'acharnait sur la malheureuse chaise, nos oncles et notre tante se levèrent pour le calmer.

Pour la première fois depuis ma naissance, j'avais posé le premier acte de ma vie qui m'avait rendu fier de moi.

Nous étions tous debout et je m'adressai à mes oncles sans bégayer :

— Je vous supplie chers oncles et tante : n'intervenez pas ! Il va se calmer !

Toute une vie près de notre mère m'avait appris à contenir mon frère.

Akono s'était mise à pleurer en silence. Sa vision brisa toutes mes résistances aux pleurs et des larmes submergèrent mon visage.

Thierry éjectait vingt-neuf années de refoulement d'une haine longtemps maîtrisée par notre défunte mère.

Aussi brusquement qu'il avait été saisi par la rage, il cessa de martyriser le dernier petit morceau de ce qui était autrefois une chaise. Puis il s'assit à même le sol en s'adossant au mur et se mit à pleurer à chaude larmes.

Pendant qu'il pleurait, la morve lui sortait des narines.

Sa main droite était posée sur son front et sa nuque était collée au mur. Il avait les yeux de larmes dirigés vers le plafond.

Akono et moi avions couru vers lui et nous l'avions enlacé et avions pleuré à l'unisson pendant plusieurs minutes.

— Assez ! Assez ! Je suis fatigué… Je suis fatigué. J'en ai marre ! Toute ma vie, notre mère m'a appris que je devais un jour ou l'autre prendre la charge de cette famille ! Je n'ai vécu que pour lui faire plaisir… Tous mes actes concouraient toujours vers cet objectif… Mais qu'est-ce que j'obtiens comme récompense ? Maintenant on m'accuse d'avoir tué ma chère maman !

Dès qu'il avait fini de parler, il avait libéré son visage de sa main. Sa tête s'était décollée du mur et son regard avait croisé celui de notre grand oncle.

En cet instant, précis, il venait de se souvenirs de l'accusation sordide de notre oncle ainé ? Et la rage l'avait repris.

Il se dirigeait calmement vers notre oncle. Les éclairs de feux que je voyais dans mon adolescence étaient maintenant des boules de feux. Il tremblait de la lèvre supérieure gauche et ses poings étaient fermés.

Akono et moi le suivions calmement derrière lui. Nous étions fermement décidés à nous opposer à lui cette fois. Nous pensions que le plus dur était passé mais avec Thierry, on ne savait jamais !

Pendant ma marche, je jetai un regard furtif vers l'assistance et je constatai que mon père et ma tante pleuraient.

C'était triste à voir… C'était lourd à supporter !

Ma sœur et moi connaissions vraiment notre frère. Son attitude guerrière de tout à l'heure n'avait rien de belliqueux. À une distance respectable de nos oncles, il dit en insistant sur les mots :

— C'était certainement votre sœur mais c'était ma mère. Si ça vous plait de croire ce que vous dit votre beau-frère, libre à vous. Mais de grâce ! Ne me traiter plus jamais comme vous venez de le faire. Je ne suis plus un enfant. Arrêtez de dire que j'ai la sorcellerie parce si tel est le cas, alors apprenez que c'est vous qui me l'avez donnée. Et… Si c'est moi qui ai tué notre mère, alors j'assume ! Sauf le respect que je vous dois, je ne veux plus vous entendre. Le commissariat existe pour des accusations aussi gaves !

Il venait là de donner les clous à nos oncles !

* **

Sur cette terre, il y a des gens qui marchent dans la rue avec des pancartes accrochées à leur cou. Et sur celles-ci ils ont écrit avec une peinture phosphorescence : "Je cherche les problèmes !"

Je les rencontre tous les jours.

Dans notre belle citée qu'est la ville de Douala, on aura beau organiser des séminaires. On aura beau imposer le port du casque et qu'est-ce que j'en sais d'autres. Les "bens skinneurs" se retrouveront toujours dans le pavillon crée pour eux à cet effet à l'hôpital Laquintinie : le pavillon "Ben skin" ! Celui qui accueille tous les accidentés de la moto de la belle ville de Douala.

Mon aîné était de ceux-là. Quand il avait fini de parler, le cadet de nos oncles avait tapoté la cuisse de son ainé et lui avait dit en Boulou :

— Calme toi mon frère ! Ce que j'entends-là est plus compliqué que je ne pensais. Revenant au français, il s'était adressé à Thierry qui se dirigeait vers la porte de sortie : reviens t'asseoir ici. N'aggrave pas ton cas.

Mais, il s'y était mal pris. Quand Thierry était lancé, il était vraiment lancé !

— Mon cas est déjà très grave ! Alors une insolence de plus ou de moins ne m'embellirait pas à vos yeux. Et franchement, vous commencez un peu à m'énerver, avait-il dit en continuant de marcher.

Akono s'était précipitée vers lui pour le supplier de rester mais elle n'avait pas eu le temps de placer un mot :

— Ce qui peut me rassurer, c'est de savoir que tu n'as joué aucun rôle dans ce micmac. Écoute ! J'ai mal à la tête. Je dois m'en aller. Je suis vraiment fâché. Écarte-toi de mon chemin. Tu ne peux pas me retenir.

Elle l'avait regardé partir avec de l'amertume dans le cœur.

Après son départ, elle s'était adressée à nos oncles. Elle leur avait fait comprendre que notre frère n'était pas méchant, qu'il n'était pas impoli et qu'il participait activement aux charges de la famille sans se plaindre.

Cependant, elle reconnaissait qu'il avait une façon cinglante de dire les choses qui indisposait ceux qui ne le connaissent pas :

— Il est comme ça ! Malheureusement, la seule personne qui le connaissait le mieux et qui m'a apprise à le connaître vient d'être enterrée. Pour ce qui est du changement d'hôpitaux, je ne pense pas qu'il a fait cela de sa propre volonté. Et même si c'était le cas, je voudrais que nous pensions tous que c'était une erreur de sa part. Il aimait tellement notre mère qu'il ne se serait jamais permis de risquer sa vie. Vous avez dit que je vais partir ? Oui c'est vrai ! J'en suis consciente. Mais sachez que notre mère nous a élevée dans le souci des autres. Elle a toujours aimé nous savoir soudés. Et jusqu'à présent, je pense nous le sommes très bien. Il est le seul capable d'assumer cette tâche… Papa, si tu penses vraiment qu'il ne t'aime pas, tu as tort ! Souviens-toi que c'est lui qui t'a transporté à l'hôpital sans se poser de question. C'est d'ailleurs lui qui avait proposé que nous te fassions opérer en premier. S'il te plait regarde ton fils autrement !

Elle avait continué à s'adresser à notre père à propos de son zèle dans la foi :

— Nous sommes tous ravis de savoir que tu crois en Dieu. Mais apprends que tu as mal embrassé la foi. Elle est personnelle et chacun a ses relations avec Dieu. Un pasteur, c'est un homme comme toi et moi ! Certes c'est un oint de Dieu. Mais en aucun cas, tu ne dois exposer ta famille comme tu l'as fait avec le pasteur. Notre mère qui nous a fait connaître cette église, ne se confiais jamais à personne. Même au pasteur ! Elle nous disait toujours que la famille est sacrée. Sur un autre plan, tu n'as pas le droit d'indisposer les autres dans tes prières et dans tes louages. Mais franchement ! Regarde comment tu as transformé la maison. Tu as enlevé toutes nos photos d'enfance pour les remplacer par ceux du prophète. Apprends que ça ne lui plaisait pas mais elle ne te le disait pas parce qu'elle ne voulait pas t'entendre crier après elle. Change mon père !

Thierry, saoul plus qu'un Polonais, était revenu aux environs de vingt-trois heures et nous avait trouvés en pleine causerie. Il était allé directement dans notre chambre.

Cinq minutes plus tard, il ressortait avec un gros sac dans le dos.

— Où vas-tu à une heure pareille avec ce sac, avait lancé notre plus jeune oncle.

— Puisque je suis le démon de cette famille, je préfère aller vivre en enfer… Avec les miens !

— Viens t'asseoir ! Une chose est sûre : tu es notre fils, nous n'allons pas te rejeter.

— Vous feriez mieux de me rejeter parce que cette famille a commencé à pourrir le jour où son chef a embrassé l'alcool alors que ces enfants étaient et sont toujours des malades à vie !

Qu'on le veuille ou non, l'alcool à souvent un avantage.

À défaut de vous faire croire que vous pouvez voler comme des oiseaux ou que vous êtes capables de déplacer de gros rochers, il inhibe votre esprit en affaiblissant vos forces. C'était le cas de Thierry cette nuit-là. Quand il était saoul, il perdait toutes ses facultés intellectuelles et devenait comme un pantin.

Il avait réfléchi quelques temps après ses paroles qui résumaient notre famille devant la porte en dandinant avec la régularité d'une balançoire. Grâce aux seuls neurones de valides qui lui restaient encore, il était venu nous retrouver avec beaucoup de peine. Il puait l'alcool !

C'était avec assiduité qu'il nous écoutait pour la suite. Mais après une dizaine de minutes, sans avertissement, c'est un long vomi qui partait du fond de son ventre. Et inconsciemment il envoya le tout sur notre oncle ainé.

Franchement quand c'était arrivé, j'avais cru à une justice divine !

Nos oncles s'étaient mis à deux pour le porter jusqu'au lit dans notre chambre et pendant qu'ils l'accompagnaient, il leur demandait :

— C'est…C'est… Qui… Qui… Di… Di… Dites… Que… Je… Je… J'ai… J'ai tu… Tu… Tué… Vo… Vo… Votre… Su… Su… Sœur ? »

Sacré Thierry !

Il avait encore un peu de lucidité !

Chapitre 14

Dans ma chambre à Bali ce matin, il est 9 heures. Mais dans mes souvenirs à sept heures, Thierry n'était pas encore debout. Il ronflait dans la chambre que tout le monde avait abandonnée parce qu'elle puait l'alcool.

Pour le réveiller vers sept heures trente minutes, mon jeune oncle m'avait demandé de lui asperger un peu d'eau sur le visage.

Heureusement, avant d'aller nous coucher Akono avait téléphoné à Rebecca pour lui demander de venir urgemment très tôt le matin. Elle n'avait jamais vu mon frère dans un tel état d'alcoolisme et s'inquiétait sérieusement.

J'avais déjà versé près d'un demi-litre d'eau sur son visage quand il s'était brusquement redressé sur le lit et m'avait dit :

— Essaye encore de me verser ton eau et je te jure qu'on ne te dira pas !

C'était en riant que je lui avais dit :

— Je crois que c'est la première fois que je vais te dire ceci : je t'aime grand frère !

Il m'avait répondu en grognant :

— Et la seule agréable façon de me le montrer c'est de verser de l'eau froide sur tout mon corps ? »

J'avais éclaté une deuxième fois de rire et derrière moi, j'avais entendu Akono dire :

— Moi je ne t'ai pas versé l'eau dessus mais je te dis aussi : je t'aime !

— Si c'est un plan que vous avez monté foutez-moi la paix ! J'ai mal à la tête !

Il avait vraiment l'air malade !

Après ce fut au tour de Rebecca, celle qui devait devenir son épouse qui manifesta sa présence :

— Bonjour mon chéri ! Réveille-toi ! Tu penses que si on ne t'aimait pas, les tiens m'auraient demandé de venir ce matin avec des aspirines ?

Comme il ne savait rien laisser passer, il lui demanda :

— On t'a envoyé ?

Cette question nous avait encore fait éclater de rire. Nos oncles achevèrent la matinée à nous prodiguer des conseils. À la mi-journée, ils nous demandèrent de les accompagner.

Rebecca présente avec nous quand nous disions au revoir à l'agence de voyage à nos oncles. Elle avait ravi tout le monde dans la famille. Même nos oncles !

À un certain moment avant leur départ, ils s'étaient écartés avec elle pour lui parler.

Thierry était-là mais son mal de crâne faisait qu'il était docile comme un toutou. C'était salutaire !

Après le départ de nos oncles, nous étions revenus à la maison. Akono en véritable aînée de la famille, avait tenu à faire un conseil de famille élargi à Rebecca : "ma nouvelle mère revenue sur la personne de ma belle-sœur" disait-elle. Pendant ce conseil, on avait beaucoup ri et Akono s'était même permise de dire à Thierry :

— Mon frère, je vais partir mais si demain j'apprends que tu as menacé ma mère, alors je saurai que tu n'es pas mon frère !

Thierry, qui ne savait toujours rien laisser passer avait demandé pour réagir :

— C'est toi qui dors avec elle ?

On avait tous éclatés de rire et la journée s'était terminée dans une très bonne ambiance.

J'étais à ma première année de Licence. J'achevai cette année avec trois crises et deux poches de sang.

Après l'enterrement, les choses allèrent plus ou moins bien à la maison. Apparemment Thierry avait été plus touché par le décès de notre mère que je ne le pensais. Il rentrait de plus en plus saoul à la maison et s'alimentait de moins en moins. Même la présence régulière de sa copine ne changeait pas son humeur morose.

Les jours qui suivirent l'enterrement de notre mère permirent à notre père de faire son triste bilan d'alcoolique repenti. Seulement, c'était difficile pour lui.

Chaque fois qu'il voyait Thierry saoul, il pensait à ce qu'il était autrefois. Et ça le secouait sincèrement ! Dans un élan de paternité, il avait voulu déconseiller l'alcool à son fils qui se mettait sur ses traces. Mais, en personne avertie, Akono lui avait demandé de ne pas le faire. Elle préférait éviter une confrontation entre eux.

Après plus de vingt ans d'alcoolisme assidu, notre père regrettait sincèrement que son fils ainé plonge dans cette vie. En plus de son diabète, de sa prostate opérée, du décès de sa femme, il ne fallait pas ajouter ce souci aux maux qui pouvaient l'emporter plus tôt que prévu.

Notre mère n'avait pas encore fait trois mois sous terre quand, par un fortuit hasard, j'avais surpris une conversation téléphonique de Thierry.

Apparemment son correspondant lui réclamait une forte somme d'argent. J'avais appelé Akono pour l'en informer.

Elle avait appelé Thierry qui lui avait dit :

— Je ne sais pas celui qui t'a dit cela, mais dans tous les cas ne t'inquiète pas je réglerai tout ça. Je tiens cependant à te faire remarquer qu'il ne te sert à rien de connaître le montant. Occupe-toi plutôt de ton père et de Félix !

Mais quand il avait été convoqué à la gendarmerie, il avait été obligé de faire appel à notre sœur qui était venue précipitamment avec l'argent. Elle nous expliqua plus tard qu'il s'était endetté pour nous venir en aide dans les hôpitaux. Mais, il avait été pris de cours par le décès de notre mère.

Plus tard également pendant cette visite forcée, elle avait choisi de lui reprocher de n'avoir dit à personne que c'était sûr la demande de notre mère qu'il avait changé d'hôpitaux. À son avis, nos oncles devaient être mis au courant.

— Tu te chargeras de les appeler pour leur expliquer cela, lui avait-elle conseillé.

— Tu ne me tapes pas dessus pour une fois, lui avait-il demandé sérieusement ! À quoi est-ce ça va servir ? Elle est morte. Paix à son âme !

Eh oui ! C'était cela les réponses "made in Thierry".

Notre père avait pris la parole pour soulager notre sœur :

— Laisser tomber ! Je le ferai moi-même.

— C'est ça Monsieur Doumoa, pour une fois que vous pouvez prendre vos responsabilités, s'était exclamé mon frère toujours avec sérieux.

Puisque ses manières et ses réponses choquantes ne nous surprenaient plus, j'avais remarqué qu'il ne savait toujours pas dire "Papa".

Akono avait continué en disant à Thierry :

— S'il te plait, apprends un peu à communiquer. Regarde comment notre famille est maintenant diminuée. Bientôt, Rebecca va te donner un enfant tu…

Notre s'était exclamé avant qu'elle n'achève sa phrase :

— Quoi ! Rebecca, ma fille… Donc tu portes mon petit-fils… Ma fille vient m'enlacer. Ô Seigneur ! Je te remercie éternellement.

Il avait continué à nous demander de lui pardonner tout le mal qu'il nous avait causé. Il souhaitait que nous restions soudés et insistait pour qu'Akono s'implique dans le suivi médical de Rebecca.

Celle-ci était repartie en nous promettant de revenir dès que l'occasion se présentera.

La vie n'était pas aisée à la maison.

La pension retraite de notre père ne passait pas encore et Thierry se battait avec "ses à cotés" à l'université pour nous maintenir.

***

Je me trouvais dans notre amphithéâtre de l'université de Douala à ma deuxième année. C'était un Lundi du mois de Novembre quand une énième crise commença brusquement. Sans crier gare !

Je la ressentais dans mes articulations.

Je pouvais faire un effort pour retourner à la maison mais je préférai demander à Evoutou de me conduire chez moi. Il avait démarré son véhicule et nous étions arrivés à la maison.

Je lui avais présenté mon père et lui avais parlé de Thierry qui était absent.

Le lendemain aux environs de dix heures du matin, puisqu'il ne me voyait pas au campus, il avait composé mon numéro. C'est Thierry qui avait décroché pour lui dire que j'étais interné à l'hôpital de la garnison militaire de Bonanjo.

Il n'avait pas mis long pour se retrouver à mon chevet.

Le soir, je me retrouvais avec trois garde-malades qui se disputaient pour passer la nuit avec moi. Je n'avais pas la force de parler, sinon j'aurais choisis Rebecca la copine de mon frère.

Mais je ne devais pas regretter la présence de mon camarade Evoutou cette première nuit.

Il s'était arrangé pour que je ne manque de rien. Au milieu de la nuit, j'avais eu un moment d'accalmie dans ma douleur.

Puisqu'il ne trouvait pas le sommeil (c'était la première fois qu'il passait une nuit dans un espace qui n'avait rien à voir avec le confort de la maison de ses parents), on avait passé une bonne partie de la nuit à nous entretenir. Je lui avais parlé de ma famille et de mes problèmes de santé. Cela nous avait permis de constater que nous étions diamétralement opposés en tout et pour tout.

Le lendemain avant la tombée de la nuit, Rebecca était venue le relever.

Elle m'avait téléphoné pendant toute la journée pour avoir de mes nouvelles. Surtout, elle désirait savoir ce que j'aimerais qu'elle me prépare comme mets. De connivence avec Evoutou, nous avions choisi, l'un des mets que savent faire les "Sawa".

On lui avait demandé de nous braiser de gros poissons. Pour les accompagner, on lui avait également demandé de nous préparer du piment aromatisé. Et comme complément, j'avais choisis des "myondo" et Evoutou avait choisi les plantains frits.

Rien que de penser qu'elle devait prendre la place de mon camarade me guérissait de moitié. Sa présence devait me permettre de m'entretenir avec elle.

Lors des obsèques de notre mère, elle m'avait donné une bonne impression. Mais, elle était tellement impliquée dans l'organisation des obsèques avec Akono que je n'avais pas pu m'entretenir avec elle.

Et encore, je voulais ressentir la même sensation que notre grande-sœur qui l'avait adopté dès le premier contact. J'avais donc tout mon temps pour satisfaire ma curiosité et mon désir de la connaître.

Je passai une excellente nuit en sa compagnie comme je l'espérais à lui poser des questions. C'était avec bon cœur qu'elle me répondait.

Elle avait un an de plus que moi et était titulaire d'une licence en marketing. Elle avait obtenu ce diplôme dans une université privée de commerce international de la ville de Douala.

Elle avait deux frères et une petite sœur et ses parents, qui étaient encore en vie connaissaient et appréciaient Thierry.

Pendant qu'on s'entretenait, Akono qui faisait un tour dans la ville de Batouri l'avait appelé et elle m'avait passé le téléphone :

— Voilà la nouvelle mère que ton frère t'a trouvée. Considère-la comme ça et donne-lui tout le respect que tu lui dois. Une mère n'est pas seulement celle qui t'a mise au monde. Je ne veux jamais entendre que tu lui as manqué de respect. En tout cas moi je la trouve très sympathique. Porte toi bien Bye !

Je savais que Thierry avait eu des copines avant elle. Mais, il ne les avait jamais présentées. Mon analyse me faisait penser qu'il la prenait très au sérieux.

À l'hôpital, pendant que nous nous entretenions je me rappelai qu'elle était enceinte de mon frère et cela m'attrista.

Elle avait remarqué ma tristesse et m'avait demandé :

— Qu'est ce qui ne va pas Félix, tu as un malaise ?

— Non !

— Mais alors pourquoi ton humeur a-t-elle changé subitement ?

— Je viens de penser à l'enfant que tu portes.

— Allons Félix, dit-moi ce qui ne va pas !

— Je ne veux pas qu'il souffre comme moi !

Je m'étais mis à pleurer en silence et notre frère nous avait trouvé là. Elle m'enlaçait par les épaules pour me rassurer. Il nous avait demandé :

— À quoi vous jouer tous les deux ?

— Félix ne voudrait jamais entendre que notre enfant souffre... Comme lui avait-elle répondu.

— Eh bien frangin ! Ça veut dire que tu ne me connais pas. Allez Rassure-toi ! Elle a fait son électrophorèse de l'hémoglobine et elle n'a aucun gène S.

J'avais tellement entendu ses sarcasmes toute une vie que je n'avais pas remarqué qu'il n'avait pas été sarcastique pour une fois.

Je sortis de l'hôpital au bout de deux semaines apparemment guéri.

* * *

Deux ans auparavant, j'avais décidé de me documenter au sujet de ma maladie. Je m'étais donc procuré des documents de la pharmacopée africaine qui me permettait de maintenir en bon état les organes comme le foie et la rate.

Par chance, dans mon quartier à New Bell, je me procurais aisément des feuilles de kinkéliba ou de patate, du citron, des pamplemousses, de la tomate et des œufs pour prévoir l'anémie.

J'avais appris à les mélanger pour en faire des boissons que je buvais régulièrement.

J'avais également rencontré des spécialistes de cette maladie et des personnes souffrant du même mal que moi. Ils avaient invariablement le même discours.

Même les séminaires et les causeries éducatives ne m'apprirent rien de plus que ce que je connaissais déjà.

Jamais je n'avais entendu ou lu que la drépanocytose mutait avec le temps. Je devais vivre deux expériences qui, n'étant pas un spécialiste formé dans ce domaine, mais étant une victime de ce mal, devaient me faire penser le contraire !

Je fis la première expérience à la fin de mon internement à Bonanjo.

Evoutou nous avait accompagnés dans son véhicule le jour de ma sortie. Nous étions chez mes parents et mon frère m'avait installé dans notre chambre. Ils étaient tous allés s'entretenir au salon.

Une trentaine de minutes plus tard je sortais de la chambre et je me dirigeais vers la sortie.

C'est Rebecca qui avait remarqué mon air d'automate quand je me déplaçais pour me diriger vers la sortie. Elle avait jeté un regard vers Thierry qui me donnait le dos et avait demandé :

— Où vas-tu, Félix !

— Je vais retrouver Evoutou qui m'attend pour étudier, avais-je dis en continuant d'avancer.

Thierry s'était retourné et avait fait un signe de la main à Evoutou. Il lui demandait de ne pas parler. Pendant ce temps, le teint de notre père virait au rouge.

Thierry m'avait laissé sortir de la maison.

Dès que j'avais traversé le couloir qui nous permettait d'atteindre la route, il était sorti de la maison et s'était mis à marcher à ma droite. On avait fait quelques pas ensemble. Il arborait un sourire aux lèvres pour donner l'impression à ceux qui nous croisaient que tout allait bien. Toujours avec ce sourire rassurant, il m'avait demandé :

— C'est comment petit frère ?

— Ça va ! Je vais voir Evoutou. On doit étudier, lui avais-je dis avec le regard dirigé devant moi.

— Justement ! Il est à la maison. Il t'attend ! Quand tu sortais tout à l'heure, tu ne l'as pas vu. Il se mettait à l'aise derrière la maison !

— Ah, avais-je fais en continuant d'avancer.

Calmement mais fermement, il avait pris ma main et me faisait faire demi-tour avec toute la tendresse d'une mère.

Une fois à la maison, il m'installa avec eux au salon et se mit à faire des blagues pour détendre l'atmosphère.

Mais il avait le regard de ces gens qui cogitent fermement.

Il ne me fixait pas du regard mais malgré mon état second, je sentais le poids de ses yeux.

Des yeux qui me rappelaient ceux de notre mère. Il manquait juste le bras droit plié sur le ventre et la main gauche pour enlacer la joue.

Mais une dizaine de minutes plus tard, je réagis comme il attendait en lui adressant la parole pour dire :

— Ne vois-tu pas les gens qui sont derrière toi et qui veulent que je parte avec eux.

Il n'avait pas réfléchi par deux fois :

— Evoutou, démarre ta voiture on repart à l'hôpital de la garnison ! Il n'est pas fou ! Il a juste de petits problèmes au niveau de son cerveau. Rebecca reste ici avec ton beau-père.

Jusqu'à ce jour et malgré les circonstances, Thierry ne pouvait toujours pas dire papa !

Oui il avait raison ! Je ne devenais pas fou. J'avais juste des bulles d'oxygène qui s'était agglutinées autour de mon cerveau.

Je fis de nouveau deux jours à Bonanjo et je revins à la maison, plus normal que tout le monde mais toujours avec ma drépanocytose... Et mon bégayement.

Je devais faire une deuxième expérience lors de ma deuxième crise de l'année. Cette expérience allait me faire penser que ma maladie avait muté. Sauf si je devais accuser une autre personne. Et du fait de cette mutation, je risquais de ne plus jamais être un Homme !

Si la première expérience sur une éventuelle folie avait été rationnellement gérée par Thierry, la deuxième était plus complexe.

J'étais au campus de l'université quand, sans raison aucune, mon pénis s'était tendu brusquement. Au début, j'avais pensé que ce qui se passait sous mon pantalon était passager.

Malgré mon indisposition et puisque je ne ressentais aucune douleur, je décidai de prendre entièrement le cours dispensé par mon éminent professeur d'informatique. À la fin de la leçon je pris une mototaxi pour rentrer le plus rapidement possible à la maison.

Sans informer Evoutou. C'était très personnel !

À vingt heures j'étais toujours dans le même état.

À vingt-deux heures, je commençais à ressentir une douleur au niveau de ma vessie.

À minuit, la douleur se localisait au niveau de mon membre.

Je ne voulais pas réveiller mon père qui dormait dans sa chambre. En ce qui le concerne, j'avais espoir que le mal était passager.

Quant à Thierry, la honte de lui soumettre un pareil problème me gênait. Je passai donc la nuit à voir évoluer ce malaise horrible que je reliais forcément à ma drépanocytose.

C'était un peu comme cette nuit. Sauf qu'il ne pleuvait pas.

La douleur que je ressentais dans l'entre-jambe était similaire à celle de mes crises de drépanocytaire. La seule différence était qu'à cet endroit il n'y a aucun os.

Je passai donc toute la nuit à me contorsionner comme un vers de terre. Je souffrais en silence et c'était pire quand je devais me soulager.

Le lendemain, je fus obligé de mettre mon père au courant. Devant l'urgence de la situation, il m'amena directement chez son chirurgien à Bonanjo qui m'ausculta et posa son diagnostic : je devais être opéré en urgence.

Mon père appela Akono et Thierry pour leur expliquer la situation. Comme d'habitude, ils se cotisèrent.

Cette fois, j'eus plus d'argent que prévu. Et c'était grâce à Evoutou qui avait informé sa mère de mon infortune. Elle n'avait pas lésiné sur les moyens.

Dans l'attente de l'opération, j'étais retourné à la maison. Je devais souffrir pendant cinq jours. C'est surtout la nuit que je souffrais le plus.

La première nuit, pour trouver le sommeil, mon père et moi avions marché à pieds de New Bell jusqu'au carrefour deux églises, en passant par la prison de New Bell et mon lycée.

On était parti dès que vingt-trois heures avaient sonné et on était revenu vers quatre heures du matin. Bien que salutaire pour moi, j'avais trouvé cette marche pénible pour mon père. Et le lendemain, j'avais décidé de ne plus lui demander de venir avec moi. J'avais fait la moitié du trajet seul en marchant lentement.

C'était pendant cette ballade solitaire qu'une idée me vint à l'esprit : les trois autres nuits, je les passai à faire le footing devant la petite cour de notre véranda. Je commençais souvent aux alentours de vingt-et-une heures et je m'arrêtais deux heures après, fatigué comme un coureur de fond.

Pendant toutes les trois nuits que je passai à la maison, Thierry s'était arrangé pour qu'il n'y ait aucun étranger dans notre demeure.

Même pas Rebecca qui me manquait !

* * *

C'était à contre cœur que je quittais l'hôpital après mon opération. J'avais bénéficié de l'attention de Rebecca qui ne lésinait pas sur les moyens pour me préparer les meilleurs mets de plusieurs ethnies de notre pays.

Je ne suis certainement pas venu sur cette terre pour avoir de long moment de répit.

Cinq mois plus tard après ma première opération chirurgicale, je devais ressentir les mêmes douleurs aux mêmes endroits.

Alors je m'étais demandé et je me demande toujours : "De quoi est-ce qu'un éminent chirurgien de la ville de Douala m'avait-il opéré en urgence ?"

* * *

Quand ma santé me le permettait, je passais des jours et des nuits chez les Evoutou à étudier. Et quand je n'étais pas chez les Evoutou, je me rendais dans le domicile des parents de Rebecca. Elle m'avait présenté à ceux-ci en leur disant que je suis "son mari".

À la fin de l'année académique, j'avais fait deux crises qui m'empêchèrent de passer au niveau supérieur.

Une fois de plus, cette maladie m'empêchait sournoisement de poursuivre normalement mon cursus scolaire.

Akono était venue pendant les vacances. Elle nous avait présenté son fiancé et avait embrassé à l'étouffer le mignon petit garçon de

Thierry. Il était né au mois d'Octobre deux-mille-quatre dans le domicile des parents de Rebecca.

Notre père aimait beaucoup son petit-fils et passait tout son temps à le bercer. D'ailleurs, lui et Akono regrettaient sincèrement que notre mère soit décédée un peu plus tôt.

Elle aurait eu le bonheur de porter son petit-fils !

En réalité, les bonnes nouvelles étaient proscrites dans la famille Doumoa ! Je vérifiai cette maxime quand la santé de notre père se dégrada un an et demi après la naissance de Thierry Junior. Et pour que tous les ingrédients soient mis dans la sauce Doumoa, ses relations avec Thierry se dégradèrent pour la dernière fois.

Thierry l'avait amené à l'hôpital en urgence. Après un mois d'hospitalisation il ramenait notre père à la maison. Un médecin avec qui il avait sympathisé lui avait avoué : "Ton père est un sujet diabétique qui avait subi autrefois une opération de la prostate et qui fait maintenant une cirrhose. Sincèrement, il faut avoir assez d'argent pour lui permettre de vivre convenablement".

Comme à son habitude, Thierry n'avait dit cela à personne et prenait tout sur sa modeste personne.

Notre père qui ne percevait pas encore sa pension retraite ne voyait pas cela d'un bon œil. C'était presque en pleurnichant qu'il m'avait dit en présence de mon frère aîné : "Ton frère ne veut pas me supporter parce que j'ai menacé de lui couper l'oreille dans son enfance. Il attendait son heure pour me le faire payer !

Je savais que ce n'était pas vrai ! Je savais qu'il se battait pour chacun de nous comme notre mère l'avait préparé.

Il avait souri en secouant la tête puis l'avait inclinée vers son épaule droite à l'écoute de cette énième fausse accusation !

Quand j'imagine, pour avoir vu mon frère à l'œuvre, ce que c'est que de s'occuper d'une personne qui ne possède plus la faculté de se déplacer, je tire le chapeau à mon frère aîné. Notre père faisait tout sur place et c'est mon frère seul qui s'occupait de lui.

C'était lui qui le lavait, le nourrissait, lessivait tous ses draps et ses sous-vêtements.

Je repense encore ce matin à ce que mon Thierry de grand frère a enduré.

Jusqu'au jour de sa mort deux semaines après sa sortie de l'hôpital, notre père n'avait pas cessé de traiter son premier fils de "mauvais enfant".

Alors qu'il était malade, il avait supporté la disparition de sa femme pendant un peu plus de deux ans.

Lors des obsèques de notre père, j'avais eu l'occasion de revoir le fiancé d'Akono pour la deuxième fois.

Nos oncles et notre tante maternels nous avaient assistés une fois de plus. Lors du conseil de famille, il n'y avait pas eu d'éclat de voix.

Notre feu père avait été enterré près de notre mère.

Nous étions en Mai deux-mille-six !

Rebecca était enceinte de huit mois le jour de l'enterrement.

À l'exception du Seigneur Jésus-Christ existe-t-il dans cette vie, des gens qui sont venus pour souffrir ?

Oui ! J'en suis un ! Mais dans un autre sens, dans cette même vie, y a-t-il des gens qui sont venus souffrir pour les autres ?

Oui ! Thierry en était un exemple craché. Heureusement son opposé n'était plus !

Je m'appelle Doumoa Félix, je suis âgé de trente ans, je suis drépanocytaire, bègue, orphelin de mère et nouvellement orphelin de père et peut-être… Castré !

* * *

Deux mois après l'enterrement de notre père, Thierry nous faisait déménager définitivement du quartier New Bell, pour nous installer au quartier Deïdo. Cela me fit du bien : en changeant de quartier, j'abandonnais derrière moi trop de souvenirs tristes !

Il avait payé six mois d'avance pour une villa qui comportait trois chambres, deux douches internes, un vaste salon et une grande véranda. Cette maison avait l'avantage de posséder une vaste cour pour leurs futurs enfants.

Pendant l'année qui suivit l'enterrement de notre père, Rebecca avait mis au monde une fille. C'était un vendredi du mois de Juin deux-mille-six, aux environs de quatre heures du matin dans une clinique privée de la ville de Douala.

La même clinique que celle de son frère aîné !

À la naissance de cette enfant, j'avais couru tout heureux à l'hôpital au petit matin.

J'avais embrassé ma belle-sœur et ma nièce. Mon grand frère avait eu droit aux félicitations.

Puisque la mère et l'enfant allaient sortir dans l'après-midi, Thierry nous avait laissé seul un moment pour s'acquitter des frais d'accouchement.

Alors que j'exprimais toujours mon bonheur de voir notre famille s'agrandir, une réalité me poussa soudain à changer d'humeur : j'avais eu un brusque moment de panique en voyant ce nouveau Doumoa entré dans la famille.

Rebecca avait remarqué mon changement d'humeur et m'avait demandé craintive :

— Que se passe-t-il Félix, tu as changé subitement !

— Excuse-moi, mais je viens de penser à quelque chose qui m'a fait peur.

— Puis-je savoir de quoi il s'agit ?

— Depuis qu'on se connait, tu as certainement déjà été témoin de plusieurs de mes crises. Crois-moi ! Elles sont horriblement douloureuses !

— Oui ! Mais je ne te comprends pas. Y a-t-il encore quelque chose de nouveau dans ta maladie ?

— Non ! Non ! Je... Je m'inquiète seulement pour certaines personnes. Enfin ! C'est... c'est plus pour continuer un débat que nous avons déjà eu. Tu... tu te souviens quand tu avais mis Junior Doumoa au monde ? Nous... nous étions dans cette même clinique et...tu te souviens !

— Oui je me souviens. On avait été interrompu par Thierry. Puisque tu veux continuer ce débat je vais commencer avec mon cas.

Ton frère avait exigé que je fasse mon électrophorèse de l'hémoglobine avant de faire des enfants. Je vais te dire franchement. Je pense que si j'avais eu un sang qui présentait un gène SS ou même un seul gène S, ton grand frère et moi ne serions jamais ensemble. Tu connais son côté rationnel. Maintenant, pour aller plus profondément dans ta question et pour te donner une idée de la personne de ton frère : je doute fort que ton ainé se serait entiché avec une femme porteuse d'un seul gène S. Ça c'est le cas d'une personne avertie. Mais si par le jeu de l'amour, des personnes conscientes de leur statut s'engageaient dans la maternité, je pense que la moindre des choses pour ces personnes serait de se rapprocher des médecins pour que ceux-ci leurs donnent tous les conseils nécessaires. Parce que pour moi, et de par ma petite expérience de jeune mère, je sais que nul ne peut interdire à une femme de ressentir les douces douleurs de l'enfantement. Je te comprends parce que c'est toi qui subis tout le mal de cette maladie. Tu connais mieux que quiconque ce que ces malades endurent.

— Mais…mais honnêtement je ne souhaiterais cette maladie à personne. C'est…c'est un capital lourd à porter ! Pour le malade et pour sa famille.

— J'aimerais cependant élargir le débat en te posant quelques questions. Si d'aventure il t'arrivait de tomber amoureux d'une fille SS comme toi lui ferais-tu des enfants ?

— Jamais, avais-je répondu catégoriquement. Du… du premier au dernier, ils…ils seront SS ! Ai…ai-je le droit de faire souffrir des… des êtres qui n'ont me…même pas demandé de…de venir ?

— Pourtant Thierry et moi avons déjà rencontré des couples dans ce cas ! Je venais de te dire à peu près ce que la dame avait dit. Le Monsieur quant à lui pensait comme sa femme. Il insistait beaucoup sur le fait que les parents qui se lancent sur ce chemin se préparent financièrement. Il avait espoir qu'un jour on trouve une fois pour toute un traitement contre cette maladie. As-tu déjà pensé qu'un jour, exactement comme l'homme a marché sur la lune, qu'on trouvera le traitement ?

— Je…je veux bien y croire tu…tu sais, mais moi Doumoa Félix je… je ne change pas de… de position : il… il ne faut pas faire endurer cela au… aux autres ! Enfant drépanocytaire et père alcoolique. Non ce…c'est un cocktail for…fortement détonant !

— Ah ! Je ne voulais pas te choquer en parlant de mon feu beau-père. Dois-je penser que si on retire l'alcoolisme, ta position pourrait évoluer ? »

Là, j'avais baissé la voix pour bien me faire comprendre :

— Ma chère belle-sœur ! Comment retirer l'alcoolisme de ma famille ? Comment pourrais-je oublier qu'il s'est invité dans notre famille avec la découverte d'un deuxième cas de drépanocytose. Notre père avait cru qu'en se saoulant la gueule il pouvait noyer ses soucis. Chaque soir qu'il pensait trouver le bonheur égoïstement dans le vin, il se réveillait toujours avec ses enfants SS le matin. À cause de sa dépendance à l'alcool, il ne se souciait plus de notre bien être puisqu'il dilapidait quotidiennement un argent qui pouvait servir à atténuer nos souffrances. Que se serait-il passé si son cerveau embué par les vapeurs d'alcool était sorti du brouillard alcoolique ? Il s'entendrait certainement bien avec Thierry et l'aurait écouté quand il s'était opposé au départ de Marie pour Ngotto. Elle ne serait pas morte. En tout cas pas de cette façon et peut-être même pas à cet âge. Que se serait-il passé si sa fidélité à l'alcool ne l'avait pas poussé à s'en prendre au même Thierry dans son enfance jusqu'à le pousser à fuir notre demeure. Notre mère n'aurait pas chopé cette maladie qui l'a emportée à quarante—neuf ans. Finalement il a été frappé lui-même par ce qu'il ne pensait pas être un vice. Tous les décès survenus dans notre famille sont liés. Ils ont tous la même cause. J'espère que c'est fini maintenant et je suis fière de mon frère. Finalement je pense que c'est pour ne pas lui ressembler que Thierry s'opposait à lui. Tu vois belle-sœur, la question est vraiment complexe. J'ai préféré te parler de ce que je connais et de ce que je sais ! Et non de ce que je peux imaginer : je ne change pas de position !

— Ok ! Je te comprends.

Je m'étais exprimé calmement et posément avec Rebecca. Avec le temps, j'avais compris que pour éviter le bégayement, je devais parler de cette façon : en prenant soin de bien refouler mes émotions.

L'enfant c'était mis à pleurer sur ces entrefaites. Sa mère avait sorti son sein pour faire téter ma deuxième nièce, puisque Akono avait mis une fille au monde au mois de Février deux-mille-six.

J'avais vingt-cinq ans ! Je ne connaissais rien de l'amour, mais j'avais déjà sur ma conscience trois gosses que je voulais chérir.

J'étais très satisfait de mes ainés ! Leurs enfants ne souffriront jamais comme leur oncle que je suis.

Cette année-là, je fis une crise qui se calma grâce à une poche de sang. Mais comme nouveauté, on m'avait trouvé une nouvelle maladie virale !

Avec le temps, j'étais devenu insensible au nombre de crises que je faisais. Elles ne me surprenaient plus ! Elles faisaient depuis longtemps partie de ma vie. C'était devenu systématique !

Ce qui me surprenait, c'était l'évolution de cette maladie.

Au cours de l'unique crise que je fis cette année au mois de Janvier deux-mille-six, je ne fus pas surpris de constater que les résultats de mes examens disaient que j'étais porteur d'une hépatite virale. La plus virulente : l'hépatite C !

Les deux premières fois, j'avais eu connaissance des résultats des examens après l'achat des médicaments par Thierry. Alors, quand il était revenu avec mes résultats pour la crise de l'année suivante, je lui avais dit :

— Je suis sûr que ces résultats disent que j'ai l'hépatite C. S'il te plait, ne te dérange pas en gaspillant l'argent pour l'achat des médicaments de cette maladie. Avec tous les médicaments que je prends depuis ma naissance, mon foie est certainement intoxiqué aux médicaments. Si tu ne me crois pas, attend que la crise passe et je referai cet examen. Tu peux être sûr que ceux-ci seront négatifs.

Il s'était contenté d'incliné sa tête vers son épaule droite puis avait posé un regard mi-fugue, mi-raison sur moi. Soit il m'avait cru sur parole, soit il savait que j'avais raison !

Je ne doutais point de la fiabilité des laboratoires ou de l'expérience professionnelle des laborantins. Mais dans mon cas précis, je savais que plusieurs années de drépanocytose avaient foutu mon foie en l'air. Et l'hépatite est une inflammation de cet organe.

D'ailleurs, plusieurs patients dans certains hôpitaux étaient souvent signalés sidéens pendant qu'ils faisaient un paludisme sévère ou toutes autres maladies liés au foie.

Voilà une maladie qui ne m'inquiétait plus avec le temps ! En l'an deux-mille-neuf, l'année de décès de Michael Jackson, le chanteur favori de Thierry, je fis une seule crise. J'avais eu droit à deux poches de sang et j'avais rejeté tout ce qui parlait d'hépatite.

Mais, une radio du cœur montrait que cet organe devenait très gros. Il s'hypertrophiait ! Pour moi qui avais étudié la maladie, c'était ma vie. Tout ce qui se passait autour de moi était normal !

Et cette même année, j'avais eu le quatrième bonheur de ma vie. Rebecca avait mis au monde leur troisième enfant. C'était une ravissante fille qui était le portrait craché de notre mère !

J'avais confirmé le retour de ma mère six mois après la naissance de ma dernière nièce. Je m'amusais avec elle. Après près de quinze minutes de grimaces sur mes cuisses, j'avais estimé qu'elle était fatiguée. J'étais avec elle dans le canapé du salon quand mon téléphone s'était mis à sonner dans ma chambre. Je l'avais laissée assise pour courir récupérer mon téléphone qui sonnait quand à mon retour, sa position me surprit : elle avait le bras droit plié sur son ventre et sa main gauche était posée sur sa joue. Elle me regardait en faisant un grand rire.

J'aurais dû demander autrefois à nos oncles si notre mère avait déjà cette position à sa naissance.

J'achevai l'année deux-mille-neuf avec une seule crise. C'était incroyable ! Inespéré même d'autant plus que l'année d'avant, j'avais fait une seule crise.

De même, en l'an deux-mille-dix, je ne fis aucune crise.

C'était vraiment extraordinaire !

Chapitre 15

Il est dix heures. À l'extérieur, le soleil a réussi de s'imposer et ses rayons transpercent certainement déjà tous ceux qu'ils trouvent sur sa trajectoire. Comme un homme heureux d'avoir accompli une tâche qu'il s'était assignée, j'ai la fierté du devoir accompli. Mais je me sens physiquement fatigué.

Je sais que ce n'est pas à cause de la nuit blanche. Je suis un vieil habitué ! Je sais aussi que ce n'ai pas non plus à cause de la crise de la nuit. Elle a depuis abandonnée mon vieux corps de malade.

Suis-je las de la vie ? Pourquoi devrais-je l'être alors que je me souviens de l'an deux-mille-dix. Je me souviens de son extraordinaireté !

C'était une année d'autant plus extraordinaire qu'elle devait être une année de rêverie. Une année d'amour !

Malgré la disparition de ma mère, je continuais de croire en Dieu dans la même église. J'occupais toujours la place près de celle de ma mère et je pense que personne au sein de l'église ne voulait me la prendre.

Depuis un an jour pour jour, j'avais remarqué une sœur en Christ. Elle venait régulièrement s'asseoir près de moi. Et à la fin de presque tous les cultes, elle me serrait toujours chaleureusement la main et la gardait souvent un peu trop.

Un soir, elle m'avait gentiment demandé de faire quelques pas avec moi. J'avais accepté et c'était devenu un rituel. On parlait toujours de Dieu. Mais avec le temps, nos discussions avaient évolué. Un soir elle m'avait demandé mon avis sur le mariage. Je lui avais dit sans vraiment réfléchir :

— Le mariage est une bonne institution dans laquelle je ne pense pas avoir le droit de m'inscrire un jour.

Je pensais à mon opération ratée et il n'était pas question que je lui dise cela. C'était la première fois depuis cette opération que je repensais à mon membre dans un autre sens. J'étais au bord des larmes mais je réussi à cacher mon désarroi.

De retour à la maison, j'étais désemparé. Je voulais me confier à quelqu'un. Je pensai me confier à Rebecca mais je n'eus pas assez de courage pour cela.

Alors je pensai à Akono et je lui soumis le problème. Elle me demanda un peu de temps pour réfléchir.

Entre-temps, je commençais à apprécier la compagnie de la sœur et je ressentais même du bonheur quand je la retrouvais à l'église. Est-ce cela l'amour ?

Au petit matin, quand je me réveillais, c'est d'abord son angélique visage que je voyais défiler devant mes yeux.

La première odeur que je percevais était celle de la sœur Monique.

La première voix que j'entendais me rappelait toujours la voix suave de la sœur Monique.

Le premier touché que je faisais avait la douceur de la peau de la sœur Monique.

Un mois après notre premier débat, je lui avais demandé :

— Tu te souviens de la question que tu m'avais posée au sujet du mariage ?

— Oui ! Veux-tu qu'on en débatte de nouveau ?

— Bien voilà ! Je pense que c'est une bonne chose que deux personnes qui s'aiment se marient.

— Je suis d'accord avec toi.

— Mais seulement il y a des préalables.

— À quels préalables autres que ceux que nous recommandent l'église fais-tu allusion ?

— Tu sais ! Je ne suis pas ce que tu crois. Regarde-moi ! Regarde ma tête et surtout regarde mes yeux… Ces yeux jaunes que tu vois tirent leur couleur de la jaunisse. Regarde mon ventre… Ce gros ventre que tu vois contient un foie et un pancréas peut être trois fois plus gros que les tiens : si ce n'est de la centaine de médicaments que j'ai ingurgitée tout au long de mes trente années de vie. Regarde mes mains et crois-moi, elles non rien de normales... Je tenais à ce que tu saches sincèrement qui je suis. Je te prie de me pardonner si je t'ai choquée !

Elle m'avait écouté en silence. J'avoue que ma bouche pesait ce jour-là. Je ne savais pas comment lui parler de l'électrophorèse de l'hémoglobine. À un certain moment, j'avais envie de la voir s'enfuir et ça ne m'aurait pas surpris de l'entendre crier "au monstre !" À ma grande surprise, elle avait pris ma main en souriant et m'avait dit :

— Tu as encore un "supposé secret à me dévoiler ?"

Je ne pouvais répondre ni par l'affirmative, ni par la négative. Le moment était magique !

On avait arrêté le débat en se promettant de se revoir au prochain culte dans deux jours.

Je ne pouvais pas attendre deux jours : c'étaient trop long. Le lendemain matin je l'appelais pour juste lui souhaiter le bonjour !

Le soir, pendant que nous étions assis devant la télévision, mon téléphone s'était mis à sonner et j'avais sursauté. J'avais couru rapidement vers l'extérieure et j'avais passé près d'une heure avec elle au téléphone.

Quand j'étais revenu au salon, Thierry était allé se coucher et Rebecca m'avait lancé :

— Comment mon mari, il n'y a plus le réseau dans cette maison ?

— Laisse seulement "ma femme" ! Ce qui arrive aux autres commence déjà à m'arriver !

— Tu veux parler de Monique ? »

J'avais failli tomber à la renverse ! Elle continuait en disant :

— C'est Akono qui nous a tout raconté ! N'as-tu pas remarqué pas que ton grand frère a augmenté ton argent de poche. Eh oui ! C'est pour que tu puisses de temps en temps l'amener soit aux "délices" ou à la "gourmandise" manger une glace, soit pour lui offrir un cadeau. C'est au choix mon "mari !"

— C'est tout ce qu'elle vous a dit, avais-je demandé en pensant à mon opération ratée.

— Non ! Ce n'est pas tout. Elle nous a également parlé de "ton problème". Elle et Thierry sont en train de chercher chacun de leur côté. C'est-à-dire que ta grande sœur cherche du côté traditionnel et Thierry se charge de trouver un spécialiste ici à Douala et éventuellement ailleurs pour régler ce problème.

— Je te demande de me pardonner de ne pas vous avoir parlé de toutes ces choses avant. Le fait de l'entendre de ta bouche me rassure. Et ça me soulage. J'ai eu tort de ne pas me confier à vous.

— Je suis d'accord pour te pardonner mais j'ai une condition !

— Aïe ! Laquelle ?

— Je veux que tu l'invites ici ce Samedi.

— Ah bon ! Et que va penser Thierry ?

— Est-ce qu'il pense souvent à haute voix ? »

On avait éclaté de rire.

Elle était venue le Samedi suivant aux environs de neuf heures.

Je lui avais indiqué la maison et elle était venue sonner au portail comme si elle connaissait mon lieu d'habitation. Thierry avait fait un tour à l'université et avait promis d'être là vers midi.

Bien entendu, j'avais également signalé à Evoutou la venue de celle qui faisait battre mon cœur. Il était venu une heure avant elle avec un écrin qui contenait un collier qui à mon avis avait coûté une petite fortune.

Monique avait fait la cuisine avec ma belle-sœur. Pendant ce temps Evoutou me charriait gaiement. Il était autant heureux que moi.

Thierry était revenu vers midi avec une bouteille de vin rouge. Il avait salué poliment Monique sans lui poser de question et quelques instants après, on s'était mis à table.

À table, Monique avait porté la dernière-née des enfants de Thierry. Celle qui ressemblait à ma mère et qui avait son tic. À un moment, j'avais surpris le regard de mon aîné sur Monique et mon regard s'était dirigé vers elle.

Pour la nourrir, sa mère avait tendu les bras vers elle pour la prendre et lui donner son goûter. Pour montrer son refus de quitter les bras de Monique, elle avait fait un cri : c'était le cri d'une enfant qui ne voulait pas qu'on la dérange dans les bras de celle qui la portait à cet instant.

C'est ce cri qui avait attiré l'attention de Thierry et qui l'avait laissé pantois !

Sa dernière fille avait le bras droit plié sur le ventre et l'autre main était posée sur le menton.

Si pour Thierry c'était la première fois qu'il voyait sa fille prendre cette position, moi j'étais à ma énième fois.

Après le repas, il était allé se reposer avec ses deux filles. Son premier fils était resté scotché devant la télévision. Il regardait les dessins animés.

Un peu plus tard c'était Rebecca qui allait se reposer.

Encore un peu plus tard c'est Evoutou qui nous laissait seul et allait rester devant la télévision. Heureusement pour lui parce qu'il aimait les dessins animés.

Restés seuls, elle m'avait avoué avoir passé une agréable journée.

Vers seize heures, elle avait dit au revoir à toute la famille de Thierry et Evoutou s'était mis au volant de sa voiture pour la raccompagner. À trois cent mètres de sa maison, je lui avais demandé de garer son véhicule.

— J'aimerais faire le reste du chemin à pieds avec elle s'il te plait, peux-tu m'attendre ici, je reviens dans une quinzaine de minutes.

— Vos désirs sont des ordres patron, avait-il lancé en faisant un clin d'œil complice à Monique.

À une centaine de mètres de la maison de Monique, je m'étais arrêté et je l'avais prise par la main.

J'avais sa main dans la mienne. Le moment était féerique ! Malgré la magie de l'instant, je regrettais de ne pas lui avoir remis le cadeau. J'avais conscience des gens qui marchaient dans tous les sens autour de nous. Pour faire bonne mesure je lui avais dit gauchement :

— Je te pris de m'excuser. Je ne savais pas que c'était très compliqué de prouver son amour à la personne qu'on aime au milieu d'une foule.

— Si tu es gêné, tu peux reporter cela à un autre jour.

— Non ! Non, avais-je dit en sortant le paquet de la poche interne de mon blouson en Jean, mais s'il te plait ouvre-le dès que tu es dans ta chambre.

J'avais une terrible envie de l'embrasser mais je trouvais que c'était inconvenant. Nous n'étions même pas encore fiancés !

Une heure plus tard, je retrouvais mon ami assis dans un bar à quelques mètres de sa voiture. Il insista pour que je prenne un jus en sa compagnie mais je déclinai l'offre. J'étais aux anges ! Je ne voulais pas sortir de mon nuage !

J'avais décidé en l'an deux-mille-huit d'arrêter avec mes études. Je me sentais épuisé par l'école. Je passais donc mes journées entre le chez moi à Deïdo. Le domicile des Evoutou me servait beaucoup de reposoir quand je broyais du noir et l'église pour mes prières et le culte. C'était des moments qui me permettaient de rester en présence du Seigneur… Et de Monique !

Je bénéficiais de la surveillance constante de mon aîné. Ma belle-sœur n'était pas en reste. Mon frère l'avait bien formaté. Bien que discrètement je sentais qu'elle se prenait vraiment pour ma mère.

Elle avait trouvé un emploi dans une société de téléphonie mobile de la place et était plutôt heureuse en mariage. Puisque Thierry l'aimait sincèrement et était attentionné. Surtout, il buvait comme toutes les personnes normales : sans abus !

Il s'était trouvé deux nouvelles passions à la télévision : le catch et le tennis.

Il s'endormait souvent très tôt pour se réveiller vers vingt-trois heures dans la nuit pour venir regarder un match de catch. Il nous avait communiqué cette passion. Rebecca qui trouvait ce sport très violent au début, en était devenue une accro. Elle était devenue une fervente admiratrice des catcheurs comme John Cena ou "Triple H" avec sa fameuse hache. Il en était de même des confrontations de match de tennis qui devaient opposés des joueurs comme Roger Federer, Raphael Nadale et Novak Djorkovic. Bien entendu, solidarité féminine oblige, ma belle-sœur préférait regarder le tournoi féminin. Elle aimait voir jouer les sœurs William.

La vie était douce pour tous les membres de la nouvelle famille Doumoa. Jusqu'à ce mois d'Août deux-mille-onze.

Akono achevait ses vacances avec son mari et ses enfants à Douala. Elle en avait deux maintenant : un garçon et une fille. Nous leur avions tous souhaité un bon voyage après le petit-déjeuner chez Thierry. Je me souviens avoir dit à mon beau-frère devant la portière de sa voiture :

— Soit prudent sur la route !

Il avait souri et m'avait lancé :

— T'inquiète jeune homme ! J'aime autant ta sœur et nos enfants que toi. Allez, on s'appelle !

C'était il y a exactement quarante-six jours !

Ils étaient partis et un coup de fil était parvenu à Thierry vers onze heures à l'université où il était employé.

— Votre sœur, son mari et leurs enfants viennent de faire un accident mortel sur l'axe lourd Douala-Yaoundé. Il n'y a aucun survivant. Veuillez-vous rapprocher du poste de police de Boumyebel.

C'était un coup de fil laconique et cruel !

Thierry avait encaissé le coup. Il avait appelé Rebecca et lui avait demandé de se retrouver à la maison : sans autre explication ! Il avait ajouté :

— Dès que tu es à la maison et si Félix est là, commissionne-le très loin. S'il te plait fait ce que je te demande sans me poser de questions. On se retrouve à la maison ! Je vais t'expliquer !

Il avait pensé juste. Comme d'habitude.

Mais c'était sans compter sur les aléas de l'alcoolisme d'un père.

Notre sœur aînée s'était retrouvée au mauvais moment et au mauvais endroit parce qu'elle subissait les conséquences de cet alcoolisme passif !

C'était à cause de cet alcoolisme qu'elle avait perdu ses chances à l'école. C'était à cause de cet alcoolisme qu'elle avait cherché plutôt un emploi et l'avait trouvé. C'était à cause de cet alcoolisme qu'elle avait trouvé ce mari à cet endroit !

Et moi alors ?

Malgré toutes les précautions prises par Thierry, j'allais forcément apprendre cette triste nouvelle. Toujours pour les mêmes raisons. Notre famille était maudite !

Ce matin-là, tous les deux aînés des enfants étaient dans leurs écoles et j'avais déposé la dernière-née dans son école maternelle du quartier. Je m'étais enfermé dans la maison et dans ma chambre dès mon retour.

Quand ils étaient revenus chacun à son tour, je ne les avais pas entendus arriver parce que je dormais à poing fermé.

C'était le cri de Rebecca qui m'avait réveillé en me faisant sursauter de mon lit.

J'avais accouru au salon. Quand Thierry m'avait aperçu, il avait été franchement déçu. Dans le même temps, Rebecca mettait sa main sur sa bouche pour étouffer la suite de son cri.

Thierry était calme comme d'habitude. Il avait juste incliné sa tête sur son épaule droite et me fixait droit dans les yeux. J'étais à milles lieurs d'imaginer le drame qui se déroulait une fois de plus dans ma famille nucléaire. Je tremblais pourtant comme une feuille. Je trouvai sa question déplacée quand il me demanda :

— Comment vas-tu ?

— Écoute Thierry ! Je te connais déjà assez pour savoir qu'il vient d'arriver un malheur. S'il te plait va droit au but. Je ne tiens plus debout !

Mon grand frère m'avait répondu avec un ton péremptoire :

— Il ne te reste plus que moi !

Il n'avait finalement pas changé. Il était vraiment allé droit au but ! C'était à l'hôpital dans la nuit que je m'étais réveillé après mon évanouissement.

Evoutou dont le visage me montrait qu'il avait pleuré était près de moi. Je me sentais très faible : comme un homme qui venait de traverser l'océan à la nage. Je n'avais envie de rien.

Vers treize heures, la maman d'Evoutou nous avait apporté de quoi manger. Mais quand je l'avais vu, j'avais fondu en larmes et elle en avait fait autant. Elle n'avait pas placé un mot à son arrivée. Elle avait la gorge trop nouée pour cela !

Trente minutes après elle, ce furent le père et la mère de Rebecca qui vinrent aussi avec la nourriture et je me remis à pleurer. Ils ne dirent rien également. Je ne savais même pas quelle heure il était et je m'en fichais.

Personne ne parlait dans la chambre. Seul le vacarme habituel de la ville de Douala nous rappelait que nous appartenions à ce monde.

C'est le téléphone d'Evoutou qui sortit les occupants de la chambre d'hôpital de leur torpeur. J'étais prostré ! C'était Thierry qui appelait depuis Boumyebel. Les paroles d'Evoutou semblaient provenir de très loin. Je n'arrivais même pas à les discerner.

Toute la famille de ma feue sœur et ma sœur avaient été enterrées à Douala deux semaines plus tard.

Même si je l'avais voulu, je n'aurais pas pu assister aux obsèques qui se déroulaient chez les parents de mon beau-frère. J'étais trop fatigué et comme l'avais demandé Thierry un jour après le décès de notre sœur Marie :

— À quoi est-ce que je devais servir ?

J'étais sorti de l'hôpital le jour de l'enterrement. Plus amaigri que jamais. Après trois semaines chez Thierry je devenais dépressif. J'avais donc décidé d'aller me détendre chez mon ami Evoutou. Nous étions restés quelque temps dans leur domicile à Bali.

Quelques jours plus tard il remarquait que même la présence assidue de Monique ne me sortait pas de ma morosité. Il avait donc décidé de nous faire voyager. Il voulait que nous partions avec Monique. Mais par un sentiment de culpabilité, j'avais refusé cette proposition. J'avais comme l'impression qu'à cause de la fatalité qui pesait sur le nom Doumoa, j'allais la faire souffrir. Je devais la protéger malgré elle.

On s'était bien amusé Evoutou et moi. J'avais visité les plages de Limbé et de Kribi.

Hier à Bonabéri après notre retour à Douala, on avait pris rendez-vous avec l'un de ses amis qui avait promis de me trouver un emploi stable.

J'étais allé me coucher aux alentours de vingt heures. Pour être réveillé à vingt-et-une heures par cette sensation qui vient de me quitter.

Maintenant je ne ressens plus aucune douleur dans mon corps.

J'ai plutôt l'impression que mes pieds sont devenus insensibles. Et ils sont glacés ! Un coup d'œil jeté vers ma fenêtre me montre qu'elle est restée ouverte toute la nuit. Elle était vraiment bizarre cette nuit !

Je dois appeler Evoutou pour qu'il me ramène chez Thierry. Dans la seule famille Doumoa qui me reste. Elle était vraiment bizarre cette nuit ! Cette "fameuse nuit" ! Comme l'avait dit Evoutou.

Où ai-je déposé mon téléphone tout à l'heure ? Je dois appeler Evoutou maintenant.

Heureusement j'entends mon téléphone qui se met à vibrer. Je veux savoir que c'est Monique qui appelle. Bientôt il sonnera.

Je n'aurai jamais la force de le prendre. Je l'avais lancé au pied du lit tout à l'heure.

Parce que maintenant, c'est mon ventre que je ne ressens plus. Il est tout froid ! Encore une bizarrerie de cette maladie.

Je vais d'abord me reposer avant de rejoindre mon grand frère.

J'ai trop forcé mon vieux corps de drépanocytaire ce soir !

— Je…je veux bien y croire tu…tu sais mais moi Doumoa Félix je…je ne change pas de…de position : il…il ne faut pas faire endurer cela au…aux autres ! Enfant drépanocytaire et père alcoolique ! Non ce…c'est un cocktail for…fortement détonant !

— Ah ! Je ne voulais pas te choquer en parlant de mon feu beau-père. Dois-je penser que si on retire l'alcoolisme, ta position pourrait évoluer ?

Là, j'avais baissé la voix pour bien me faire comprendre :

— Ma chère belle-sœur ! Comment retirer l'alcoolisme de ma famille ? Comment pourrais-je oublier qu'il s'est invité dans notre famille avec la découverte d'un deuxième cas de drépanocytose. Notre père avait cru qu'en se saoulant la gueule, il pouvait noyer ses soucis. Chaque soir qu'il pensait trouver quelque bonheur égoïste dans le vin, il se réveillait toujours avec ses enfants 'SS' le matin. À cause de sa dépendance à l'alcool, il ne se souciait plus de notre bienêtre. Il dilapidait chaque jour un argent qui aurait pu servir à atténuer nos souffrances.

L'Auteur

Sylvère Loti Zokadouma est né le 20 Janvier 1974 à Yaoundé. Licencié en Physiques de l'Université de Douala et ancien formateur des futurs prêtres catholiques au petit séminaire Saint-Paul de Nylon. Il est actuellement Censeur de la section francophone au Lycée Bilingue de Ngatto, dans la Région de l'Est, au Cameron. Il est marié et père de quatre enfants.